新装版

# 恍《こう》惚《こつ》病棟

山田正紀



祥伝社文庫

# 目次

# プロローグ

食堂に老婆がひとりすわっている。老婆の前にはコーヒーの紙コップがある。コーヒーはすでに冷めてしまっているらしい。

老婆はしょんぼりと肩を落としている。ただ、普通にすわっているだけなのだが、その姿勢から、なんだか妙にぎこちない印象を受ける。

食堂にほかに人はいない。もっとも食堂とはいっても、昼どきでも十人とは入れない狭いスペースだ。ときにはここで捜査会議が開かれることもある。そんな食堂に、ただひとり、ポツンとすわっているから、なおさら、その姿が悄然《しょうぜん》としているように見えるのかもしれない。

長谷川《はせがわ》は聞き込みから帰って来たばかりだった。

長谷川は五十二歳、そろそろ聞き込みが体にこたえる年齢になっている。自動販売機でコーヒーでも買って、すこし体を休めようと考えていた。

が、老婆のそんないかにも頼りなげな姿を見たのでは、

「どうかしたんかい、お婆《ばあ》さん」

そう声をかけずにはいられなかった。

老婆はぼんやりと長谷川の顔を見た。その顔に生気がなく、しまりがない。妙に虚《うつ》ろな視線だった。

もしかしたら、自分が声をかけられたのも分かっていないのかもしれない。

いつまでたっても、ただ顔を見ているだけで、老婆は返事をしそうにない。

――耳でも悪いのかな。

長谷川はそう考え、中腰になると、老婆に顔を近づけて、

「どうしたんだい、お婆さん。だれかに面会にでも来たんですか」

今度はやや大きな声で、そう質問をくりかえした。

老婆の表情がわずかに動いた。あらためて長谷川の顔を見た。鈍い、なんとなく焦点のさだまらない感じの視線だった。

「そんな大声を出したんでは、よそ様の迷惑になるじゃろうが、お爺《じい》さん――」

いきなり老婆が口を開いた。

「タクシーはまだ来んのかいね。いつまでもよそ様の家にやっかいになっとるわけにはいかんじゃろが。年寄りの長居《ながい》は嫌われるで。もう家に帰らなあかんよ」

ほとんど独《ひと》り言《ごと》に近い。ポソポソと、抑揚《よくよう》のない口調だった。

「お爺さん……」

長谷川は老婆の顔を見つめた。

その表情は相変わらず虚ろだった。どうやら、長谷川のことを自分の連れ合いだと考えているらしい。

――そういうことか。

長谷川は自分自身にうなずいた。

長谷川の父親は、脳溢血《のういっけつ》で倒れ、いわゆるボケ老人になってしまった。父親と同居していた兄夫婦、とりわけ義姉《あね》の苦労はたいへんなものだったらしい。晩年には、自分の子供の顔も忘れ、義姉のことをお母さんと呼ぶようになってしまった。

そのころ、長谷川も時間の許すかぎり、兄夫婦のもとを訪れたが、しだいに衰弱していく父親の姿を見て、切ない思いにかられたものだった。長谷川の妻はひとり娘で、義父のたっての願いで、いわば養子のような形で、妻の実家に入った。そのことで自分の両親にたいして、ある種の負い目のようなものを感じていたから、なおさら弱った父の姿を見るのがつらかったのかもしれない。

老婆の虚ろな表情には、あのころの父親の顔を連想させるものがある。

長谷川はあらためて老婆に顔を近づけ、

「お婆さん、どうして警察なんかにいるんだい？　だれかに連れて来てもらったの？　ここでだれかが来るのを待ってるの？」

　そう尋ねた。

「はやくタクシーを呼んだらいいじゃろ。タクシーを呼んでください。いつまでも他人様《ひと》の家にお世話になっとったら迷惑をかけるばっかしだで……」

「お婆さん、おうちはどこですか。警察にはだれと一緒に来たんですか」

「いえ、すぐに失礼します。食事はもう済ませました。とんだご造作《ぞうさ》をおかけしまして。タクシーはなんで来んのじゃろ？」

「お婆さん、名前はなんていうんですか。警察には家族の人と一緒に来たんですか」

「ご造作をおかけします。タクシーを呼んでくれませんか。百岸寺《ひゃくがんじ》公園まで乗せて行ってくだされば、あとはひとりで帰ります。タクシーはなんで来んのじゃろ」

　老婆の返事は要領をえない。どうやら、長谷川のいうことをほとんど理解していないらしい。

「まいったな」

　長谷川は途方にくれた。

　これはだれか婦警でも呼んできたほうがよさそうだ。とても自分ひとりの手には負えそうにない。

　そう考えたとき、長谷川さん、と食堂の入り口から名を呼ばれた。

長谷川は振り返った。

堀尾《ほりお》刑事が食堂に入って来た。長谷川とおなじ知能犯、経済犯担当の刑事二課に所属している。つい最近、別の所轄から移ってきたばかりの、まだ若い刑事だった。

堀尾は人なつっこい笑いを浮かべて、

「そのお婆さん、なにを話しかけても駄目ですよ。ぼくなんかもさんざんてこずらされたんですから。なにを訊《き》いても、タクシーの心配ばかりしている。そのうちに、ぼくのことを、ご亭主とまちがえたりしましてね。いや、さんざんでした」

「おれもご亭主にまちがえられたよ。おれなんかは、まあ、歳《とし》だから、あきらめもつくけど、きみはまだ若いから、とんだ災難だったよな——このお婆さん、どうして、こんなところにいるんだい」

「それが分からないんです。いきなり刑事課の部屋に入り込んで来ましてね。わたしを捕まえて欲しい、とこういうんですよ」

「捕まえて欲しい？　なんだか、おだやかじゃないな」

「ええ、そうなんです。なんでも、だれかを殺したとか、殺すことになってるんだとか、そんな話をしだしたんですよ」

「殺す？」

「ええ、青酸カリがどうとか、まあ、物騒な話をするんですよ。片岡《かたおか》さんなんか、本気で、一課に相談したほうがいいんじゃないか、といいだす始末でしてね」

堀尾は笑いだした。

「もっとも、この婆さん、その片岡さんをお爺さんと呼ぶようになって、みんな、ギャフンとなったんですよ」

「そうか、あの片《かた》さんがね」

長谷川も笑った。

片岡は優秀な刑事だが、職務に熱心なあまり、ときに暴走ぎみになってしまう。そのたびごとに、課長にいさめられ、ションボリとしてしまう。今回も、このお婆さんの話を聞いて、さぞかし奮《ふる》いたったことだろう。お婆さんがぼけていると分かって、どんなに気抜けしたことか、その顔を想像すると、笑わずにはいられない。

「それで、このお婆さん、身元は分かったのかね?」

「なにしろ、この調子ですからね。本人に尋ねても埒《らち》があきません。仕方ないから、なにか身元の知れるものがないか、婦警に持ち物の検査をやらせました」

「うん」

「バスの老人パスを持っていました。井上雅子《いのうえまさこ》。七十六歳です。藤井谷《ふじいだに》団地の住所になっていました。さっそく電話を入れてみたんですが、だれも出ない。息子夫婦かなんかと同居していて、その夫婦が共稼ぎでもしてるんじゃないですかね。夕方にでもまた電話してみようと考えてるんですがね」

「それまで、このお婆さんを食堂に置いておくわけか。また、ここに置いておけば、外に出て行こうとしても、だれかしらが気がつくだろうけどね」

長谷川はあらためて老婆の顔を見た。

老婆は自分のことが話題になっているのに気がついてもいないらしい。相変わらず、ぼんやりと覇気《はき》のない目で、テーブルの一点を見つめている。

「なんだか、かわいそうな気がするな。このお婆さんだって、こんなとこにいるより、はやく自分の家に帰りたいだろうに。あんなにタクシーを呼んでもらいたがっているんだから」

それはそうなんですけどね、と堀尾はつぶやいて、

「このお婆さん、おカネを持っていないんですよ。いや、まあ、タクシー代なんかは署で立て替えておいてもいいんですけどね。課長が、このお婆さんは、頭がその、なんだから、タクシーにでも乗せて、万が一、なにかあったら、あとが面倒だというんですよ。責任からいっても、ちゃんと家族の手に引き渡すべきだって。まあ、ぼくもそれはそう思うんですよ」

「ううん、課長は慎重だからな。たしかに、なにか事故があったら困る、というのはそのとおりなんだけどな」

長谷川はちょっと考え、

「このお婆さんの住所は藤井谷団地っていったっけ」

「ええ、そうです」

堀尾はうなずき、手帳を出して、C号棟の二十二号室です、とつけ加えた。

「C号棟の二十二号室か。藤井谷団地だったら、車で行けばほんの二〇分の距離だ。おれは今日、車で来てるんだよ。女房に買い物を頼まれたもんだからね。なんだったら、このお婆さん、送ってやってもいいな。課長にそういっておいてくれないか」

「もちろん、それはかまいませんけど。いや、そうしていただければ、お婆さんだって喜んでくれると思いますけどね。長谷川さん、藤井谷団地はくわしいんですか」

「うん、何度か行ったことがある。あの団地には釣り仲間がいるんだよ。往復しても、一時間もすれば、帰ってこれるだろう」

長谷川はそういい、さあ、家に帰ろう、と老婆をうながした。老婆は見向きもしなかった。長谷川のいった言葉が分かったのかどうか、かたくなにテーブルの一点を見つめたままでいる。

長谷川は苦笑し、

「お婆さん、タクシーが来たよ。タクシーに乗って帰ろう」

なんとか意思が通じたらしい。老婆は長谷川の顔を見上げた。

「そうですか。やっとタクシーが来てくれましたか」

ずいぶん大きな、はっきりした声でそう返事をした。

老婆はニコリと嬉《うれ》しそうに笑った。このときばかりは、虚ろな老婆の顔が幼女のようにあどけないものに見えた。

その顔を見て、長谷川はかすかに胸の痛みを覚えた。

長谷川の父親はぼけてから一度だって、こんな嬉しそうな顔を見せたことはない。父親が息を引き取ったとき、長谷川は汚職事件の捜査にたずさわっていて、その最期をみとることができなかった。

藤井谷団地はK市の郊外にある。市の中心を通っている県道を、西に進んで、山側に折れる。

団地が造られた二十年前には、まだ付近に畑地が多く残っていて、それらの農道を避けて建造したために、かなり道路が入りくんでしまっている。

六年ぐらい前、長谷川がはじめて団地の友人を訪れたときには、さんざん車を走らせたあげく、とうとう探しあてることができず、友人に電話を入れたものだ。

もっとも、それからもう何回となく、その友人の家を訪ねている。どんなに道路が入りくんでいても、すっかり通いなれた道になっていて、いまさら迷うことなどあるはずがなかった。

いや、そのはずだったのだが……

――おかしいな。どうしたんだろう。

長谷川は首をかしげた。

こんなことがあるだろうか。道に迷ってしまったのだ。曲がらなければならない道を、どうしても見つけることができず、何度もおなじ道路を往き来《いき》した。

たしかに、あの建物、この標識には見覚えがある。ああ、ここだ、ここだ、と安心して、車を走らせていると、いつのまにか団地を通りこして、県道に出てしまう。

そんなことをくりかえしているうちに、しだいに長谷川の胸に、冷たく、重いものがのしかかってきた。

こんなことはいまだかつて一度もなかったことだ。どうして、通いなれているはずの藤井谷団地に行き着くことができないのか。

――疲れているんだろう。聞き込みがずいぶんこたえたらしい。

長谷川の年齢ではもう現場の仕事は無理になっているのかもしれない。三十代に、二年ほど体調をくずして、まともに勤務ができなかったことが、その後の長谷川の昇進をさまたげた。

警部、警部補はおろか、巡査部長にもなれず、とうとう、この年齢まで、一介《いっかい》の刑事で過ごしてきた。警察大学校を卒業し、三十代なかばで、県警本部長になっている連中を見ると、さすがに一抹《いちまつ》の淋《さび》しさを覚える。

が、あれも人生、これも人生、と思いさだめて、最後まで、現場にとどまるのを誇りにして、これまでなんとか仕事をつづけてくることができた。自分はこれでいいのだ、とそう達観し、刑事としての職務をまっとうすることだけを考えてきたのだが、肉体のおとろえだけはどうにもならなかったらしい。

——すこし休んだほうがいい。おれは働きすぎなのかもしれない。

長谷川は車を運転しながら、そんなことを考えている。自分は疲れているんだ、ただそれだけなんだ、という思いに、すがるような気持ちになっていた。

頭のなかをフッとぼけてしまった父親の顔がよぎった。そんなバカな。何を考えているんだ。おれはまだ五十すぎ、働きざかりじゃないか。そんな、そんなことがあるはずがない……

長谷川は自分がわずかに汗ばんでいるのを感じていた。奇妙に冷たい汗で、背筋に悪寒《おかん》をおぼえた。

井上雅子は長谷川が道に迷っているなどということは考えてもいないらしい。ようやく、タクシーに乗って、安心したのか、バックシートで眠り込んでしまっている。

男と女のちがいはあっても、歳をとり、ぼけてしまった人間の顔は、奇妙に似てくるようだ。どうかすると、ルームミラーのなかの雅子の顔が、フッと死んだ父親の顔にかさなって感じられることがある。

いや、それはほんとうに死んだ父親の顔だろうか。老いて、ぼけた老人。それは長谷川自身の顔ではなかったか。

——やめろ。何を考えているんだ。おまえはただ疲れているだけなんだ。それだけなんだ。

長谷川は悲鳴をあげそうになるのを、懸命にこらえていた。

二〇分で着くはずの藤井谷団地が、結局、探しあてるのに、一時間ちかくもかかってしまった。

着いたときには、すでに夕方の四時をまわっていた。日差しが弱くなり、その黄ばんだ陽《ひ》の光に、コンクリートの建物が、カスミがかかったように、ぼんやりとその輪郭《りんかく》を滲《にじ》ませていた。

何人か買い物帰りらしい主婦たちとすれちがった。そのなかのひとりが、

「あら、お婆ちゃん、こんにちは」

と、井上雅子に声をかけてきた。

どうやら雅子も自分の家の近くでは気持ちがはっきりするらしい。その主婦に挨拶《あいさつ》を返したが、その口調には、どこにもおかしなところは感じられなかった。

――やれやれ。

長谷川はなんとなくホッとして、ハンカチで汗をぬぐった。

なんとか雅子を送り届けることができて、どうにか長谷川の気持ちも落ち着いてきたらしい。ほんの短い時間だが、自分もぼけてしまったのではないか、と考えたのが、嘘《うそ》のようだった。もちろん、そんなことがあるはずがない。

「お婆さんのうちはこっちだね？」

「はい、C号棟です」

雅子はニコニコしている。

長谷川は雅子の手を取って、階段を上がらせた。意外にしっかりした足どりで、雅子は階段を上って行った。

雅子が家族に迎えいれられるのを、きちんと見届けなければならない。そうしなければ送ったことにならないだろう。

そのうえで、こんな老人を放っておいたことを注意するつもりだった。今回は、たまたま警察署に来たからよかったものの、こんなふうに年寄りを放っておいたのでは、いつどんな事故が起こらないともかぎらない。

「ここだね」

二十二号室のドアの前まで来て、雅子を振り返った。雅子がうなずくのを確かめて、ドア・チャイムを鳴らした。

しばらく待った。しかし、だれもドアを開けようとはしない。またチャイムを鳴らしたが、おなじことだった。

――何だ。まだ、だれも帰っていないのか。

長谷川は胸のなかで舌打ちした。老人を放っておいて、いつまでも外出している無責任さに、本気で腹が立ってきた。

ためしにノブに手をかけてみた。ドアに鍵《かぎ》はかかっていない。不用心な家だ。家族が帰って来るのを待っているだけの時間はない。が、せめて雅子が自分の家に落ち着くのを見届けなければならない。それに、できればメモかなんかを残して、家族の不注意に反省をうながしたい。

長谷川は雅子を振り返って、

「入れてもらっていいかな」

そう確認してから、ノブをひねった。

ドアを開けたとたんに、その臭いに気がついた。長谷川は体を強張《こわば》らせた。若いころには、一課に在籍したこともあり、何度か、人が死んでいる現場に足を踏み入れたことがある。そのときの記憶が鮮明によみがえってくるのを覚えた。死臭だ。

ドアを大きく開けはなった。

入ってすぐに六畳ほどのキッチンがある。そのリノリウムの床に、中年の女がうつ伏せに倒れていた。あらためて確かめるまでもない。死んでいるのだ。

床に、湯飲み茶碗《ぢゃわん》が転がっている。おそらくお茶がこぼれたのだろうが、すでにそれは乾いてしまっていた。

キッチンに面した和室の襖《ふすま》が、半分ほど開いている。そこに、これはやはり倒れている男の足だけが見えていた。その足もピクリとも動かない。

――なんてこった。

長谷川は息をのんだ。さすがに震えこそしなかったが、それに似た感覚を覚えた。

チラリと雅子に視線を走らせる。

雅子は廊下にぼんやりと立っている。長谷川の体越しに、部屋のなかを見ることができるはずだが、自分の見ているものを理解できずにいるらしい。

「電話を借りるよ」

一応、そう断わって、部屋のなかに足を踏み入れた。

できれば、電話も使わずに、現場の保存につとめたいところだが、いまは公衆電話をさがしている暇はない。かといって、隣り近所で、電話を借りれば、一般人に事件のことを知られ、無用な騒ぎを起こすことにもなりかねない。

ハンカチで受話器をくるんで持った。ポケットからボールペンを取り出し、その尻《しり》で、プッシュフォンのナンバーを押そうとした。

しかし……

どうしたことだろう。とっさに署の電話番号が浮かんでこないのだ。長谷川の顔に苦悶《くもん》の表情があらわになった。どんなに考えても、電話番号を思いだすことができない。額《ひたい》に汗が噴きだしてきた。目の前が暗くなり、その視野のなか、死体がゆらゆらと揺れていた。

長谷川は歯を食いしばった。が、やはり署の電話番号を思いだすことはできない。

——そんなバカな。おれはどうしちまったんだ。

長谷川は受話器を持ったまま立ちすくんでしまっている。

死体を見つけたときにも、震えなかった長谷川が、いまはおこりにかかったように、全身を震わせていた。

# 第一章　空間失見当識《しつけんとうしき》

## 1

　いつまでたっても電話に慣れることができない。

　物心がついたときには、もう戦争だった。家族と一緒に、青森に疎開したが、わびしい借家ずまいで、近所のどこにも電話なんかなかったし、そもそも電話をかける相手がいなかった。

　戦争が終わって、東京に帰った。父は人形《にんぎょう》町《ちょう》で、小間物《こまもの》屋をやっていた。店は焼けてしまったけど、地所は自分のものだったから、すぐに建てなおすことができた。父はそういうことには抜けめがない。

　小才《こさい》のきく人だから、つてを求めて、なんとか品物をそろえ、また商売をはじめた。戦争前のようなわけにはいかなかったが、それでもボツボツと以前の客が戻ってきて、しだいに店は軌道に乗ってきた。

兄もシンガポールから復員してきて、ようやく家族が、ひとつ屋根の下で過ごすことができるようになった。戦争に負けたのは悲しかったけど、運のいいことに、家族のだれひとりとして欠けることがなく、また新しい生活をはじめられた。そのことには感謝しなければならないと思う。

それでも電話なんて、まだ自分には縁のないものだった。東京は焼け野原で、その日に食べるものも、ろくにない。父が店を建てなおしたときにも、まだ、そんな有《あ》り様《さま》だったのだ。電話どころではない。

復員してきた兄を、上野《うえの》に迎えに行き、地下道に浮浪者があふれているのを見て、あ、日本は戦争に負けたんだな、とそう実感した。自分は泣き虫ではないつもりだが、そのときには涙がポロポロこぼれてきた。ほんとうに電話どころではなかったのだ。

わたしがはじめて電話を使ったのは今年になってからのことだ。親しくしていただいている裏手に住む杉浦《すぎうら》さんが電話を引いて、わが家も呼び出し電話の恩恵を受けられるようになった。

わたしは洋裁を覚えたくて、その春から、文化服装学院に通うようになっていた。仲のいいお友達も何人かできて、そのなかでも美穂《みほ》さんはおうちがお金持ちで、ご自宅に電話をお持ちなのだ。

美穂さんのお父様は、なんでも戦前に株か相場で大儲《もう》けなさって、戦争が終わってからは、進駐軍のＰＸから物資を流してもらい、以前にも増して、裕福になられたということだ。

父もそれなりに商才があるが、しょせんは下町の小間物屋さんで、美穂さんのお父様とは比べものにならない。

美穂さんのことをねたんで、成金《なりきん》の娘だなどと陰口をたたく人もいたが、美穂さんは気丈なのか、そんな陰口なんか気にもなさらなかった。

わたしも下町育ちで、気の強いことではひけをとらないほうだから、それでなおさら美穂さんとは気が合ったのかもしれない。

あの人に初めて会ったのは、美穂さんのお宅に遊びにうかがったときだった。

——父の仕事を手伝っていて、こんなに若いのに、ほとんどひとりで会社を切り回している。

美穂さんはあの人のことを、そんなふうに紹介してくれた。

血はつながっていないけど、なんでも美穂さんの親戚《しんせき》筋にあたる人で、戦争中は、予科練を志願し、土浦《つちうら》で訓練を終えて、三沢《みさわ》海軍航空隊にいたらしい。

男らしい、りりしい眉《まゆ》をしていて、そのくせ、はにかんだように笑うのが、少年のようにも見える。下町で育ったわたしは、それまで妙に世故《せこ》にたけたような男ばかり見てきて、あの人のような男は知らなかった。

二度ほど、美穂さんのお宅で、偶然に出会ったけれど、わたしは恥ずかしくて、ほとんどあの人の顔を見ることもできなかった。さぞかし、あの人はわたしのことをバカな娘だと思ったにちがいない。

三度めに、美穂さんのお宅に遊びにうかがったとき、あの人からわたしに電話がかかってきた。

――とても残念なんですが、今日は仕事が忙しくて、美穂さんのお宅に行くことはできません。こんなことをいって、図々《ずうずう》しい奴だと思われるかもしれませんけど、もしよろしければ、今度の土曜にでも、映画につきあっていただけませんか。

あの人から思いがけず、そう誘いを受けたとき、どんなにわたしの胸は高鳴ったことだろう。

わたしは気が強くて、町内の若い衆なんかとは平気でポンポンとやりあったものだけど、それまで男の人と真剣におつきあいしたことなど一度もなかった。

そのときのわたしがどんなふうに返事をしたのか、よく覚えていない。おそらく、わたしは顔を真っ赤《まっか》にしていたのだと思う。

――蚊《か》の鳴くような声だったわ。

あとになって、そう美穂さんがからかったから、よほどわたしの声は小さかったのにちがいない。

次の土曜日、わたしたちは東劇《とうげき》で〝風と共に去りぬ〟を見た。なまじロマンス・シートなんかにすわったものだから、なにかの拍子《ひょうし》に、あの人と肩が触れあうたびに、わたしは身をすくめなければならなかった。

おかげで〝風と共に去りぬ〟がどんなお話だったのか、ほとんど覚えていない。覚えているのはクラーク・ゲーブルの口髭《くちひげ》だけだ。

そのあと、資生堂《しせいどう》パーラーで、ショート・ケーキをごちそうになった。

わたしはあのとき何を話したろう。おそらく、たわいもない話だったにちがいない。そんなわたしのとりとめのない話を、あの人は真剣に聞いてくれた。

わたしがあの人をほんとうに好きになったのは、あの日からだったと思う。

それ以来、わたしは美穂さんのお宅で、あの人と会ったり、あの人が忙しくて、それができないときには、美穂さんの家の電話でお話をしたりした。

もしかしたら、美穂さんは最初から、あの人とわたしがおつきあいするのを願っていたのかもしれない。

あの人から電話がかかってくると、

――電話の君よ。

そんなふうにいって、わたしに受話器を渡してくれるのだ。

たまに電話がかかってこないと、こちらからかけなさいよ、と勧めてくれる。もちろん、いくらわたしだって、勧められるたびに電話をかけるほど図々しくはないけれど、三度に一度は、美穂さんのご好意に甘えてしまう。

いつだって、わたしはあの人の声を聞いていたいのだ。あの人はとても忙しくて、会えるのはせいぜい二週間に一度ぐらい、それでも電話で声を聞けるから、わたしはちっとも淋《さび》しくなんかなかった。

いつまでたっても電話に慣れることができない。受話器を取るとき、ダイヤルを回すとき、わたしの胸はドキドキと恥ずかしいぐらい高鳴ってしまう。もしかしたら、横にいる美穂さんに聞こえるのではないか、と本気で心配になってくるほどだ。

結婚の話が出たのは、あの人と三度めに会ったときだった。あの人はそうするのが当然のように話したし、わたしもごく自然に、それを聞いた。ほんの短いおつきあいだけど、愛情の深さを測るのに、時間の長さは関係ないと思う。わたしはあの人のことを真剣に愛していたし、あの人もわたしのことを誠実に考えていてくれる。わたしたちはたがいに愛し合っているのだ。

ただ、わたしたちの結婚に問題がないではなかった。

——ぼくたちの結婚をこころよく思わない人間がいるんだよ。

あの人は表情を曇《くも》らせて、そんなことをいった。

——ぼくたちの愛をねたんでいる人間がいるんだ。

わたしだってもう二十二歳だ。しかも戦争を通ってきた二十二歳なのだ。空襲こそ体験しなかったが、青森に疎開して、人の冷たさを充分に味わった。世の中の人たちが善人ばかりでないことは知っている。なかにはわたしたちふたりが幸せになるのをこころよく思わない人間もいるだろう。

わたしたちの幸福をねたんでいる人間がいる。わたしたちの愛を邪魔しようとする人間がいる。

信じられないことだけど、わたしのほんとうの歳は、二十二歳ではなく、六十五歳だなどとそんな馬鹿ばかしい噂《うわさ》を立てる人もいるのだ。そんなことをいってまで、わたしたちの愛を邪魔したいのか。四十三歳も年齢をごまかせるだなんて、本気でそんなことを考えているのだろうか。

あの人もさすがにそんな中傷には我慢できなかったらしい。

あるとき、電話で、

——ぼくだって予科練を出た人間なんだからね。あくまでも、ぼくたちふたりの幸せを邪魔しようとするんだったら、やむをえない、ぼくは実力行使に出るつもりだ。なに、戦争で死んだ命だと思えば、どんなことでもできるさ。

あの人の気持ちは嬉《うれ》しい。でも、あの人にばかり負担をかけるわけにはいかない。わたしだって、いざとなったら、人ぐらい殺せるつもりだ。

いや、これは殺すだなどとそんな恐ろしいことではなく、わたしたちの幸せを守るための、いわば正当防衛のようなものなのだ。

わたしたちの愛を邪魔する人間は許せない。そんな人間は死んで当然だと思う。わたしのほんとうの年齢が六十五歳だなんて、よくもそんなことがいえたものだ。わたしはまだ二十二歳の処女なのだ。よりによって、そんな馬鹿げた中傷をするなんて、よほど気持ちがねじくれた人たちなのだろう。

でも、どんなときにも感謝の気持ちを忘れてはならない。おかげで、わたしたちふたりの絆《きずな》は、いっそう強いものになった。感謝、感謝。

どんな卑劣な妨害、悪意に満ちた中傷も、わたしたちふたりの仲を割《さ》くことはできない。わたしたちは心底から愛し合っている。ほんとうに大切なことはそれだけだ。わたしはそう思う。

わたしたちはいま真剣に、ふたりの仲を割こうとしている人間を〝排除〟する方法を考えている。

排除、という言葉を最初に使ったのはあの人だ。すてきな言葉だ。殺す、などという言葉より、ずっとおだやかだし、洗練されている感じがする。いかにもあの人らしくて、わたしは好きだ。

その計画を順調に運ぶために、しばらく会わないほうがいいだろう、あの人はそういった。

わたしは淋しかったが、あの人が情熱的である一面、慎重な性格であることも知って、ますます、あの人のことを頼もしく感じるようになった。

淋しい。でも、わたしたちには電話がある。まえより頻繁に、わたしたちは電話で話すようになった。どんなに淋しくても、あの人を信頼してどこまでもついていけばいいのだ、わたしはそう考えている。

わたしはあの人からの電話を待っている。どうすれば、わたしたちの邪魔をする人間を〝排除〟できるか、いずれ、あの人はそれを考えついてくれるはずだ。そしたら、あの人から電話がある。わたしはただ、それを待ちさえすればいいのだ。

いつまでたっても電話に慣れることができない。あの人からの電話があるたびに、わたしの心臓はドキドキして、胸が痛くなってしまう。

でも、そのことがむしろ、わたしには嬉しく感じられる。

電話に慣れ、あの人の声を聞いても胸がときめかなくなったら、それは、わたしたちふたりの愛が冷めたことになるだろう。

この愛を失うぐらいだったら、いっそ死んでしまったほうがいい。ふたりの愛を守るためだったら、どんなことでもしよう。

わたしは本気でそう考えている。

## 2

通りかかった看護婦に、

「おはようございます」

平野《ひらの》美穂は明るい声をかけた。

ロッカーから白衣を出して、それをブラウスの上に着込んだ。そして、自分の名札を表に返した。

老人病棟のデイルームに向かう。

デイルームのドアには大きな窓がある。なかのスタッフは、その窓から、デイルームに来た人間を確かめることができる。

美穂はガラス窓をトントンとたたいた。入り口にいた看護婦が席を立ち、ドアの鍵《かぎ》を開けてくれる。

「おはようございます」

ここでも美穂の声は明るい。

そして、デイルームに何か変わったことがないか、部屋のなかを見わたす。

べつだん変わったことはなさそうだ。いつもながらのデイルームだった。

デイルームは広間のようになっている。二〇坪はあるだろう。中央には、大きな食卓テーブルがあり、一方は、壇のように高くなっていて、そこには畳が敷かれている。見たところ、高級な老人ホームの談話室といった感じがする。

採光部分が多く、明るい。老人たちは昼間は、そこで食事をし、テレビを楽しんだりする。面会の人たちも、病室を訪れるよりは、ここで老人と会うのを好む。

もっとも、どんなに明るくて、清潔でも、ここは談話室なんかではない。聖テレサ医大病院精神神経科の、老人性痴呆《ちほう》症患者を治療、収容している病棟なのだ。

よほどの問題がないかぎり、痴呆性老人をひとりで、孤独に放っておくのは、好ましくない。どんな場合にも、人とのコミュニケーションをはかり、レクリエーションや、簡単な作業をやらせることが、治療するのに大切なことなのだ。そうしてやることが、健康な脳神経細胞の活性化につながる。

デイルームは治療のための施設であって、サロンではない。そのためドアには鍵がかけられているし、天井にはビデオ・カメラが設置されている。部屋のなかには、看護婦や、ソーシャルワーカー、心理士などが、絶えず待機しているのだ。

年齢がかさめば、ある程度、ぼけるのはやむをえない。そう考える人がいる。これはとんでもない誤解だ。老人の痴呆は歴然とした病気なのだ。完全に回復させるのはむずかしくても、適切な治療によって、その進行を食い止めることはできる。

老人性の痴呆にはさまざまな症状が見られる。

老年性のウツ症状、家族の顔さえ忘れてしまう健忘症、自分を若者だと思い込んでしまう年齢逆行、むやみに徘徊《はいかい》したり、夜間に異常に興奮する問題行動、そして失禁——

デイルームに赤い提灯《ちょうちん》のぶら下がっているドアがある。初めてデイルームを訪れた人は、これは何の冗談なのか、と面食らうかもしれない。デイルームにうるおいを与えるための飾りと考える人もいるだろう。もちろん、そうではない。これはトイレなのだ。

痴呆性老人たちはときにトイレの場所を忘れてしまう。探しまわっているうちに、限界がきて、漏らしてしまう。それを防ぐために、トイレの目印として、赤い、大きな提灯をぶら下げているのだ。

このデイルームにいる患者は、おしなべてそうした痴呆性老人たちなのだ。その世話をし、治療をするのは、並大抵の苦労ではない。

老人性痴呆症患者の世話をするのはたいへんな忍耐がいる。忍耐と、体力、それに献身的な努力がいる。

愛情をもって、気の毒なお年寄りの世話をしよう、というのは簡単だが、それは無責任な第三者のいうことで、実際には、そんなきれいごとでは済まされない。

看護婦の数は不足しているし、痴呆の男性患者のなかには、ときに理不尽な怒りにかられ、凶暴になる者もいる。そんなときには看護婦たちの力だけでは抑えきれないこともある。看護婦たちは生傷が絶えない。

また、これもとりわけ男の患者のなかには、性欲だけが異常に昂進《こうしん》する者もいる。お尻をさわられたり、胸にさわられたりするのはまだいいほうで、ときには、もっと露骨なふるまいに及ぶ者さえいる。

ヒューマニズムを口にするのはたやすいが、痴呆性老人のケアは、そんななまやさしいものではない。たいへんな重労働であり、そのわりには、むくわれることの少ない、つらい仕事なのだ。

美穂はS大の三年生、心理学を専攻している。

痴呆治療に興味を持ち、将来は、老人を対象にしたソーシャルワーカーか、心理士の道に進みたいと考えている。聖テレサ医大病院の老人病棟で、週に四日、心理士のアシスタントのようなアルバイトをしているのも、将来の進路を考えてのことだ。

そんな意欲的な美穂だが、ここで働いている女医や、看護婦の姿を見て、

――わたしに痴呆治療の仕事がつとまるかしら？

ときにそう自問することがある。

治療は献身ではない。どんな治療も、医師や、看護婦の犠牲のうえにたってあるのは望ましいことではない。痴呆性老人の看護が医師や、看護婦たちの献身のうえにたっている

かぎり、日本の老人行政に進歩は望めないだろう。

理屈はそのとおりだが、実際には、痴呆性老人の治療、訓練は、良心的に行なおうとすればするほど、それにたずさわる人たちの献身を要求する。看護婦たちはクタクタになるまで働かなければならない。

老人専門の心理士を志望している美穂にしてからが、自分はとてもこの人たちのようには働けない、とそう感嘆してしまうほどなのだ。

もっとも、本人がどう感じていようと、美穂は、痴呆性老人たちのケアに必要な才能を持ちあわせていた。いや、もしかしたら、それは才能というより、もって生まれた性格のようなものであるかもしれない。

痴呆性老人のケアをするには、なにより老人たちから信頼されなければならない。そうでなければ、そもそもコミュニケーションをはかるのさえむずかしい。といっても、なにしろ自分の年齢から、家族の顔さえ忘れてしまっている老人たちだ。その信頼をかちとるのは並大抵の努力ではない。

どんなに相手がトンチンカンなことをいっても、バカにしてはいけないし、性急にそれを訂正しようとしてもいけない。失敗や勘違いは大目に見て、いつも自分を老人たちのペースに合わせるようにしなければならないのだ。

これは簡単なことに見えて、実際にはむずかしい。痴呆性老人たちには意外に敏感なところもあり、なまじ物分かりのいい人間のふりをしたりすると、その偽善を見抜かれてしまう。

美穂には奇妙に老人たちのなかに入り込んでいける才能があった。どんなにかたくなで、重症の痴呆性老人でも、美穂と一時間も一緒にいると、その顔を覚えてしまう。どんなに親密に世話をされても、翌日、会ったときには、初めまして、としか挨拶《あいさつ》できなかった老人がいる。その老人が、美穂にケアされたときだけは、その翌日、お久しぶりでございます、と挨拶し、看護婦たちを驚かせたものだった。

美穂にはそんなところがある。

だからこそ、痴呆性老人の世話をするという、けっして楽とはいえないアルバイトも、なんとか二年あまりもつづけてこられることができたのだろう。

美穂はアルバイトだから、看護婦や、心理士のアシスタントをする、というたてまえになっている。が、実際には、美穂の有能さが認められ、ほかの看護人のように、何人か自分の受け持ち老人をかかえている。

まだ資格のない美穂に、そんなことをさせたのでは、あとあと問題が起こらないか、当初はそんな危惧《きぐ》の声も聞かれたらしい。

しかし、精神神経科の部長でもある川口《かわぐち》教授が、

――冗談じゃない。痴呆性老人の治療、訓練はそんな理屈じゃないんだよ。老人たちが

できるだけ幸せに、快適に、余生を送れるようにしてあげるのも、われわれの大切な仕事なんだ。平野くんぐらい、痴呆性老人のケアに適した人間はいない。みんな、よろこんでいるじゃないか。まだ学生だからとか、資格がないからとか、そんな瑣末《さまつ》なことにこだわっていたんじゃ、この仕事はできないよ。いざとなったら、ぼくが責任を持つ。平野くんにも患者を担当してもらうことにしたまえ。

そう熱弁をふるったということだ。

その話を耳にして以来、美穂は川口教授のファンになった。もっとも、べつだん美穂がファンにならなくても、川口教授は女子大生に人気がある。その白髪、長身の容姿は、医者というより、なんだか新劇のベテラン俳優のような雰囲気がある。精神科医としての実績も抜群で、著書も何冊か出版している。

実際の話、聖テレサ医大病院の職員にとって、川口教授はいわば雲の上の人なのだ。そんな偉い人が、まさか自分なんかの名を知ってくれているだなんて、美穂はそれまで夢にも思ったことがなく、そのことだけでも感激だった。

いずれにせよ、そんなことがあって、美穂も何人か痴呆性老人を受け持つことになったのだ。

準職員としての資格を与えられ、アルバイトなのに定期代が与えられ、病院の食堂も利用することができる。地方から出て来て、アパートでひとり暮らしをしている美穂にとっては、大助かりだった。

3

デイルームの一角に四坪ほどの控え室がある。プレハブの枠組みに、大きなガラス窓を塡《は》め込んだ部屋で、看護婦や、医師は、ここで老人たちの様子を見ながら、通常の業務を行なう。

聖テレサ医大病院の精神神経科には、寝たきりの老人もいるし、ガラス窓を割ったりする粗暴な老人もいる。残念ながら、そうした患者はデイルームから引きはなさざるを得ない。

控え室には二台のモニターがあり、いながらにして、病室や、隔離室の、そんな老人たちを観察することができるのだ。

老人たちの何人かはここを職員室と呼んでいる。学校の職員室だ。

痴呆性老人たちのほとんどは、自分が病院にいるということを分かっていない。工場に働きに来ていると思っている人もいれば、学校で勉強していると思っている人もいる。なかには温泉センターに保養に来たと思っている人もいるのだ。

そんな老人たちから見れば、この控え室には、なんとなく学校の職員室のような雰囲気があるのだろう。

医師や、看護婦たちも、いつしか、ここを職員室と呼ぶようになっている。

美穂は職員室に入って、

「おはようございます」

そう挨拶すると、ボードにかかっている大学ノートを取った。

美穂は七人の痴呆性老人を担当している。週に四日しか働くことができないから、残りの三日間は、べつの人間がおなじ老人たちを担当することになる。

受け持っている老人たちがどんな動きをしたか、どのように接すればいいかなど、もうひとりの担当からの申し送り事項は、すべてこの大学ノートに記載されることになっている。

もちろん、美穂も自分の仕事を終えたときは、気がついたことを、この大学ノートに書かなければならない。

そのノートを開いて、美穂はクスリと笑った。

美しく愛《いと》しい天使の美穂様♡

いきなり、そんな言葉が目のなかに飛び込んでくる。おせじにも達筆とはいえない。ボールペンでなぐり書きした、ただ大きいばかりの、子供のような字だ。ハートはわざわざ赤いボールペンで書かれている。

テレフォン・クラブはますます盛況、そのうちに恋がめばえるかもしれませんぞ。野村《のむら》恭三《きょうぞう》氏は、老いてますますさかん、美穂様があまりに可憐《かれん》で、セクシーであられるために、野村氏はかつての自分のなじみの芸者と勘違いなさっているようです。小生に美穂さんをなんとか落籍《ひか》せられないものかと（小生はこんなむずかしい字も知っているのですぞ。意味だって、ちゃんと辞書を引いて、分かっているのでありますぞ）、そんな相談を持ちかけてきました。美穂様に渡してくれ、とおっしゃって、恋文（とはまた古風ですな）をことづかりましたぞ。小生のことを、大将、と呼んでいました。どうやら小生のことを待合《まちあい》の旦那《だんな》かなんかと間違えているらしい。銀行に電話して（といっても、例の電話ですが）十億ばかり持って来い、といばっておりました。なんでも東京に、一軒、家を持たせてやってもいい、ということですから、美穂様、ここは考えどころかもしれませんぞ。おメカケさんに出世なさっても、どうか貧乏で、純情な小生のことをお忘れなく。

長谷川也寸志《やすし》氏と、斉藤紀夫《さいとうのりお》氏は、相変わらずの御神酒《おみき》どっくり、いつもふたりで一緒につるんでいます。といっても、斉藤氏の症状がやや進んで、このところ、長谷川氏のほうに斉藤氏をバカにし、ひとりでいる傾向が見られます。そのうちに長谷川氏が、斉藤氏を無視するようになるかもしれません。そうなると、ふたりとも以前のように、ひとりぼっちになってしまいます。いまのうちに、なんとか善処する方法を考えておいたほうがいいでしょう。

さて、テレフォン・クラブの四人の女性陣は、いよいよ若返り（伊藤道子《いとうみちこ》さんはついに二十歳の壁を突破しました。小生もなかなかバカにしたものではありません。なにしろオンとし十九歳の女性にいいよられたのでありますからな。なんでも小生は道子さんのタイプなんだそうです）、食事をしているとき以外は、ほとんど電話で話しています。

愛甲則子《あいこうのりこ》さんはまた徘徊衝動が強くなってきたようです。デイルームを歩きまわり、しきりにドアのノブをガチャガチャさわっています。小生、どこに行くんですか、と訊いたのですが、お店に出なければならない、とそういいます。なんでもチイママだけでは、お店が心配なんだそうです。美しくて愛しい天使の美穂様はチイママなどという言葉は知らんでしょう。小生はこんな言葉も知っているのでありますぞ。看護婦長の澤田《さわだ》さんが、いま、お店は改装中でお休みですよ、と説明していましたが、ほんとうに納得したかどうか分かりません。そういえば、美穂様、あなたはここでもスカウトされましたぞ。あなただったら、銀座《ぎんざ》に出ても、すぐにもナンバーワンになれるそうです。あなたのことをとても客あしらいがうまいと誉《ほ》めていました。めでたいではありませんか。もうちょっと色気が出たら、完璧《かんぺき》なんだそうです。

おメカケさんといい、銀座のナンバーワン・ホステスといい、あなた様の前途には洋々たるものがありますな。ちなみに小生も愛甲ママからスカウトされました。お店のボディガードにぴったりなんだそうです。美穂様、どうやら、美しく愛しい天使のあなた様と、貧しく、純情で、力自慢の小生とで、銀座を席巻《せっけん》できる日もそんなに遠くはないようです。希望を持ちましょう！


美穂はクスクス笑いながら、ノートを読んでいる。

これを書いたのは新谷《しんたに》登《のぼる》という精神神経科の研修医なのだ。美穂が大学に出なければならない三日間、新谷が美穂の受け持っている七人の老人を、担当してくれている。

文章はなんとなく古めかしいが、実際には、まだ三十そこその若い研修医であるらしい。らしい、としかいえないのは、美穂はまだこの新谷という研修医と、一度も会ったことがないからだ。ノートの申し送り事項を通じて、たがいに名前を知っているにすぎない。ノートの文章からも察せられることだが、新谷はなかなか愛すべき人柄であるらしい。新谷のことが話題にのぼると、看護婦たちはみんな一様に、笑いを噛《か》みころしたような顔になる。

もっとも、ただたんに愛すべき人柄であるだけではなく、研修医としても、かなり有能な若者であるようだ。ユーモアにまぶされているが、新谷の申し送り事項は、いつも的確で、患者ひとりひとりの症状を正確につづっている。美穂はこれまで、新谷の申し送り事項に、どんなに助けられたか、言葉ではいいあらわせないほどだ。

——一度も会ったこともないのに、美しくて愛しい天使の美穂様だなんて、バカにしてる。

そう思うのだが、もちろん本気で、そんなことを怒っているわけではない。いや、怒るどころではない。

痴呆性老人にたいしては、いつもおおらかな気持ちで接するのを忘れてはならない。新谷の申し送り事項を読むと、どんなに老人たちの症状が深刻でも、それにゆとりを持って、対処することができるようになる。

美穂がノートに申し送り事項を書くときには、つい新谷をからかうような文章になってしまう。まだ一度も会ったことのない若者だが、新谷には、ちょっと、からかってみたくなるようなところがある。

しかし、実際には、美穂は新谷のユーモラスで、こまやかな心づかいに、いつも感謝している。そんな美穂が新谷に本気で怒るはずがなかった。

美穂はノートをボードに戻した。そして、職員室からデイルームに出る。

美穂の担当している老人たちはおなじテーブルにすわっている。といっても、女性ばかりで、三人の男性はそこにはいない。

痴呆性老人、とりわけ女性たちは、いつもおなじ仲間たちと一緒にいることが大切なようだ。

これを医師や、看護婦たちはテーブルメイトと呼んでいるが、女性患者はいつもおなじ顔ぶれでいることに、安心感をいだくものらしい。病棟で知りあった老人たちが、生活を共にするうちに、たがいに旧知の人間、なくてはならない存在になっていく。

もちろん、患者たちはたがいに相手をおなじ病棟の痴呆性老人だと認識しているわけではない。それぞれ相手を近所の親しい友人、幼なじみ、学校の同級生、親戚の小母《おば》さん、など、自分のもっとも親しい人間だと錯覚してしまうのだ。錯覚された相手は、初めのうちこそ、その誤解を解こうとするが、そのうちに自分でもそうした関係だと思い込んでしまう。

遠くで見ていると、このテーブルメイトの女性たちは、たがいにおだやかに、楽しく会話を運んでいるように見えるが、実際には、それぞれが自分勝手なことを話しているにすぎない。

しかし、それでいいのだ。これが痴呆性老人たちの精神を安定させ、その日常を活発なものにしていく。この女性たちを見ていると、人間はだれかに頼り、頼られなければ生きていけない存在なのだな、ということを実感させられる。

美穂はこのテーブルメイトに電話を引いてやった。

といっても、ノートの申し送り事項で、新谷と相談しあって、プラスチックのおもちゃの電話を四個、テーブルのうえに置いたにすぎないのだが。

このおもちゃの電話は痴呆性老人たちに好ましい影響をもたらした。どこにも通じていない電話なのだが、その電話で話しているとき、老人たちの表情はいきいきとし、いかにも楽しそうだった。

新谷はこれを称して、テレフォン・クラブと呼んで、いつしかその呼称を、看護婦たちも用いるようになった。

いまもテレフォン・クラブの女性たちが三人、それぞれ、おもちゃの電話で何事か話している。

とっくに亡くなったご主人に、わたし、妊娠したらしいの、と厳粛な顔で報告しているのは、吉永幸枝《よしながゆきえ》だ。その横では、愛甲則子が、これもとっくにいなくなってしまったバーテンに、どんなつまみを用意したらいいか、それを命じている。佐藤幸子《さとうさちこ》はおそらく友人と話しているつもりなのだろう。しきりに姑《しゅうとめ》の悪口を話している。

——あら？

美穂は眉をひそめた。

テレフォン・クラブのもうひとりのメンバーである伊藤道子の姿がない。入院して以来、ずっと自分を二十二歳だと信じている女性だ。いや、新谷の申し送り事項によれば、ついに十九歳になってしまったらしいのだが、その伊藤道子の姿が見えないのだ。

もしかしたら、体調が悪くて、今日は病室で寝ているのだろうか。それならそれで、美穂は伊藤道子の病状を見なければならないだろう。

近くにいた看護婦を呼んで、伊藤道子のことを尋ねた。

「ああ、伊藤さんだったら、スーパーに買い物に行ってるわよ。なんだか欲しいものがあるんだって」

看護婦はこともなげに答えた。

「ああ、そうなんですか。どうもありがとうございます」

美穂はひとまず安心した。

どうやら伊藤道子の体調が悪いのではないか、と考えたのは、美穂の思いすごしだったらしい。スーパーマーケットに買い物に行けるのであれば、伊藤道子は体調が悪いどころか、体の調子がいいのだろう。

痴呆性老人でも、買い物とか、洗濯といった、日常のちょっとした仕事をするのに、何の支障もない者がほとんどだ。

施設によっては、トラブルを恐れて、痴呆性老人を閉じ込めてしまうところも少なくない。そのほうがケアも何倍も楽であることはいうまでもない。そうした施設では、まだ充分にその能力が残っているのに、やるべきことを奪われたために、老人たちは急速に衰弱していってしまう。

聖テレサ医大病院の精神神経科では、むしろ老人たちが日常のちょっとした買い物とか、洗濯なんかをするのを、積極的に奨励する。

さいわい近所の商店街、スーパーマーケットなどでは、痴呆性老人にたいして理解があり、多少、老人たちがトンチンカンなことをしても、見て見ぬふりをしてくれる。

これも、

――事故を恐れて、老人たちから生活を奪ってしまうのは犯罪だよ。痴呆性老人の病棟は監獄じゃないんだからね。だれにもそんなことをする権利はないはずだ。

川口教授がそう強力に主張して、決まったことだった。

その話を聞いたとき、なんて立派な先生なんだろう、とますます美穂は川口教授を尊敬する気持ちになったものだ。

美穂は出口に向かった。

出口のガラス扉のわきに大学ノートがぶら下がっている。そのノートには、担当の看護婦が、外出した人間の名前、時間、その行く先などを記載することになっている。

美穂はそのノートを開いた。

伊藤道子は九時きっかりに外出している。いまは十時すぎだから、もう一時間あまりも外出していることになる。スーパーマーケットは、老人の足で歩いても、一〇分たらずの距離にある。すこし帰りが遅すぎるようだ。

——どうしたんだろう?

伊藤道子はこれまで道に迷うなどということはなかった。行きなれたスーパーマーケットから帰れなくなる、などということは、まず考えられない。

が、痴呆性老人はときには普通では思いもつかない事故を起こすこともある。どんなに症状が安定しているように見えても、絶対に大丈夫だ、ということはありえないのだ。

——迎えに行ってあげよう。

美穂はそう考えた。

ノートに、自分の名前と、時間、行く先を書き込んだ。そして、看護婦長の澤田に、ちょっと手を上げ、合図をし、デイルームを出た。

4

痴呆がどうして起こるのか、まだ完全に解明されたわけではない。痴呆には、脳血管性痴呆と、アルツハイマー型老年痴呆の、ふたつの大きな原因がある。前者は、日本人に多く、後者は欧米人に多い。

脳血管性痴呆は、脳動脈の硬化により、大脳白質《はくしつ》がおかされる。脳血栓、脳塞栓《そくせん》などの原因が考えられる。

　このほかにも、水溶性蛋白《たんぱく》質の減少、染色体の異常など、痴呆の原因は多様で、まだまだ解明されなければならない疑問が多く残されている。

　なにを指して、痴呆と呼ぶかも、専門家のあいだで意見の分かれるところだ。老年になれば、多少の違いはあっても、どうしてもその知的能力がおとろえてしまう。

　が、日常生活に支障をきたさないかぎり、これは医療の対象にはならず、老人性痴呆とはべつのものと考えられている。こうした医療の対象にならないボケは、廃用性ボケと呼ばれているが、これを老人性痴呆と見あやまらないようにしなければならない。

　老人性痴呆にはいくつか中核となる症状がある。これを基準にして、老人性痴呆と、廃用性ボケとの違いを判断する。

　その症状のひとつに見当識《けんとうしき》障害と呼ばれるものがある。自分がいつ、どこにいて、だれと、どんな関係を持っているのか、それが分からなくなってしまうのを見当識障害と呼んでいる。

　このうち、場所が分からなくなるのを空間失見当識、時間が分からなくなるのを時間失見当識と呼んでいる。

　伊藤道子はこれまで空間失見当識の症状を起こしたことはなかった。スーパーマーケットからの帰り道が分からなくなったことなど一度もない。

が、もちろん、これまでなかったからといって、これからもない、などという保証はどこにもない。

——もし、帰り道に迷っているのだとしたら、どんなに心細い思いをしていることだろう。

そう考えると、美穂は伊藤道子をスーパーマーケットに迎えに行かずにはいられなかった。

美穂は気がつかなかったが、いつのまにか雨が降りだしていた。雨は商店街を濡《ぬ》らしていた。

まだ昼の買い物までにはいくらか時間があるのだろう。スーパーマーケットにはほとんど客の姿がなかった。

美穂は隅《すみ》から隅まで、たんねんにスーパーマーケットを探してまわったのだが、どこにも伊藤道子の姿はない。

——あれえ、もう帰っちゃったのかな。

美穂は首をひねった。

聖テレサ医大病院からスーパーマーケットまでは商店街を抜けて来るのがいちばん分かりやすい。もし、伊藤道子がその道を帰って来たのだとしたら、当然、美穂と途中で出会っていなければならないはずなのだが。

たまたま通りかかった店員に、

「すみません。和服を着たお婆さんの姿を見かけませんでしたか」

そう尋ねた。

「ああ、そんな人、いたねえ。どこか、そこらにいませんか。ついさっきまで、店内を歩いていたんだけどねえ」

「どうもありがとうございます」

「どういたしまして。聖テレサ医大病院の人ですか」

「はい」

「たいへんですねえ。お婆さんを見かけたら、連絡するように、ほかの人間にもいっておきますよ」

「よろしくお願いします」

美穂は頭を下げた。

地域の人たちが痴呆性老人に理解があるのは心強いことだ。それがどんなに関係者のはげみになるか計りしれないものがある。

とりあえず、伊藤道子がスーパーマーケットに来た、ということが分かっただけでも、一安心だった。スーパーマーケットに来る途中で、道に迷ったのだとしたら、どこを探していいのかも分からなくなってしまう。

美穂は念のために、もう一度、スーパーマーケットのなかを歩きまわった。やはり、どこにも、伊藤道子の姿はない。

もしかしたら、伊藤道子は病院に帰ってしまい、どこかで行き違いになってしまったのかもしれない。

——道で会わないはずはないんだけどな。

美穂は途方にくれた。

そのとき、背後から声をかけられた。さっきの親切な店員だった。

「ちょっと聞いてみたんですけどね。なんでも、お婆さんが地下の駐車場のほうに出て行くのを見たという人間がいるんですよ」

「駐車場ですか」

「ええ、車で来たんでもないかぎり、そんなところに行っても仕方ないんですけどね。エレベーターか、階段を使わなければならないし。でも、そのお婆さん、あのう、その、あれなんでしょう」

痴呆、という意味なのだろう。ええ、と美穂はうなずいた。

「じゃあ、なにか勘違いなさったのかもしれませんね。まあ、この時間は、そんなに車の数も多くないから、危ないことはないと思うけど」

「わたし、行ってみます。ありがとうございました」

なにか妙な胸騒ぎがした。美穂は心せかれるままに、駐車場に急いだ。

店員がいったとおり、駐車場にはほとんど車は停まっていなかった。がらんとだだっ広いコンクリートの空間に、ただ蛍光灯の明かりだけがぼんやりと浮かんでいる。雨に濡れたタイヤのあとが床に滲《にじ》んでいた。

駐車場の出口にブースがある。そのなかにすわっている若者に、老婆の姿を見かけなかったか、と尋ねた。

「そんな婆さん、見なかったな」

どうやらアルバイトの学生らしい。ジーンズに、ブラウス、スニーカーの美穂の姿を、なんだか眩《まぶ》しげに見ている。

「駐車場に下りたんだったら、なんにも心配ないって。歩いて出て行くんだって、ここから見えるんだから。ここで待ってたら」

美穂と話をしたいのだろう。いまはそんなことにかまってはいられない。美穂は駐車場にとってかえした。

駐車場のなかを歩いた。

やはり伊藤道子の姿はない。さらに胸騒ぎがたかまった。

「伊藤さあん」

美穂は大声で呼んだ。

その呼び声がコンクリートの天井に反響した。伊藤さあん、その反響の声は妙にかぼそく、頼りなげなものに聞こえた。

返事はない。どうやら伊藤道子はここにもいないらしい。いったん駐車場に下りて来たものの、自分のまちがいに気がついて、またスーパーマーケットに戻ったのだろうか。そうだといいのだが。

美穂はきびすを返し、階段のほうに向かおうとした。そのとき、柱の陰に、伊藤道子が倒れているのに気がついたのだ。

伊藤道子はうつ伏せになっている。倒れたときに脱げたのだろう。草履《ぞうり》が遠くに飛んでいる。その素足が妙に白かった。

伊藤道子はスーパーマーケットのビニール袋をしっかりとつかんだままだった。なにか執念のようなものさえ感じさせた。

「伊藤さん」

美穂は駆《か》け寄った。

伊藤道子はピクリとも動かない。息はかすかにしているが、切れぎれといっていい。脈も非常に弱い。よほど汗をかいたらしい。コンクリートに横に伏せた顔がグッショリと濡れていた。

美穂の判断は早かった。これは医学の知識のない人間がむやみに手を出していい症状ではない。出口に走った。

ブースのなかから若者が出て来た。

「婆さん、見つかった？　あのさ、おれ、ここ五時で終わるんだけど――」

そういいかけた若者に、電話を貸して、と美穂はほとんどそう怒鳴《どな》りつけていた。

実際、こんなときでなければ、蹴《け》とばしてやりたいぐらいの気持ちだった。


聖テレサ医大病院から救急車を呼んだ。救急車が来るのに五分とかからなかった。救急車は伊藤道子を運んで行った。

美穂は救急車に同乗しなかった。もちろん伊藤道子のことは心配だが、どんなに心配しても、それで彼女を救うことができるわけではない。美穂が同乗したところで、邪魔になるばかりだろう。

が、伊藤道子のことが心配で、病院まで走って帰った。そんな美穂を、商店街を行く人たちが目を丸くして見ていたが、いまの彼女には、そんなことは気にならなかった。

伊藤道子は二〇分後に息を引きとった。

病院に運ばれ、すぐに治療室に入れられたのだが、医師たちにもどうすることもできなかったらしい。治療には、川口教授が立ち会ったということだ。

美穂は治療室の前のソファにすわっていた。

——なんとか助かってほしい。

そう祈るような思いでいたのだが、その思いもむなしかった。

看護婦が伊藤道子の体をキャリアに乗せて治療室から運びだして来た。その顔に白い布がかぶせられているのを、美穂はぼんやりと見ていた。シーツの裾《すそ》のほうがまくれ、そこから真っ白な足袋《たび》が見えていた。

伊藤道子は老人性痴呆だったが、女らしい身だしなみを忘れなかった。どんなに近所に行くときでも、かならず、きちんと和服を着込んでいた。痴呆も彼女の女らしさまで奪うことはできなかったのだ。

——それはそうよ。だって、道子さん、十九歳なんだもん。わたしより、ずっと年下なんだもん。

涙が滲んできた。涙でぼんやりと揺れる視界に、廊下を運ばれて行く伊藤道子の白い足袋だけが、いつまでも浮かんでいた。

——足袋？

ふいにそのことに気がついた。なにか頭のなかを蹴りつけられたように感じた。

どうして伊藤道子は足袋なんか履《は》いているのだろう？　たしか、駐車場で倒れていたときには、足袋なんか履いていなかったはずなのだ。

その素足の白さは、いまも美穂の目のなかに焼きつけられている。

救急車で運ばれ、治療室で息を引き取るまで、ほんの二〇分たらず。そのあいだにだれかが伊藤道子に足袋を履かせたというのだろうか。そんなはずはない。そんなことをしなければならない理由はだれにもない。

――なに、これ。おかしい。絶対におかしいわ。

美穂は唇を噛んだ。

すでに伊藤道子の遺体はエレベーターに乗せられてしまっている。いまごろは地下の霊安室に運ばれているかもしれない。

しかし、美穂はその場に立ち尽くしたままだった。目のなかに焼きつけられて残っている素足の白さを、いつまでも頭のなかで反芻《はんすう》していた。

## 5

伊藤道子の死因は心筋梗塞《こうそく》だという。

重度の痴呆性老人の場合、入院してからの平均余命は四年ほどしかない、という統計がある。痴呆におちいると、どうしても自分の身心を守る能力が弱くなってしまう。生き物として脆弱《ぜいじゃく》になってしまうのだ。そのためにあまり長生きができないのだ、ともいわれている。

医学的には老衰という病名はない。が、痴呆性老人が亡くなった場合には、やはり老衰という言葉がぴったり当てはまるようだ。

伊藤道子は死ぬときに、それほど苦しまなかったろう、と考えられる。しだいに衰えていき、ひっそりと命が尽きる……どんな人間もいずれは死ななければならない以上、これはむしろ望ましい死に方ともいえるかもしれない。

もちろん精神神経科の看護婦、ソーシャルワーカーなどのスタッフは、伊藤道子の死を悲しんだ。が、そんなに苦しまずに死んだ、ということを心のよりどころにし、その死を受け入れたようだ。

——伊藤さんは、天国でほんとうに十九歳になっているかもしれないわ。きっと、きれいな娘さんになってるよ。

そんな感傷的なことをつぶやく看護婦もいた。

老人病棟を担当しているかぎり、〝死〟は日常茶飯事《さはんじ》ともいえる。患者が死んでいくのを見るのは、悲しく、つらいことではあるが、そんな〝死〟に耐えるのも、また仕事のうちなのだ。

伊藤道子のベッドから、マットやシーツが運びだされ、その私物も整理された。スタッフは代わるがわる、霊安室の遺体に線香をあげに行き、ひとしきり冥福《めいふく》を祈ったのち、またいつもの仕事に戻った。

痴呆性老人たちの数は多い。ひとりの老人の死をいたむあまり、ほかの老人たちのケアをおろそかにするようなことがあってはならない。

しかし……

美穂だけはほかのスタッフのように、そう簡単に割り切ることはできなかった。

ひとつには、伊藤道子が美穂の担当している老人だったということがある。もうひとつには、素足で死んでいた伊藤道子が、治療室から運びだされたときには足袋を履いていた、ということがある。

伊藤道子には年齢逆行の症状があった。自分のことを若い娘だと信じていた。

夫はすでに亡くなっている。ひとり息子は、家族とともにシンガポールに海外赴任していて、彼女はK市で何年も独《ひと》り暮らしを送ってきた。やはり、淋しかったのだろう。そのうちに、とっくに成人し、海外で暮らしているはずの息子を、まだ小学生だと思い込むようになった。学校が終われば、すぐにも家に帰って来る、そんなふうに考えるようになってしまった。

小学生の子供がいる母親が六十代では理屈にあわない。その幻想をたもつためには、少なくとも、四十代でなければならない。四十代が二十代になり、やがて自分は二十代だと思い込むようになってしまった。

そのころにはもう孫の顔はおろか、息子の顔も分からないようになってしまった。伊藤道子は二十二歳の未婚の娘になってしまったのだ。

それだけに伊藤道子はいつも着るものに気をつかった。デイルームに出て来るときには、かならず和服をきちんと着て、ときには口紅をさすこともあった。

美穂は伊藤道子が履いていた足袋のことが気にかかった。気にかかってならない。

それで、そのことを看護婦長に尋ねてみたのだが、

「伊藤さんは、外出のときにはかならず足袋を履いていたものよ。女が足袋も履かずに外に出るなんて、そんなはしたない真似《まね》はできない、とそう思っていたのよね。ほんと、かわいいお婆ちゃんだったねえ」

澤田は、伊藤道子が足袋を履いていたのを、むしろ当然のこととして受け止めているようだった。

美穂は伊藤道子が素足で倒れていたということをいえなくなってしまった。そんなことをいったところで、単純に美穂の勘違いと片づけられてしまうだろう。考えてみれば、伊藤道子が素足だったのを見ているのは、美穂ひとりしかいないのだ。

何人か看護婦に聞いてみたのだが、病院に運ばれたとき、伊藤道子が足袋を履いていたかどうか、そのことを覚えている人間はいなかった。

なにしろ、あんな緊急の事態だ。そんなことを覚えていろ、というほうが無理な注文かもしれない。

思いあまって、伊藤道子を運んだ救急隊員に電話を入れようか、とまで考えた。が、さすがに、足袋を履いていたかどうか、などという些細《ささい》なことを、救急センターに問い合わせるのは気がひけた。

些細なこと……そう、たしかに、それはそうであるかもしれない。だが、それが些細なことであるだけに、こんなに気にかかるのだ。あの緊急の事態に、いったい、だれが伊藤道子に、足袋なんか履かせることを思いつくだろう？

それはいかにも不自然なことだし、はっきりと、ありえないことだといってもいいかもしれない。瀕死《ひんし》の状態にある人間に、足袋なんか履かせる必要はどこにもないのだ。

——伊藤さんは、外出のときにはかならず足袋を履いていたものよ。

澤田看護婦長のその言葉も気にかかることだった。

美穂がほんとうに素足を見たのだとしたら、今朝にかぎって、伊藤道子は足袋を履くのを忘れたことになる。

伊藤道子は痴呆性老人だったが、それだけに若い娘の身だしなみはある種の固定観念のようになっていたはずだ。伊藤道子の病状が急に進行したという事実はない。伊藤道子が足袋を履かずに、外出なんかするはずはない。

考えれば考えるだけ、なんだか伊藤道子の死には、つじつまの合わないところが出てくるような気がする。

その日、美穂はほとんど仕事が手につかなかった。看護婦たちは、それを伊藤道子の死を悲しんでのことと考えたらしく、だれもがいたわるような目を向けてきた。

もちろん、伊藤道子が亡くなったのは悲しい。しかし、その死に、なんとなく釈然としないものがあるため、その悲しみにも、なにか不透明なものが混じって感じられるようだった。

なんだか仕事が手につかないうちに、帰宅の時間がきてしまった。

美穂は地下の霊安室に向かった。

もちろん、午後に、みんなと同様に、お線香はあげたのだが、あらためて伊藤道子に別れを告げたかった。

息子はシンガポールからすぐには帰れないらしい。東京の親戚の意向もあり、とりあえず明日にでも、遺体は火葬に処せられることになっている。葬儀は息子が帰って来てからのことになるだろう。

霊安室の重いドアを開けた。ヒンヤリとした冷気が噴《ふ》き出してくる。ドアを開けたとたん、ガタン、と大きな音がした。

美穂は入り口に立ちすくんでしまった。

男がひとり、壇の上に安置された白木の柩《ひつぎ》の前に立っている。おそらく三十代の後半というところだろう。背広を着た、ガッシリとした体つきの男だった。その男が柩の蓋《ふた》を開け、遺体の顔を覗《のぞ》き込んでいたのだ。

見知らぬ男だった。いや、そうではない。どこか見覚えがあるような気もしたが、とっさに、どこで会った人間だか、それを思い出すことができなかった。

その男は振り返り、ものすごい目で美穂のことを睨《にら》みつけた。なにか口のなかでつぶやいた。その表情に異様なものを感じて、美穂は反射的に後ずさった。

が、そのときには、男は美穂に向かって突進して来たのだった。

# 第二章　情動失禁

1

男は凄《すご》い勢いで突進して来る。歯を食いしばり、小鼻がふくらんで、その目が吊《つ》り上がっていた。気がふれたような表情だった。

美穂は悲鳴をあげようとした。襲われると思ったのだ。が、声が出なかった。体がすくんでしまっていた。

「どけ！」

男はわめいた。その肩が美穂の肩にぶつかった。美穂は思いきり背中をドアにぶつけてしまった。ドアがきしんだ。

男はそのままドアをすり抜けて、通路に出て行った。ずいぶんと乱暴な男だ。通路を走る靴音が遠ざかって行った。

「痛っ」

美穂は肩を押さえた。痛かった。いや、そんな痛みよりも、体の震えで、足に力が入らなかった。涙が滲《にじ》んでいる。その場にくずおれそうになった。

しかし……

――なんでよ。なんで、わたしがこんなめにあわなきゃなんないのよ。

痛みよりも、怖さよりも、その怒りのほうが強かった。悔《くや》しさで頭のなかがカッと熱くなるのを覚えた。

――あいつ、絶対にあやまらせてやる。そんでもって、こんなところで何してたか聞きだしてやるんだ。

美穂には気の強いところがある。気がついたときには、立ち上がって、男のあとを追っていた。

美穂は、中学、高校と、陸上部にいた。マラソンが得意だったし、いまも足には自信がある。

霊安室を飛びだし、

――あいつ、どっちに行ったんだろう。

キョロキョロとあたりを見まわした。

地下の通路は左右に延びている。

エレベーターが一基、一方の端には階段があり、もう一方の端には、駐車場に向かうドアがある。地下一階から、直接、外の駐車場に出られるようになっている。

男がどちらに向かったのか、迷うまでもなかった。

駐車場から車のエンジンをかける音が聞こえてきたのだ。

——あっちだ。

美穂は走った。

ドアを開け、あとさきの考えもなしに、駐車場に飛びだした。

そのとたん——

タイヤのきしむ音が聞こえた。ヘッドライトのまばゆい明かりがカッと美穂の目に射し込んだ。車が美穂に突っ込んで来た。ハンドルを握っているのはあの男だ。

男はなにか叫んだようだ。美穂も悲鳴をあげている。

美穂はとっさに後ろに飛んだ。背中が壁にぶつかった。そのままコンクリートの地面に転がった。

金切《かなき》り声のようなブレーキ音が聞こえてきた。ゴムの焦《こ》げるにおいがした。美穂のすぐ頭のわきをタイヤがかすめていった。

車はカーブを切り、かろうじて美穂を避けると、駐車場の出口に向かう。

わずか数十センチの差だった。わずか数十センチ、車が接近していたら、美穂は轢《ひ》かれていたことだろう。大怪我《けが》を負っていたにちがいない。

美穂がようやく立ち上がったときには、車はもう駐車場を出て、大通りのほうに曲がってしまっていた。

「…………」

さすがに美穂の息は荒くなっている。さっきまでの高揚した怒りの念はきれいに消えてしまっていた。膝《ひざ》がガクガクと震えた。全身に冷たい汗が滲んでいた。

――殺されるところだった。

美穂はそう考え、いや、そんなことはない、と思いなおした。

もちろん、あの男に美穂を轢き殺すつもりなどなかったろう。ただ、美穂に顔を見られたために、あせって、無謀な運転をしてしまった。おそらく、一刻もはやく、病院から逃げだしたかっただけにちがいない。

しかし、どうして、そんなことをする必要があったのか？　美穂はそのことを疑問に思った。

あの男はたんに死んだ伊藤道子の柩《ひつぎ》を覗《のぞ》き込んでいたにすぎない。たしかに、よほど故人と親しかった人間ででもないかぎり、柩を開け、遺体の顔を覗き込むのは、非常識な行為といえるだろう。場合によっては、遺族からなぐられても文句はいえない。

が、そうだとしても、それがそんなにあわてて逃げださなければならないほどのことだろうか。

美穂は法律にはくわしくないが、柩を開けて、遺体を覗き込むのが、犯罪行為になるとは思えない。もちろん、破廉恥《はれんち》なことには違いない。だが、人をひとり轢き殺す危険をおかしまでして、必死に逃げださなければならないほどのことではない。

――あの人は何をあんなにあせっていたんだろう？

美穂は駐車場に立ち尽くして、ぼんやりとそのことを考えた。

ふと妙なことを思った。ほんとうに伊藤道子は心筋梗塞《こうそく》で死んだのだろうか？　フッとそんな疑問が胸をよぎったのだ。

もちろん、伊藤道子は心筋梗塞で亡くなったに決まっている。医師がそう診断をくだしたのだ。医師の目をごまかし、心筋梗塞に見せかけ、人を殺すなどということは不可能なことだ。そんなことはできない。

――ほんとうにそうかしら。そんなふうに決めつけてしまってもいいものだろうか。

美穂は唇を噛《か》んだ。

伊藤道子は高齢で、しかも老人性痴呆が進行していた。ましてや、彼女はふだんから心臓の具合がよくなかった。誤診とまではいわない。しかし、医師にしたところで、体に目立った外傷でもないかぎり、その死を老衰によるものだ、と単純に判断しがちなのではないか。

美穂はそこまで考えて、

——そんなことってあるかしら？

自分で自分の推理に首をかしげた。

美穂は老人専門のソーシャルワーカーか心理士をめざしているが、医学の勉強をしたことはない。まったくの素人《しろうと》だ。が、その素人の美穂にしてからが、心筋梗塞に見せかけて、人を殺すなどということが、そんなにたやすくできることとは思えない。

なにより、老人性痴呆が進行して、ことの前後をよく判断できない老女を、だれが何のために、わざわざ殺さなければならないのだろう？　伊藤道子はだれにとっても無害な老人だった。息子夫婦を除いては、ほとんど身寄りもいないはずで、そんな老人を殺さなければならない理由はない。

そうだとすると、なおさら、あの男が柩を開けて、伊藤道子の顔を覗き込んでいたわけが分からない。どうして、あんなに必死に逃げださなければならなかったのか、その理屈が通らないのだ。

美穂はしばらくぼんやりと駐車場に立ち尽くしていたようだ。

ビルにかこまれた駐車場に夕暮れが落ちかかっている。停まっている車に、残照《ざんしょう》がしたたって、なんだか、ほのかに遠い気持ちにさせられる。

静かな風景だった。こんな静かな日に、ひとりの老女が死んでしまった、ということが信じられない気がする。

デイルームに戻ると、伊藤道子がそこにいて、いつものしとやかな口調で、プラスチックの電話で話をしているのではないか……そんなことを考えたくなるのだ。

伊藤道子は、自分が二十二歳の娘だと信じ込んでいる、かわいいお婆さんだった。誰にでもおだやかに接したし、いつ、どんなときにもけっして人を困らせるようなことはしなかった。

あんないいお婆さんをだれかが殺したなどということは信じられない。いや、そんなことはありえない。おそらく、単に美穂が考えすぎて、疑心暗鬼になっているにすぎないのだろう。

しかし――

もし、ほんとうにだれかが伊藤道子を殺したのだとしたら、美穂は絶対にその人物を許すことはできない。

柩をあのままにはしておけない。美穂はとりあえず霊安室に戻った。

そして、柩を見て、

――あれ？

と、眉《まゆ》をひそめた。

柩の蓋《ふた》が閉まっているのだ。もとどおりになっている。もちろん、美穂はそんなことはしなかった。あの男に突き飛ばされ、すぐにそのあとを追った。柩の蓋なんかに手を触れる余裕はなかった。

だれかが焼香《しょうこう》に来て、蓋をもとに戻したのだろうか。そう考えるのが自然だ。医師にしろ、看護婦にしろ、一般の人より、遺体をおそれる気持ちは少ないだろう。柩の蓋がずれているのを見れば、なんの抵抗もなしに、それをもとに戻すにちがいない。何もことさら謎《なぞ》めいて考えるまでもないことだろう。

だが――

伊藤道子の足袋のことといい、この柩のことといい、なんとなく美穂は釈然としないものを覚えた。

伊藤道子の遺体をだれかがひじょうに気にしている、そんな印象を受けるのだ。そのだれかは、いつもどこからか遺体のことを監視している……

もちろん、これもまた美穂の思い過ごしにすぎないだろう。足袋のことにせよ、柩の蓋のことにせよ、なにもそんな謎めいた人物を持ちだすまでもなく、たやすく説明できることにちがいない。

いってみれば、美穂は単なる老人の病死に、あれこれ気をまわし、ことさら謎めいた事件に仕立てあげているだけなのだ。

――そうよ、わたしの考え過ぎ。ただそれだけのことなんだわ。

伊藤道子は心筋梗塞で亡くなったと診断された。たいした不審があるわけでもないのに、それを殺されたのではないか、などと考えるのは、なにより故人にたいして礼を失することになるだろう。

美穂は白木の柩に両手を合わせた。そして霊安室を出る。

エレベーターに向かいながら、自分を突き飛ばし、車で轢きそうになった男の顔を思いだしている。

これまで一度も会ったことのない人物だ。そのことには確信がある。それなのに、なんとなく見覚えがあるような気がするのは、どうしてなのだろう？

## 2

もう午後の六時を過ぎている。美穂の勤務時間はとっくに終わっていた。

いったんデイルームに戻って、受け持ちのテレフォン・クラブの老人たちに声をかけてから、帰ろうと思った。

こんな中途半端な気持ちのまま、アパートにまっすぐ帰る気にはなれない。

やはり伊藤道子が亡くなったことで不安定な精神状態になっているのだろう。いまの美穂にはテレフォン・クラブの老人たちがいつにも増して懐かしい人たちに思われた。

いつものように老人たちはおなじテーブルにすわっている。三人の女性患者は楽しげにおもちゃの電話で話している。伊藤道子が死んで、テレフォン・クラブの女性患者はこの三人だけになってしまった。

かつて銀座の名物ママだったという愛甲則子は、いまも夕方のこの時刻になると、なんとなく華《はな》やいだ気分になるらしい。クラブに出勤したときのことを思いだすのだろう。ほんの短い時間だが、若かったころの生気のようなものがよみがえるのだ。

――うちは色気を売るんじゃない。お酒を売ってるんだよ。

なにかの拍子《ひょうし》に、愛甲則子が美穂にそんなことをいったことがある。どうやら美穂を自分の店のホステスだと考えたらしい。いまも自分はバーのママだと信じ込んでいる口調だった。

愛甲則子には徘徊《はいかい》などの行動異常がある。また、易刺激性《えきしげきせい》と呼ばれる、すぐに興奮して、怒ったり、泣いたりする症状もある。いずれも痴呆に特有の病状だ。

が、そんなふうになったいまも、美人で男勝《まさ》りの名物ママだったという、かつての面影《おもかげ》をよみがえらせることがある。

則子が電話をかけるのは、ほとんどが（実在しない）バーテンへのつまみの指示だが、このときだけ、じつに歯切れのいい口調になる。それを聞いていると、美穂にしてからが、ああ、いいな、とそんなあこがれに似た気持ちを持ってしまう。さぞかし、このママをおめあてにして、何百人、何千人もの男たちが銀座に通いつめたことだろう。そんな素敵な人でも、歳《とし》をとれば、痴呆性老人になることもある。則子を見ていると、つくづく歳をとるということの残酷さを実感せざるをえない。

その隣りで、佐藤幸子がこれもいつものように、電話をかかえ込むようにし、クドクドと姑《しゅうとめ》の悪口をならべている。

幸子は農家の主婦だった。K市はいまや東京のベッドタウンになっている。地価が高騰し、幸子の夫は、近在でも指折りの資産家になっているという。

が、どんなに地価が高騰しても、それで幸子の苦労がむくわれることはなかった。

幸子は生涯、気の強い姑にいびられっぱなしで、その姑がぼけてしまったあとも、ほとんどひとりで世話を押しつけられていたらしい。姑が亡くなったあとには、幸子自身が痴呆になってしまった。

夫も、息子も、病院に幸子を見舞いに来ることはほとんどない。いまでは幸子も肉親の顔を忘れてしまっているだろう。

夫や、息子の顔は忘れても、姑にいびられた記憶だけは残っているらしい。電話で姑の悪口をいいつのり、ときには泣きだすこともある。抑ウツの傾向が強い。

吉永幸枝は、二十代で夫を亡くし、自宅に生け花教室をひらいて、女手ひとつで、二人の子供を育ててきた。下の娘を嫁《とつ》がせてから、記憶障害がはなはだしくなり、ついには自分が食事をしたかどうかも忘れるようになってしまった。何十年もまえに死んだ夫のことを、まだ生きていると信じ、夜になると、ブツブツと夫と話をする。

いわゆる夜間せん妄《もう》と呼ばれる症状で、天井や壁のしみが人の顔に見えたり、誰もいないのに、そこに誰かがいるといいはったりする。夜間せん妄のような意識障害では、幻聴を聞くことはめずらしくはなく、どうやら幸枝はいつも夫の声を聞いているらしい。

境遇も、性格も異なる、こんな三人の女たちが、おなじテーブルをかこんだテーブルメイトになり、おもちゃの電話で話をし合っている。

これに死んだ伊藤道子、三人の男性患者を加えた七人が（もっとも男性患者は女性患者と違い、自分から好んでテーブルメイトになろうとはしないが）、美穂が担当しているテレフォン・クラブの老人たちなのだ。

いつも一緒にいた伊藤道子が亡くなっても、三人の女たちは、そのことをほとんど意識していないらしい。いつものように、それぞれ自分だけの世界にとじこもり、たがいに噛み合わない話をしたり、おもちゃの電話で話をしたりしている。

テーブルのうえに、小さなガラスの花瓶が載せられ、花が活《い》けてあった。

美穂はそれを見て、

――吉永さんが死んだ伊藤さんのために活けたのかしら？

フッとそんなことを思った。

もちろん、そんなはずはない。吉永幸枝は自分が生け花を教えていたことさえ覚えていない。おそらく、看護婦のだれかが心づくしに活けたのだろう。三人のテーブルメイトはそれが何のための花であるかも知らないはずだった。

その花を見ているうちに、美穂はなんだか目頭《めがしら》が熱くなってくるのを覚えた。

痴呆性老人の世話をする人間が、そんなふうに考えるのはいけないことなのだが、死んだ伊藤道子も、残された三人も、なにかひどく哀れであるように感じられた。

だれかに涙を見られないうちに、デイルームを出たほうがいい、そう考えた。

美穂は患者たちから信頼されている。その美穂が泣いているのを見れば、患者たちをいたずらに動揺させるだけだろう。

美穂は出口に向かい、そして、畳敷きの台のうえに、野村恭三がションボリとうずくまっているのに気がついた。

野村は、やはりテレフォン・クラブのひとりで、美穂の担当している患者だ。

一般に、男性患者は、女性患者のような社交を苦手とする。仕事を中心にして生きてきたせいか、どうしてもその交際に社会的な地位や、上下関係を持ち込みがちで、女性のようにたやすくテーブルメイトに溶け込めない。

野村などはその典型的なタイプだろう。個人商店から身をおこし、業界でも大手と呼ばれる食品会社を一代で築きあげた。いわば立志伝中《りっしでんちゅう》の人物なのだ。どんなときにもその人間を、職業、地位で判断するのが習《なら》い性《せい》になっている。

息子に社長の地位をゆずってからも、ワンマン会長として、ほとんど会社の実権を握っていたらしい。かげでは暴君と呼ばれ、社員からはもちろん、息子からも恐れられていたという。

それが二年ぐらいまえから、話がまわりくどくなり、会議などでも決断に時間がかかるようになった。手形の決済などで、頻繁に誤りをおかすようになり、ついには相手の話すことがほとんど理解できなくなってしまった。

それでも会長としてのプライドは残っているから、話が理解できないと癇癪《かんしゃく》を起こし、理不尽に社員たちを怒鳴《どな》りちらす。なにかというとクビにしたがり、ひどいときには、灰皿を投げつけることもあったという。

なにしろ会長ということもあり、まわりの人間もうかつには手を出しかねたらしい。だが、その言動は目にあまり、ついには会社の運営にも支障をきたしかねない状況になってしまった。

そのことに耐えかねた息子が、無理矢理引きずるようにして、聖テレサ医大病院に連れて来た。

診察を受けたときにはもう、思考障害、記憶障害がかなり進行していて、入院せざるをえない状態になっていた。

じつは野村のような老人がもっとも扱いがむずかしい。自信過剰で、独善的、すこしでも意にそまないことがあると、すぐに癇癪をおこす。

若いときからバーのホステス、芸者、はては自分の秘書にいたるまで、浮気をかさねてきて、女性蔑視《べっし》の念が染《し》みついてしまっている。そのために老人性痴呆になっても、看護婦たちのいうことを聞こうとせず、ときには暴力をふるうこともある。

野村はいつも、まわりの老人たちをバカにし、けっして溶け込もうとはせず、ひとりでふんぞりかえっている。その能力をうしなっても、絶対的な力をふるっていたワンマン会長のころの気質はうしなっていない。

たまに、おもちゃの電話を手にすることがあるかと思えば、十億持ってこいだの、二十億用意しろだの、そんなたかぶったことばかり口にする。一言でいえば、このデイルームの鼻つまみ者といっていいだろう。

そんな野村が今日はションボリと肩を落としている。いつも、いばりちらしている老人だけに、そんなふうに悄然《しょうぜん》としていると、なおさら哀れっぽさがめだつようだ。

――そうか、野村さんは伊藤さんと仲がよかったんだ。

美穂はそのことに思いあたった。

孤立していることの多い野村が、めずらしく伊藤道子と話し込んでいるのを、二度ばかり、見かけたことがある。

もちろん、それは会話といえるようなものではなく、たがいに好き勝手なことを話していただけだろう。正確には、野村ひとりが大いばりで話していて、伊藤道子はただそれをニコニコと聞いていた。

もしかしたら、女好きの野村は伊藤道子をくどいていたのかもしれない。伊藤道子は自分を二十二歳と信じ込んでいるだけあって、なんとはなしに、楚々《そそ》とした雰囲気を持っていた。

いずれにしても、野村が人と話をしようという気になること自体めずらしく、それを見るたびに、美穂はなんとなくほほえましい思いになったものだ。

——野村さんは伊藤さんが亡くなったのが分かっているのかしら？

美穂はそのことが気になった。

もちろん、野村と伊藤とのあいだに特殊な関係なんかなかった。が、一方的にせよ、野村が伊藤道子に特別な感情を持っていたのだとしたら、道子が死んだことで、野村は気落ちしているかもしれない。そうだとしたら、野村を担当している人間として、美穂はこれを放っておくわけにはいかない。

「どうかしたんですか、野村さん。元気がないじゃないですか」

美穂は野村にそう声をかけた。

「…………」

野村はぼんやりとした目で美穂のことを見つめた。

いまはもう、肉が落ちてしまっているが、若いころには、さぞかし頑強だったろう、と思わせる体つきをしている。怒ると、だれかれかまわず怒鳴りちらしたというから、まわりの人間はたまらなかったろう。

野村は返事をしようとしない。美穂は辛抱づよく、

「野村さん、どうしたんです？　どこか、おかげんでも悪いんですか」

そう尋ねた。

「どいつもこいつも――」

ふいに野村がそういった。人間の声というより、イヌの唸《うな》る声に似ていた。

「わしのカネばかり狙《ねら》いよる。情けない。みんなカネの亡者《もうじゃ》ばかりだ。わしがろくに寝もせんで稼いだカネだ。そうはたやすくやれるもんか」

「え？」

「おまえもわしのカネを狙ってるんだろ。やらんぞ。カネはだれにもやらん」

「野村さん、わたしです。分かりませんか。平野美穂です。だれも野村さんのおカネなんか狙ってはいませんよ」

「に、に、人間はな。働いて、カネを稼がなけりゃいかんのだ。なんだ、ろくに働きもせんと、カネばっかり欲しがりおって。やるもんか。ビタ一文やらんぞ」

「野村さん……」

さすがに美穂は悲しくなった。

どんなに親身に世話をしても、痴呆性老人たちはたやすく美穂の顔を忘れ、名前を忘れてしまう。そんなことには慣れている。

が、野村は人一倍女好きということもあって、これまでどうにか美穂の顔を忘れずにいてくれた。どうやら若いころ、面倒を見ていた芸者と混同しているようではあったが、自分の世話をしてくれる娘ということで、とにかく覚えてくれてだけはいたのだ。

それが急に美穂の顔を忘れてしまったらしい。しかも、こともあろうに自分のカネを狙っている人間と思い込んでしまっているようなのだ。

被害妄想は老人性痴呆の典型的な症状のひとつだ。財布を盗まれたといって騒ぎ立てる老人は少なくない。

それを考えれば、野村が美穂に猜疑《さいぎ》の目を向けるのは、べつだん、問題としなければならないほどのことではないかもしれない。

が、理屈ではそうと分かっていても、やはり美穂には、この野村の突然の猜疑心は悲しかった。

伊藤道子が死んで、野村もまた美穂の顔を忘れてしまった。なんだか、これまで苦心して築きあげてきたテレフォン・クラブが、ガラガラと音を立てて崩れるのを見るような気がした。

「カネはだれにもやらんぞ。やるもんか。どっかに行ってくれ。行っちまえ」

野村はブツブツとそんなことをつぶやきつづけていた。

3

「いやな爺イね。絵に描いたような業《ごう》つくばりだわ」

背後からそう声が聞こえてきた。明るい女の声だった。

美穂は振り返った。

「これがわたしの舅《しゆうと》だと思うと、うんざりしちゃうわよ。もっとも、うちの亭主もあと二十年もすれば、こんなになっちゃうかもしれないんだけどね」

野村妙子《たえこ》だった。

野村には息子の嫁にあたる。背の高い、派手な美貌《びぼう》の女性で、いつもファッションモデルが着るような、タイトなスーツを着こなしている。ピアジェの宝石をちりばめた時計がよく似合う。

一見したところ、まだ三十代になったばかりの年齢で、野村の息子の妻としても若すぎるようだが、これはどうやら後妻であるかららしい。

デイルームにやって来ても、ろくに舅の面倒を見るでもなく、いつも傍若無人《ぼうじゃくぶじん》にふるまっている。見舞いに来たと称しながら、ろくに舅に話しかけようともしないのだ。そのために、看護婦のなかには彼女のことを嫌っている者もいるようだが、妙子はそんなことは気にもしていないらしい。

「あなた、平野さんっていったっけ。この爺さんの欲ボケは、いまに始まったことじゃないんだから、そんなにガッカリした顔しなくてもいいわよ」

妙子は野村のことを顎《あご》でしゃくって、あざ笑うようにいった。

「わたしが野村の家に来てからだって、この爺さん、やさしい言葉ひとつかけたことがないんだから。わたしのことを財産目当てに息子の後妻におさまったぐらいにしか考えてなかったのよ。まあ、まんざら当たっていないこともないんだから、それでもいいんだけどね。なにしろ自分で財布を握ったままで、うちの亭主なんか、テレビ一台買うのにも、おうかがいをたてる始末よ。そのくせ、色気だけは一人前で、わたしのことを舐《な》めるような目で見るんだから、こんないけすかない爺イはいないね」

妙子は美しいが、その言葉は辛辣《しんらつ》だ。毒を持っている。もっとも、内心ではどんなに痴呆になった肉親をうとんじていても、そのことをこんなにあからさまにぶちまける身内は少ない。その意味では、むしろ妙子は素直といえるのかもしれない。

「カ、カネはやらんぞ。死んだっておまえなんかにやるもんか」

野村がうめいた。

どうやら野村はこの妙子のことだけは誰だか分かっているらしい。よほど親愛の情を持っていたのか、そうでなければ、よほど憎んでいたのだろう。

「わかりましたわ。お義父様《とうさま》。せいぜい墓場までおカネをお持ちになればよろしいですわ。人並みに息子におカネをお残しになるより、そのほうが、よほどお義父様らしくて、素敵ですことよ」

妙子は野村をあしらい、

「こんなふうになっちゃったのはね。わたしがおカネのことを持ちだしたからなの。BMW《ビーエム》を買い替えたくてね。一千万ばかり、かわいい嫁に融通《ゆうずう》してくれないかってお願いしたのよ。とたんにこれだもん。やってらんないわよね」

「…………」

美穂はなんと返事をしていいか分からず、ただドギマギしている。

この妙子という女には人生にタップリ授業料を払ってきた凄味《すごみ》のようなものが感じられる。美穂なんかにはとうてい太刀《たち》打ちできない、成熟した美しさを持っているのだ。

「平野さん、あなた、病院で働いていないときはどうしてるの」

妙子はそう尋ねてきた。

「学校に行ってます」

妙子の声は硬かった。

「ふうん、あなた、学生なんだ」

「はい」

「学生だったら、時間をつくれないことはないわね。朝とか、夜に、暇な時間ない？」

「それはないことはありませんけど……」

「だったらね」

妙子はエルメスのバッグを開け、そのなかから名刺を取り出した。

「わたしに連絡してくれないかな。おりいって、お願いしたいことがあるの。午前中だったら、たいていは自宅にいるから」

「あのう……」

美穂は面食らった。

「わたしにどんなご用でしょう？」

「それはお会いしてからお話しすることにするわ。あなたにとっても、けっして損になるような話じゃないから」

妙子は笑った。

そして、野村の頭をポンと軽くたたくと、じゃあ、お義父様、お元気でね、とからかうような声をかけた。

「カネはやらんぞ。カネは絶対にやらんからな」

野村が声を振りしぼる。

妙子はそれには返事をせず、笑い声をあげながら、デイルームを出て行った。

そんな妙子を見送りながら、美穂はなんとなく、ため息をついた。

——とてもあの人にはかなわないな。

そう思う。

妙子は傍若無人で、痴呆性老人にたいする労《いたわ》りの念など、これっぽっちもないが、ふしぎに美穂はそんな彼女が嫌いではない。それどころか、妙子を見ていると、なんだか自分が偽善者ででもあるような、そんな妙な錯覚にとらわれる。

おそらく、妙子はいつも自分の好き勝手に生きていて、それが美穂にあこがれに似た気持ちをいだかせるのだろう。

好きとまではいえない。が、けっして嫌いではない。

自分とはまったく違ったタイプの女性で、生涯、縁のない人だろう。美穂はこれまで、妙子のことをそんなふうに考えていた。

その妙子が美穂と話をしたいという。意外だった。

——いったい、何の話があるんだろう?

そう首をかしげざるをえない。

もっとも、美穂は妙子に会いに行くつもりはない。美穂にとってもけっして損になる話ではない、妙子はそういったが、なんとなく面倒な話になりそうな予感がする。会わないほうが無難というものだろう。

「あきれたもんだよね。病院を何だと思ってるんだろう？　サロンかなんかと間違えてるんじゃないかしらね」

美穂の背後に看護婦長の澤田が立った。デイルームを出て行く妙子を見ながら、なんだか、忌《い》ま忌ましげな声でいう。

「野村さんはお金持ちだけど、あんなのが息子の嫁についてるんじゃ、あんまり幸せとはいえないかもね」

「ええ……」

美穂は返事に困った。

痴呆性老人のケアで、一日中、てんてこまいしている澤田の目から見れば、妙子はなんともいい気な女に見えるにちがいない。そのことは美穂にも理解できる。が、だからといって、澤田のように、いちがいに妙子をくさす気持ちにもなれず、曖昧《あいまい》な返事にならざるをえない。

「まあ、あんな人のことはどうでもいいんだけどね――」

澤田は首を振って、

「平野さん、あなた、伊藤さんの買い物袋、知らない？」

「買い物袋ですか」

　美穂は澤田の顔を見た。

「買い物袋というのはおかしいか。ほら、スーパーのビニール袋あるでしょ。伊藤さんは最後にスーパーマーケットで買い物してるのよ。そのビニール袋、たしかに病院に持って来たはずなんだけど、それが見つからないんだよね」

「ああ」

　美穂はうなずいた。

　そういえば、たしかに伊藤道子が倒れていたとき、その手に、スーパーマーケットのビニール袋をつかんでいた。伊藤道子が倒れているのに動転して、いままで、あんな袋のことなんか忘れていたのだが。

「あのあとでね。スーパーの人が親切に病院まで持って来てくれたのよ。なんといっても、伊藤さんの最後の買い物だからね。まあ、遺族に渡すほどのものじゃないんだけど、せめて伊藤さんのお位牌《いはい》のまえにでも飾っておこうと思ったのよ。それがいつのまにかなくなってしまってるんだよね。そこらへんに置いといたはずなんだけど、だれか持ってっちゃったのかなあ」

「わたし、気がつきませんでした。伊藤さん、スーパーで何を買ったんですか」

「うん、それがつまらないものなのよ」

澤田はなんとなく浮かない顔つきでいった。

「洗剤なんだけどね」


アパートに帰ったときにはもう八時を回っていた。

ありあわせの材料で、かんたんな食事をつくり、それを食べてから、近所の銭湯に出かけた。

授業料だけ仕送りしてもらっているアルバイト学生で、風呂《ふろ》つきのアパートが借りられるような身分ではないから、近所に銭湯があるのは大いに助かる。

いつもは銭湯に行くときには、なんとなく浮きたった気分になる。が、今日だけは、亡くなった伊藤道子のことが思いだされ、さすがに浮いた気持ちにはなれなかった。

銭湯の入り口で、幼い女の子を連れた父親が出て来るのと、すれちがった。

美穂は銭湯の入り口で立ち止まり、なんとなく、その父娘を見送った。

父親と、女の子とは、ほとんど似たところがないのに、それでも、そうしてふたり並んでいると、はっきりと親子だということが分かる。

そのことがほほえましく感じられた。

父娘は路地を曲がり、その姿が見えなくなった。

美穂は銭湯の暖簾《のれん》をくぐった。履物を下駄箱に入れようとして、ふいに、その場に立ちすくんだ。

「そうか、そうなんだ」

美穂はそう口のなかでつぶやいている。

伊藤道子の柩を覗き込んで、もうすこしで美穂を車で轢きそうになったあの男――どうして、あの男の顔に見覚えがあるような気がしたか、いま突然に、そのことに思いあたったのだ。

男と、女の違いがある。それほど似たところがあるわけではない。が、たしかにあの男の顔には、野村妙子を連想させるような面影があった。そのために、美穂はあの男のことをどこかで会ったことがある、と錯覚したのだ。

歳まわりからいえば、あの男は、野村妙子の兄にちがいない。しかし、どうして野村妙子の兄が、なんの関係もない伊藤道子の遺体を覗き込んだりしていたのか？　それが美穂にはなんとも解《げ》せないことだった。

――野村妙子に会ってみよう。

美穂はそう思った。

その縁《へり》がへこんでしまうほど、洗面器をぎゅっと摑《つか》んでいたが、美穂自身はそのことに気がついていなかった。

# 4

その翌日は夕方から病院に出ればいいことになっていた。

午前中に、野村妙子に電話し、午後に会う約束をかわした。

妙子の自宅は東京の田園調布《でんえんちょうふ》にある。

美穂なんかには縁のない街だが、田園調布が、東京の高級住宅地であることぐらいは知っている。

どちらかというと、着るものには無頓着《むとんちやく》な美穂だが、さすがに、いつものジーンズの上下に、ブラウスという服装には、なんとなく気のひけるものを感じた。

——着るものなんかどうでもいいって。女は度胸よ、度胸。

美穂はそんなふうに自分に気合を入れながら、アパートを出た。

K市からは、私鉄、山手線《やまのて》を乗りついで、渋谷《しぶや》までは、一時間ぐらいの距離だ。そこから東横《とうよこ》線に乗って、田園調布まで二〇分というところだろう。

田園調布の駅に降りたのは、これが生まれてはじめてのことだった。さすがに大きな住宅が建ちならんでいて、つましい地方公務員の娘である美穂には、なんとなく足がすくんでしまう感じがある。

野村妙子の家はすぐに見つかった。真新しい洋館で、門扉《もんぴ》の隙間《すきま》から見える庭がいかにも広々としている。柵《さく》のついた頑丈そうな犬小屋が置かれてあったが、その犬小屋にしたところで、美穂のアパートの部屋より大きそうだった。

気後《おく》れがして、呼び鈴を押すのがためらわれた。

そんな美穂に、

「なんか用なのか」

そう後ろから声がかかった。

十六、七歳ぐらいの、ヒョロリと背の高い少年がそこに立っていた。スウェットシャツのうえに、薄地のブルゾンを着て、ジーンズを穿《は》いている。なんだか、すねたような目つきをしていて、その表情が、ジェームズ・ディーンを連想させた。

「人の家のまえで何、突っ立ってんだよ。化粧品のセールスかなんかだったら、この家の女は馬に食わせるぐらい化粧品持ってるんだ。あきらめたほうがいいぜ」

少年は突慳貪《つっけんどん》な口調でいった。

「わたし、化粧品のセールスなんかじゃないわよ」

さすがに美穂はムッとした。

「野村妙子さんに会いに来たの。お約束もしてるわ。聖テレサ医大病院の平野美穂という者です」

「聖テレサ医大病院？　ハハン、爺イの病院から来たのか。なるほどねえ、そういうことなんだ」

少年の声には険《けん》が感じられた。なんとなく意味ありげな、持ってまわったような口調だった。

「なによ。何がなるほどなのよ。なんかいいたいことがあるわけ？」

「なんにもねえよ。いったって仕様がないことってあるだろう。どうせ話なんか通じないしさ」

「なにが通じないっていうのよ。いいたいことがあるんだったら、はっきりいったらいいでしょ」

「いいから、いいから」

少年は美穂をあしらうようにそういい、横から手を伸ばすと、呼び鈴のスイッチを押した。

「あの女に会ったら、好きなだけお喋《しやべ》りができるんだから。こんなところで時間つぶしてることないって」

どうやら、この少年は皮肉をいっているつもりらしい。

そのことも腹立たしいが、もっと腹立たしいのは、美穂には自分が何を皮肉られているのか、それがまったく分からないということだった。どうして、この少年は初対面の美穂に、こんなに敵意をしめすのだろう？

「まあ、うまくやるんだな。おれにはどうせ関係ないこったから」

少年はせせら笑うようにそういい、門のまえから立ち去ろうとした。

美穂の腹立ちはおさまらない。少年を、待ちなさいよ、と呼び止めて、

「あんた、もう小学生じゃないんでしょう。人と話をするときにはね、マナーってものがあるの。人に名前を聞いたんだから、自分も名乗ったらどうなのよ」

少年は振り返りもしなかった。

「野村章夫《あきお》。一章、二章の章に、夫。祖父《じい》さんの孫だよ」

そういうと、ジーンズの尻ポケットに両手を突っ込んで、立ち去って行った。その痩《や》せた肩をいからせるようにしているのが、なんだか妙に淋《さび》しげに見えた。

美穂は少年の後ろ姿を見送った。

インターフォンから、ハイ、どなたですか、と女の声が聞こえてきた。

「あ、すみません。聖テレサ医大病院の平野です」

美穂はそう返事をし、その顔を上げたときには、もう少年の姿はどこにも見えなくなっていた。

どうやらお手伝いらしき中年の女の人が家のなかから出て来た。その女の人が門扉を開けるのを待っているあいだも、美穂の胸にはなんとなく、章夫という少年のすねたような

表情が残っていた。

ロココ式というのだろうか。

マホガニーの重厚な家具で統一された居間だった。くるぶしまで埋まりそうな厚い絨《じゅう》毯《たん》が敷かれている。頭のうえにぶらさがっているシャンデリアひとつにしても、おそらく美穂の一年分の収入をはるかにうわまわる値段だろう。

美穂は居間を見まわして、

「素敵なお部屋ですね」

そう誉《ほ》めた。

「なにが素敵なもんですか。成りあがりの趣味よ。ここにある家具にしたところで、爺さん、投資のつもりで買い集めたんだから、趣味なんてもんじゃないけどね」

妙子はせせら笑った。

「…………」

美穂は沈黙せざるをえない。

やっぱり、この人、苦手だな、とそう胸のなかでつぶやいた。嫌いじゃないけど、苦手だ。まだソファにすわって五分とたたないのに、もう妙子の家を訪れたことを後悔しはじめている。

妙子はこれから自分が話すことを考えているようだ。しばらく、紅茶をかきまわすティースプーンの音だけが、カチ、カチ、と鳴っていた。

ま、いいか、と妙子はつぶやいた。

「ザックバランに話しちゃおう。どんなに取りつくろったところで、こういう話は、しょせん底が割れてるもんね」

妙子は屈託のない笑顔を向けて、

「あの爺さんのいったことはみんな本当なのよ」

「は？」

美穂は首をかしげた。

「ほら、爺さん、どいつもこいつも自分のカネを狙っているといったでしょ。カネはだれにもやらんぞ、って凄んでたじゃない？」

「ああ、あれは痴呆のお年寄りの典型的な症状なんです。お年寄りによっては、被害妄想が強くなる人がいるんです。お気になさることはないと思います」

「気になんかしてないわよ。だって本当のことなんだもん」

「…………」

「あの爺さん、凄いカネ持ってるのよね。なにしろ、人生の三分の一は、おカネを稼ぐこと、残りの三分の一は、税金を払わないことに費やしてきたんだもん。根性が違うわよ。

おカネが貯まって当然なわけ」

この妙子という女はいつも開けっぴろげだ。が、あまりに開けっぴろげすぎて、話している相手は言葉に困ってしまう。

このときも美穂は言葉に困って、

「最後の三分の一はどうだったんですか」

ついそんな変なことを口走ってしまった。

「人を苦しめることね」

あっさりと妙子はそう答えた。

「…………」

美穂はまたしても言葉に困ってしまう。

「変な話なんだけどね。わたし、そんな爺さんがそれほど嫌いじゃないの。もちろん、好きなわけはないんだけどさ。嫌いじゃない。少なくとも、あの爺さんは自分に忠実に生きてきたわよ。他人が何を考えようと、そんなことは気にしなかった。うちの亭主なんか、爺さんに負けないぐらい欲が深いんだけど、表面は模範的な経営者でござい、って澄ました顔してる。会社でやってることは爺さんとおんなじなんだけどね」

妙子は細巻きのタバコを取り出し、それに火を点《つ》けた。ゆっくりとタバコの煙を吐きだして、

「あの爺さんは最初からわたしが財産目当てで息子と結婚したことを知っている。わたしだって、そうじゃない、なんていったことは一度もない。うちの亭主だけが愛情とかそんな甘っちょろいことを考えている。爺さんを会長からはずして、聖テレサ医大病院に入院させたんだって、爺さんのため、会社のためだなんて考えてるらしいけど、本当は生まれてはじめて自分が会社の実権を握って有頂天《うちょうてん》になってるのよ。あの人は自分で自分の気持ちをごまかしてるの。そんなのって最低だと思わない？」

「あのう、わたし、そんなお話をうかがっても困ります。なにか、わたしにお話があるとおっしゃったので、お宅におじゃましたんですけど」

「そうね。本題に入りましょう。わたし、野村の家に入ったときから、爺さんのことを自分のライバルと考えてたのよ。亭主なんかチョロイもんだからね。あんな業《ごう》つくばりの舅がいるのに、財産目当てで結婚するんだから、わたしも怖いもの知らずよ。爺さんはなんとかわたしに家のカネを自由にさせまいとする。わたしはできるだけ沢山《たくさん》、カネをかき集めて、自分のために残そうとする……タヌキとキツネ、おもしろかったな」

妙子は笑い声を上げた。話している内容はどぎついのに、澄んだ笑い声だった。

「だけど、爺さん、あんなふうになっちゃった。もしかしたら、爺さんがあんなふうになって、いちばん悲しんだのは、わたしかもしれない。だって、好敵手がいなくなっちゃったんだもん。悲しいわよ——うちの亭主はね、そんなに遣《や》り手というほどじゃない。爺さんがあんなふうになって、もう専務だの、常務だのが動きはじめたみたいだしね。いずれ社長の地位を追われるわ。そうなるまえに、わたしはいただくものをいただいて、この家からさよならするつもり」

妙子はそこでいったん言葉を切り、美穂の目を見つめた。凄味のある美貌だ。一瞬、美穂は自分がたじろぐのを覚えた。

「爺さんには、他人名義で銀行にいくつも隠し口座があるはずなのよ。もちろん税金対策なんだけどね。何億というカネよ。ところが爺さん、あんなふうになっちゃって、その口座がどこの銀行の、だれの名義になってるか、分からなくなっちゃったの。わたしはなんとかしてそれを知りたいんだな。平野さん、爺さん、あなたのことが気にいっているみたいだわ。あなただったら、うまく持ちかければ、きっと口座のことを話すにちがいない。あんなふうにボケたって、おカネのことはべつだもん。あの爺さん、絶対に隠し口座のことだけは覚えている。ねえ、平野さん、わたしを助けてくれないかしら?」

「わたしがですか」

美穂は呆気《あっけ》にとられた。思いもよらない話だった。

「そんなの困ります。わたし、そんなこと、できません」

「できないはずはないと思うんだけどな。もちろん、無料奉仕してくれなんていわないわよ。ちゃんとお礼はお支払いするつもりなんだけどな」

「お断わりします」

　美穂はキッパリといった。

　妙子に反感を持ったわけではない。妙子は自分の欲望に忠実で、しかもそのことを隠そうともしない。反感を持つどころか、その逆に、なにか爽快《そうかい》なものさえ覚える。

が、それとこれとは話がべつで、美穂はどんなことがあっても、痴呆性老人から銀行の口座を聞きだすような真似はしたくない。

「そう、いやなら仕方ないわね」

　妙子は無理じいはしなかった。あっさりとうなずいて、

「それじゃ、あきらめるか」

「お話はそれだけでしょうか」

「うん」

　妙子はタバコを灰皿にギュッと押しつけると、

「ただね。これだけは教えてもらいたいんだよね。大事なことなんだ。きのう、病院で聞いたんだけど、なんでもお婆さんがひとり亡くなったそうね」

「はい、伊藤道子さんという方です。心筋梗塞でした」

「なんでも、爺さんと親しくしていたお婆さんらしいわね。爺さん、女には手がはやいから。ぼけても、それだけは忘れない。見あげたもんだわ」

「…………」

「あのね。爺さん、その亡くなったお婆さんに、メモ帳を預けるとか、そんなことはしてなかったかしら。通帳とか、印鑑とか、そんなものはどうせ銀行の貸し金庫に預けてるんでしょうけどね。その口座ナンバーを書いた覚え書きなんかは、爺さん、どこかに持ってると思うんだ。これが爺さんの持ち物をいくら調べても分からないのよ。もしかしたら、そのなんとかいうお婆さんに預けたんじゃないかって、そう思うんだけど——」

「知りません。わたしがそんなこと知ってるはずがありません」

美穂は首を振りかけ、ふいにその動きを止めた。

アッ、と口のなかで小さく叫んでいる。

——そうか、そうなんだ。

あの男のことを思いだしたのだ。どうして、あの男が伊藤道子の柩のなかを覗き込んでいたのか、そのわけが分かったような気がした。

あの男も、妙子のように、伊藤道子が隠し口座の覚え書きのようなものを、野村から渡されたのではないか、とそう疑ったのではないだろうか。伊藤道子が火葬に処せられるまえに、なんとしても、そのことを確かめたいとそう考えた。

そんなふうに考えれば、あの男が美穂に現場を見られて、あんなに動転したわけも理解できる。隠し口座とはいえ、他人のカネを狙っているのだ。あわてて逃げだしたくなるのも当然のことだろう。

「あのう、つかぬことをうかがうようですけど、妙子さんにはお兄さんがいらっしゃいませんか」

美穂はそう尋ねずにはいられなかった。

「いるわよ。新宿で不動産の会社を経営してるわ。それがなにか?」

妙子は怪訝《けげん》そうに訊き返してきた。

「いえ、べつにどうということはないんですけど……」

美穂は言葉を濁した。

そんな美穂を妙子はジッと刺すような視線で見つめている。

——この人、恐ろしい。

あらためて美穂はそう思った。

5

病院の中庭を、川口教授が歩いている。一緒にいるのは、どうやらテレフォン・クラブの長谷川也寸志らしい。

ふたりはしきりに何か話し込んでいる。

どうやら長谷川は老人性痴呆ではなかったらしい。病院に来て、二、三週間は、記憶障害が激しく、無表情で、何を聞いても反応にとぼしかった。かなり痴呆が進んでいると見られてもやむをえなかった。

しかし、抗ウツ薬を投与し、治療を進めるうちに、しだいに正常な精神状態に戻っていった。美穂は、長谷川がどんな仕事をしていたか知らないが、どうやら仕事のストレスが溜《た》まって、一時的に抑ウツ反応を示していたらしい。

痴呆の診断はむずかしい。長谷川の場合、発病の経過が分かっていたから、抑ウツ反応であると診断されたが、そうでなければ、痴呆と間違えられたかもしれない。

まだ多少の記憶障害は残っているが、いまの長谷川はほとんど正常といってもいい。美穂なんかにはどうしてか分からないが、それをまだ退院させずにいるのは、川口教授の判断であるらしい。

そうやって川口教授が熱心に話し込んでいるのを見ると、話し相手が欲しさに長谷川を退院させずにいるのではないか、そんなふうに考えたくなってしまう。

ふたりは、医師と患者という立場をはなれて、いかにも気があって、仲がよさそうに話し込んでいる。

川口教授は、通りかかった看護婦や、若い医師たちが挨拶《あいさつ》をすると、それにいちいち丁寧《ていねい》な挨拶を返す。紳士なのだ。精神神経科の部長だというのに、偉《えら》ぶったところなんかすこしもない。

美穂が、こんにちは、と挨拶すると、

「ああ、平野くん、伊藤さんのこと、あまり気落ちしないようにね。寿命なんだから仕方がない」

そう川口教授は労るような言葉をかけてきた。

「はい、ありがとうございます」

美穂は、神経科の医師としてはもちろんだが、ひとりの人間としても、川口教授を尊敬している。そんな教授から労りの言葉をかけられて、思わず涙ぐんでしまいそうになった。

「平野さん、ちょっとお聞きしたいことがあるんですが」

と、長谷川が声をかけてきた。

どうして、こんな人が老人病棟にいるんだろう、あらためてそれがいぶかしくなるような、しっかりした声だった。その目にも力がみなぎっている。

「はい、どんなことでしょう？」

美穂は長谷川の顔を見た。

「伊藤道子さんがスーパーマーケットで倒れていたときのことなんですけどね。道子さんは汗をかいていませんでしたか」

「汗？」

美穂は伊藤道子を見つけたときのことを思い返してみた。そう、たしかに道子はグッショリと顔に汗をかいていた。

「はい、そういえば、伊藤さん、ひどい汗をかいていました。異常なぐらい」

「ふうん、やっぱりそうでしたか」

長谷川はうなずき、意味ありげに、川口教授の顔を見つめた。川口教授はただ黙っている。

「あのう、伊藤さんの汗がどうかしたんでしょうか」

「あ、いや、べつに大したことはないんですが、どうもお引き止めして申しわけありませんでした」

長谷川は軽く頭を下げた。

なんだか気にはなったが、それ以上、詮索《せんさく》するわけにはいかなかった。美穂はあらためて頭を下げると、ふたりから離れた。

しばらく歩いてから、ふたりのことを振り返った。ふたりは相変わらず熱心に話し込みながら、中庭から、駐車場のほうに向かっている。

——なんだか、長谷川さん、テレビの刑事みたい。

美穂はフッとそんな妙なことを考えた。

デイルームに入ると、

「とうとうエアコンディショナーが故障してしまったわ。たまったもんじゃないわよ」

いきなり澤田看護婦長がそう話しかけてきた。

澤田看護婦長は肥《ふと》っている。その額《ひたい》が汗ばんでいた。

「そういえば、ちょっと暑いですね」

美穂はうなずいた。

老人たちの健康を考えて、デイルームの室温は、二十五、六度にたもたれている。夕方で、窓から西日が射し込んでいることもあるだろうが、デイルームの室温は、優に二十七、八度に達しているようだった。

一週間ほどまえからエアコンディショナーの調子が悪かった。修理屋をはやく呼んだほうがいい、誰もがそういっていたのだが、つい忙しさにとりまぎれて、それをいままで怠《おこた》ってきた。とうとう、それが今日になって、本格的に故障してしまったらしい。

心なしか、老人たちもみんなグッタリとして、元気がないように見える。

「伊藤さんの遺体ね。今晩、運びだすことになってるでしょう。霊安室の温度も上がっているから、なにしないように、柩にドライアイスを詰めたりして、みんな、てんてこまいだったのよ」

「それは大変だったですね」

「うん、でも、まあ、みんな、それであらためて伊藤さんと最後のお別れができたから、かえってよかったのかもしれない。出棺のときにお見送りするだけじゃ、なんだか心残りだものね。なんだったら、あなたもお別れに行ってきたら」

「いいですか。じゃあ、そうさせていただきます」

「うん、行っといで。行っといで。あなたは伊藤さんと仲よかったもんね」

美穂は澤田に礼をいって、地下の霊安室に向かった。

澤田は五十代のベテラン看護婦だ。この十五年間、精神神経科の婦長として、ずっと痴呆性老人のケアをしてきた。仕事に厳格で、やや口うるさいから、若い看護婦からは敬遠されがちだ。

しかし、美穂は澤田のことを婦長として尊敬している。たしかに、融通のきかないところはあるかもしれないが、十五年ものあいだ、痴呆性老人の世話をしてきた、というただそのことだけでも尊敬にあたいする。

看護婦の仕事はむくわれない。ましてや痴呆性老人のケアとなると、肉体的にも、精神的にも重労働で、ほとんどの看護婦が五年もつとめると、身心ともに疲れきって、部署替えを希望する。

澤田のような人こそもっとむくわれなければならないのだ、と美穂はそう思う。

澤田も美穂が自分のことを尊敬しているのを知っているのだろう。ほかの看護婦には口うるさい澤田も、美穂にだけは、いつも親切だった。

きのうのことを思いだすと、なんとなく霊安室に入るのがためらわれる。そんなはずはないのだが、また、あの男がいて、遺体を覗き込んでいるのではないか、とそんな思いにかられる。

あの男が野村妙子の兄であることは間違いないだろう。妙子に頼まれてか、それともあの男だけの判断によるものなのか、それは美穂にも分からない。ただ、伊藤道子が隠し口座を記したメモを持っていないかどうか、それを確認しようとしたことだけは間違いないはずだ。

なにしろ野村老人は、痴呆が進行していて、隠し口座のことを覚えているかどうか疑わしい。

伊藤道子は火葬にされる。メモまで焼かれてしまったのではたまらない。あの男はそう考えたのにちがいない。

ひどい話だ、とは思う。亡くなった人に対する敬意の念などどこにもない。

モラルということを考えれば、あの男のしたことは、大いに問題だろう。が、法的に問題があるかといえば、それは疑問だ。

もうすこしで美穂は、あの男の車に轢かれるところだったが、それも故意にやったこと負ってはいない。いってみれば事故のようなもので、それも結果として、美穂はかすり傷ひとつ負っていない。

美穂はもう野村老人の隠し口座のことは忘れてしまおうと思っている。あんな不愉快な話は忘れてしまいたい。妙子の兄のやったことは、許しがたいが、そのことも忘れてしまいたい。

あんな不愉快な話にはもうこれ以上、関わりあいになりたくない。

地階でエレベーターから下りた。

――あら？

美穂は通路に立ち止まった。

霊安室から老人が出て来たのだ。テレフォン・クラブの斉藤紀夫だった。

記憶障害、思考障害、それに徘徊などの問題行動があり、テレフォン・クラブの老人たちのなかでも、かなり痴呆が進行している老人だ。ほとんど何も理解できず、いつもただぼんやりとしている。

長谷川がまだ回復していないときには、よくふたりでつるんでいたものだが、このごろはひとりでいることが多い。長谷川が痴呆の斉藤をうとんじるようになったのだ。

もちろん、例外はあるが、これが女性患者の場合、症状の軽い者が症状の重い者の世話をすることが多い。男の場合にはどんなときにも厳しい競争原理が働く。どんなにそれまで仲がよくても、ふたりの症状にあまり差ができると、症状の軽い人間が、もうひとりを見捨ててしまう。

男たちはみんなそうだが、斉藤もテーブルメイトになじむことができない。長谷川からも相手にされず、このごろはいつも独りでションボリしていることが多い。

斉藤はノロノロとした足どりで階段に向かった。美穂には気がつかなかったらしい。

――斉藤さん、伊藤さんにお別れにやって来たのかしら？

美穂は首をかしげた。

看護婦の許可を得れば、痴呆性老人たちは自由に病棟のなかを動くことができる。斉藤が霊安室にいることそれ自体は、そんなに妙なことではないだろう。

ただ、斉藤が伊藤道子が亡くなったということを、ほんとうに認識しているかどうか、そのことが疑問なのだ。斉藤はどうかすると自分の名前さえ忘れかねないほどの、重度の痴呆患者だ。そんな斉藤に、おなじ病棟の仲間が死んだことを認識できるだけの理解力があるだろうか？

――あとで斉藤さんと話をしたほうがいいかもしれないな。

美穂はそう考えながら、霊安室に踏み込んだ。

「あれ？」

思わず声が出てしまった。目をパチパチとしばたたかせる。

柩のまえに、スーパーマーケットのビニール袋が置かれてあるのだ。

そのビニール袋には見覚えがあった。伊藤道子が駐車場の床に倒れていたとき、その手に持っていたあのビニール袋だ。婦長の澤田が、どこかに消えてしまった、といぶかしんでいた。

袋のなかをあらためてみた。

婦長がいったとおり、なかには洗剤の容器が入っている。といっても食器用の洗剤ではない。つまった水道管なんかを洗浄する溶剤だ。

――斉藤さんがこれを持って行ってしまったのかしら？　それで、気がさして、伊藤さんの柩のまえに返しに来た……

美穂は首をひねった。

痴呆性老人といっても、ときに以前のような理解力、判断力を見せることがある。人間の精神には底知れないところがあり、痴呆性老人といっても、いちがいにその精神機能を軽視することはできない。

だから、斉藤が伊藤道子のビニール袋を持って行ってしまい、そのことを悔《く》やんで、ソッと返しに来た、ということもまったくありえないことではないだろう。

が、美穂の胸には、なんとなく納得しきれないものが残るのだ。どこがどうと具体的に指摘することはできないが、なんだか、妙にしっくりしないものを感じる。何かが狂っている、そんな気がしてならない。

——どうしてかしら？

美穂がそう考え込んだときだった。ふいにバタバタと足音が聞こえて、若い看護婦が霊安室に顔を覗かせた。

「ねえ、平野さん。野村さんの姿が見えないのよ。ノートを調べたら、もう三時間もまえにデイルームを出ているの。売店に行くって書いてあるんだけど、売店に聞いたら、野村さん、来ていないんだって」

6

デイルームの入り口にはノートがかかっている。

痴呆性老人がデイルームの外に出たい、と希望すると、どこに行きたいかを看護婦が尋ね、その時間とともに、それをノートに記しておく。

その老人の痴呆の状態によって、伊藤道子のように外出を許される者もいれば、病院のなかだけしか出歩くのを許されない人間もいる。

野村恭三は健康状態にはさしあたって問題がない。しいていえば、健康なのが問題で、野村は気にいらないことがあると、すぐに癇癪を起こし、暴れはじめる。もともと競争心の激しい性格なのだろう。外で暴れられでもされたら、取り返しのつかないことになるから、病院のなかにかぎって、出歩くのを許されている。

病院の受付で、老人の出入りはチェックされる。もちろん、本人がその気になれば、非常口からでもどこからでも出て行くことはできるだろう。ただ、痴呆性老人たちは通常はおしきせの服を着せられていて、それを着たまま外出すれば、すぐに誰かに見とがめられるはずだ。

野村は着替えをしていない。病棟のどこかにいなければならないはずなのだが、看護婦たちがどんなに探しても、それを見つけることができない。

——どこに行ったんだろう？

美穂はあせった。

病棟のなかをくまなく探しまわり、ついにはセントラル・キッチンのなかまで覗いてみたのだ。

もう夕食の支度は終わり、料理は運びだしてしまったのだろう。セントラル・キッチンには、コックも、賄《まかな》いのおばさんの姿もなかった。

調理台のうえに、トレイに載せた料理が何人分か残されている。おそらく、だれかが配膳し忘れたのだろう。料理はもうとっくに冷えきっていた。

美穂はそれを見て、

──なんだか病院のたがが外れてしまったみたい。

そんないやな気持ちになった。

伊藤道子が亡くなった。野村がどこかに消えてしまった。キッチンには積み忘れられた料理が冷えて残っている……

病院のどこかに、なにか目に見えない微妙な狂いのようなものが生じて、それが全体をぎくしゃくさせている。そんな思いにとらわれた。その狂いは、しだいに大きく拡がっていき、いつかはこの病院そのものを崩壊させてしまうのではないだろうか。

──何よ。そんなバカなことがあるわけないでしょ。

美穂は自分をたしなめた。

どうやら、美穂は昨日からたてつづけに起こった一連の出来事で、やや不安定な精神状態になっているらしい。暗いほうに、暗いほうにと、想像が働いてしまうのだ。そんなバカなことを考える暇があったら、一刻でもはやく、野村を見つけだすようにしなければならない。

もう一度、念のために、一階の売店を覗いてみた。

売店にはやはり野村の姿はなく、愛甲則子が菓子パンを買っていた。

則子は美穂の姿を見るなり、

「なにやってんの？　はやくお店に出なけりゃダメじゃないの」

そう声をかけてきた。

則子は美穂のことを気にいっている。どうやら、自分が雇っているホステスだと思い込んでいるふしがある。

「あ、あのう、ママ――」

美穂は話を合わせた。

「野村さんの姿をどこかで見かけませんでした？」

「野村さん？　ううん、今日はまだおみえになってないみたいよ。あんた、美穂ちゃん、同伴出勤の相手ぐらいだったらいいけど、あんなのにあまり深入りしないほうがいいよ。あのタイプは根っからのケチなんだから」

「ええ、そうします」

同伴出勤の意味が分からなかったが、とりあえず美穂はそう返事をした。

いつもだったら、則子の話し相手になるのは楽しいことだったが、いまは野村の行方《ゆくえ》を探さなければならないのに気がせいて、それどころではない。

立ち去ろうとする美穂に、

「はやくお店に出てね。ほんとにもう何から何まで、わたしが心配しなければならないんだから、いやんなっちゃう。つまみまで自分で運ばなければなんないんだから」

則子はそうぼやいてみせた。

いつもおもちゃの電話で、架空のバーテンにつまみの手配を指示している。それがとうとう今回は、自分で運んで来た、ということになったらしい。

美穂は念のために、病院の外に出て、ぐるりと庭をまわって、駐車場のなかを覗いてみた。

停まっている車のかげにでもうずくまっていないか、一台、一台、その隙間を確認してみる。

野村の姿はどこにもない。

病院に戻ろうとして、ふと一台の車に目をとめ、眉をひそめた。

美穂は車にはくわしくない。だから、確信が持てないのだが、どうも、その車は、昨日、あの男が運転していた車とおなじものに見える。

おなじ黒塗りのボディで、やはり、こんなふうに大きな車だった。

車種を確かめた。ベンツだ。

——あの男が来ているのかしら？　妙子さんのお兄さんが来ているのかもしれない。

それまでにも増して、強い不安がこみあげてくるのを覚えた。

おそらく、あの男は野村の隠し口座のことを知りたくて、伊藤道子の柩のなかまで覗き込んだ。欲のためだったらどんなことでもする男なのだ。場合によっては、野村恭三を無理矢理外に連れだすぐらいのことはやりかねない。

――たいへんだわ。

美穂は自分でも顔の青くなっているのが分かった。

急いで、病棟に引き返した。

いったんデイルームに戻った。もしかしたら、野村が戻っているかもしれない、とそう考えたのだ。

しかし、

「野村さん、見つかった?」

美穂の顔を見るなり、婦長の澤田がそう尋ねてきた。

めったなことではものに動じない澤田だが、さすがに心配げな顔になっている。重度の痴呆患者がもう三時間あまりも行方不明になってしまっているのだ。これは心配するなというほうが無理だろう。

「いえ、どこにもいませんでした。駐車場まで探してみたんですけど。デイルームのほうに何か連絡ありませんでした?」

「それがないのよ」

澤田は唇を嚙みしめた。

「困ったわね。もうすこし探してみて、それでもいないようだったら、警察に連絡するしかないかもしれないわね。あんな格好《かっこう》で、外をうろついていたら、だれかが気がついて、連絡してくれそうなもんだけどね」

「わたし、もう一度、探してきます」

美穂がデイルームを出ようとしたそのときのことだった。

ふいにデイルームの奥のほうから看護婦の叫ぶ声が聞こえてきたのだ。

「大変です。だれか来てください！」

ほとんど悲鳴のような声だった。

一瞬、美穂と澤田は顔を見合わせ、すぐに声のしたほうに向かって駆《か》けだした。

老人病棟のほぼ半分を占めて、痴呆患者の専用スペースがある。その専用スペースの入り口にデイルームがある。デイルームから廊下がのびている。廊下に沿って保護室、浴室があり、その奥に、隔離したほうが望ましい老人たちを収容しておく観察室が並んでいる。

観察室のまえ、廊下をはさんで、吸引機械室、倉庫、リネン室などがある。

ひとりの看護婦が、その狭いリネン室のなかに体を突っ込んで、しきりに何かを引きずり出そうとしている。

看護婦は美穂たちの顔を見て、

「野村さんです」

泣きそうな声でそういった。

リネン室のなかを覗き込んで、美穂は悲痛な声をあげた。

高く積み上げられたリネンの下敷きになって、野村が倒れている。野村の顔は土気色《つちけ》になっていて、その表情に苦悶《くもん》の色があらわだった。舌を突きだしていたが、その舌が紫色に変色していた。

「はやく、だれか先生を呼んで来て」

澤田がそう叫んだ。

が、だれの目から見ても、もう手遅れだった。野村は死んでいた。

# 第三章　時間失見当識

## 1

おフロにはひとりで入る。

どんなに前夜が遅くても、お昼まえには起きる。部屋を片づけなければならないし、買い物だってしなければならない。美容には睡眠不足がいちばん悪いんだってよ。そういわれたこともあるが、よほどのことがないかぎり、昼すぎまで寝ていたことはない。嫌いなのだ。睡眠不足は、美容に悪いかもしれないが、だらしない生活は、もっと女をダメにしてしまう。そう信じている。

そんな話をすると、なんだか、ママ、学校の先生みたい、と女の子たちに笑われる。そうだよ、わたしは先生だよ、わたしのいうことを聞いてれば間違いないんだから、わたしは女のベテランなんだからね、あんたたちの大先輩なんだから……冗談めかしていうのだが、半分は本音だった。

わたしが銀座のバーのママだなんて、なんだか嘘《うそ》みたいだ。バーのママがどうこういうのではなく、そういう仕事をつとめあげられる自分が、自分で信じられないのだ。

だれに教えられたわけでもないのに、小さいときから、どんな仕事でも、まじめに一生懸命にやってれば、かならずむくわれる、とそう考えていた。子供ながらに怠《なま》け者は軽蔑《けいべつ》していた。自分でも、なんて可愛《かわい》げのない女の子だったんだろう、とあきれるのだが、これは可愛がられて育っていないのだから、しかたがない。

わたしの父は戦争中に死んだ。兵隊に引っぱられて死んだのでもなければ、空襲にあって死んだのでもない。もともとがスッとぼけた人で、そんなまともな死に方が似合うような人じゃなかった。

わたしの父は落語家《はなしか》だった。といっても、うだつのあがらない落語家で、いい歳《とし》をして、出囃子《でばやし》の太鼓をたたいているような人だったから、名前をいったところで、だれも覚えてくれてはいないだろう。そのくせ酒好きで、母がそんな父に見切りをつけて出て行ってしまったのも当然かもしれない。

父は悲しかったのだろう、荒れるというようなことはしない人だったが、さんざんぼやいて、グチをいって、ずいぶん周囲の人を悩ませたらしい。そのあげく、人形町の末広《すえひろ》の帰りに、ひいきの人からメチルアルコール入りの酒を飲まされて、あっさり死んでしまった。

あんまりあっけなさすぎて、そのとき二十四歳になっていたわたしは、泣くに泣けなかった。なんだか糸が切れて、どこかにふらふら飛んで行ってしまった感じで、悲しいというより、おかしかった。家に運ばれて来た父の遺体をまえにし、畳のうえにすわり込んで、しばらく泣き笑いをしていたのを覚えている。

いまから考えれば、わたしは父を好きだったのだろう。堪《こら》え性《しょう》も、甲斐《かい》性もない人だったが、わたしはそんな父のことがだれよりも好きだった。

そのひと月あとに、戦争が終わった。はやくこんな戦争おしめえにして、ゆっくりとフロにつかって、いい酒をあびるように飲みてえ。父はそれが口ぐせだったから、どこまでいっても、ついていない人だったのだろう。

もっとも、戦争が終わったからといって、すぐにいい酒を飲めるような、そんな時代が来るはずはなかった。あのころは、日本中どんな人もそうだったが、その日の食事にさえことかくありさまだったのだ。

父を捨てた母を頼る気にはなれなかったし、そんなに多くない親戚《しんせき》もちりぢりばらばらになっていた。わたしは自分ひとりで生きていくしかなかったが、あの時代、そんな境遇の娘は少なくなかった。わたしは悲しいとも、つらいとも感じていなかった。むしろ、これから何でもやれるんだ、という解放感のほうが大きかった。

もっとも、何でもやれる、といっても、二十四歳の娘のできることなんか、たかが知れていた。ダンスホールのダンサーにならないか、と誘われたこともあったが、自分には女の子らしい可愛さがない、と信じ込んでいたから、そんなダンサーになるなど思いもよらないことだった。

結局、知っている人の紹介で、上野の闇市《やみいち》で、雑炊《ぞうすい》を売ることになった。いまから考えれば、なんともひどい雑炊で、入っているのは菜《な》っぱばかり。道ばたで、石油缶に火をおこし、大きな鍋《なべ》をかけただけの立ちんぼうで、ただもう熱いのだけが取り柄《え》という雑炊だった。

自分でも意外だったのだが、わたしには結構、そんな商売が性に合っていたようだ。

もっとも、あのころは、だれもが飢えていた。食べ物さえあつかっていれば、とりあえず人は集まって来たし、美味《おい》しいはずのない雑炊が飛ぶように売れた。

ときには、チンピラに因縁《いんねん》をつけられることもあったが、よくしたもので、そんなわたしの商売をまもってくれる地元のヤクザもいた。

特攻隊くずれだといってたけど、あのころには、自称、特攻隊くずれが少なくなかったから、それがほんとうかどうかはよく分からない。いつも、わたしの商売におかしな邪魔が入らないように気をつかってくれていて、いまから考えれば、あの人はわたしを好きだったのかもしれない。

一度だけ、寝たことがあったけど、ふたりとも照れてしまって、好きだの、嫌いだの、そんな話はしなかった。ギターの上手な人だった。もういまとなっては名前も顔も思いだせない。

あのころ街には女たちがあふれていた。男たちは痩《や》せこけて、元気がなかったけど、女たちはみんな威勢がよかった。パングリッシュと呼んでいたけど、ブロークンともいえないめちゃくちゃな英語をあやつって、アメリカ兵を相手にして、稼ぎまくっていた。

女たちはみんなから白い目で見られていたけど、わたしはどうしてか、そんな女たちと妙にうまがあった。女たちは、そんなに歳のちがわない、いや、どうかすると歳下かもしれないわたしを姉さん、姉さんと呼んで、なにかにつけてよくしてくれた。

わたしはそんなふうに自分のことを考えたことは一度もないけど、もしかしたら人がいうように、わたしには姐御《あねご》肌のところがあるのかもしれない。

そんな仲よくなった女のひとりに、ＭＰを恋人に持っている人がいた。その恋人がＰＸに顔がきくとかで、コンビーフの缶詰や、スコッチなんかを安く横流しできるけど、買わないか、という話を持ちかけてきた。

わたしは雑炊屋のノリちゃんで充分だったけど、ヒョロヒョロに痩せて、なんだかガックリと肩を落としながら、雑炊をすすっている男たちの姿を見ると、この人たちに一度でいいから、酔っぱらうぐらいスコッチを飲ませてやりたくなった。

そのときには、そんなことは考えもしなかったけど、おそらく、わたしはそんな貧相な男たちに、自分の不運だった父親の姿を重ねあわせていたのだろう。

はやくこんな戦争おしめえにして、ゆっくりとフロにつかって、いい酒をあびるように飲みてえ……父は運も悪ければ、要領も悪い人だったから、とうとう、そんなささやかな願いもかなえられずに死んでしまった。

いくらなんでも、ウイスキーを飲ませるのに、外で立ちんぼう、というわけにはいかない。焼け残りの家の木材を、ただ同然に譲《ゆず》ってもらって、バラックながら、バーのような店をつくった。いまでも覚えているが、ほんの五坪たらずの、カウンターだけ、ベニヤの床が波うっているような店だ。

そういえば、開店のときに、いまでは名前も覚えていないあの特攻隊くずれの人が、花を持って来てくれたっけ。あれは何の花だったろう？　なんたって色気のない店だからよ、花でもなければ格好がつかないとそう思ってよ。あの人は、そんな憎まれ口をたたいたけど、わたしにはあの人が照れているのがよく分かった。

あの人とはそれきり会っていない。自分のようなヤクザが出入りしたんでは店に迷惑がかかる。妙に気弱なところのある人だったから、そんなことを考えたのかもしれない。

焼け残りのバラックを集めた店でも、バーはバーで、自分でもあきれるぐらい、よく客が入った。わたしがいい女だったから、と自惚《うぬぼ》れたいところだが、あのころ本物のウイスキーをそこそこの値段で飲ませる店なんかなかったから、それで男たちが集まって来たのだろう。

そのころから、うちは色気を売るんじゃなくて、酒を売るんだ、というのが口ぐせになってしまった。売るにも色気なんかどこにもないじゃないか、客は客でそういいかえし、よくそんなことで騒いだものだ。

店はすぐ手狭《てぜま》になり、建て増しをし、それでも狭くて、新橋《しんばし》に店を借り、それから一年ぐらいして、おカネがたまったところで、銀座のいまの店を持った。

あとはただもう忙しいばかり、その日その日を夢中になって生きているうちに、いつのまにか、銀座でも老舗《しにせ》と呼ばれるバーになってしまった。

もちろん、こんな仕事だから、いや、仕事を抜きにしても、好きになった男は何人もいて、なかには本気になった人もいたけど、どんな好きな男とでも、おフロを一緒に入ることはしなかった。

おフロにはひとりで入ると決めている。なぜだか自分でもよく分からない。それが当たりまえになっていて、いまさら、どうしてだか、あらためて、そんなことを考えたことがなかった。

それが、このまえ、ああ、そうか、と思いあたったのは、死んだ父と、何十年ぶりかで話をしたからだ。死んだ人間と電話で話をしたなんていうと、ママも歳をとって、もうろくしたな、といわれかねないから、人にはそのことを話したことがない。

ほんとうだったら、死んだ人間と話なんかできるはずはないが、わたしだって、ときどき父がとっくに死んでいるのを忘れていることがあるのだ。父にしても、死んでからもう何十年もたっているのだから、ついうっかりして、自分が死んでいるのを忘れることだってあるだろう。

父は生きているときからそそっかしい人間だったし、あまり世間なみの常識なんか気にしない人だった。わたしはこれでも、人なみに世間体を気にするほうだから、

――あまり気軽に電話しないでくれる。父さんは死んじゃってるんだから。おとなしくしててよ。第一、いまのわたしは、父さんよりも歳上なんだからね。なんだか調子が狂っちゃうわよ。わたしもすぐにそっちに行くんだから。それまで待っててよ。落語家だったときから、父さん、楽屋で待ってるのは慣れてるじゃない。

そういったことがある。

さすがに、ひでえこといいやがる、と父は苦笑していたようだが、生きていたころから、わたしの口の悪いのには慣れていたから、そんなことで怒りはしなかった。

わたしはこんな性格で、親孝行なんて照れてしまってできないほうだが、父と話をしたときに、どうして、どんなときにもひとりでおフロに入ることにしているのか、その理由がはっきり分かった。

わたしがバーを始めたのも、父が好きだったからだし、男の人と一緒にけっしておフロに入らないのも、銭湯が好きだった父を哀れんでのことだ。

考えてみれば、わたしが好きになった人は、みんな、どこか父に似て、気弱で、不器用なところがあった。以前、お客さんの精神科のお医者さんに、ファザー・コンプレックスという言葉を聞いたことがあるが、わたしにはそんなところがあるのかもしれない。

父が懐かしい。電話で話をするようになって、なおさらそう感じるようになったのだが、もしかしたら、わたしの一生は死んだ父を慕《した》って、その面影《おもかげ》を追うのに費やしたようなものかもしれない。

もっとも、父にそんなことを話せば、

——馬鹿やろう。自分が浮気なのを、父親のせいにしやがる。

そう悪タレをつかれるに決まっている。そして、おまえもいいかげん婆アになったんだから、店なんかやめちまえよ、そういうだろう。

たしかに、わたしももう歳だ。いまも毎日、バーテンさんにつまみの指示をしているのだが、日を追うにつれ、それが面倒になってきている。

若いころには、すこしでもお客さんに美味しいものを食べてもらいたい、とそう考えていた。それがいまでは、乱暴な話だが、なんでもあてがっておけばいいじゃないか、そんな気になることさえある。

このまえなんか、何の手違いか、わたしが自分でつまみを運ばなければならず、そのときにはつくづく嫌気がさしたものだ。

わたしももう歳だ。そろそろ引退のときが来たのかもしれない。

これから先、老後を食べていければ、ほかにはべつだん欲はない。だれか適当な女の子に店をまかせてもいい、とそう考えるようになった。

わたしは運がいいのか、いつでも、女の子たちに恵まれた。お店をやめて、いい人と一緒になり、いまではもういい歳になっているのに、それでもまだ、おりにふれて電話をしてくる女の子が少なくない。

さすがに、このごろは以前のようなわけにはいかず、女の子たちも使いづらくなったが、それでも、いい子はいくらもいる。

それにしても、さすがに店をまかせるとなると、なかなかこれだったら、という適当な子が見つからず、いまだにふんぎりをつけることができずにいる。

美穂ちゃんという子がちょっといい。ときどき、わたしの世話をしてもらっているのだが、その世話の仕方が親身で、押しつけがましいところがすこしもない。わたしは気にいっている。

まじめすぎるのが玉にキズで、もうすこし色気がでてきたら、銀座でもピカ一のホステスになれるだろう。

いまのところ、決まった男もいないようだし、そのことも、店をまかせるには都合がいい。もうすこし、美穂ちゃんの様子を見て、それから決めようと考えている。

しばらく父からの電話がない。電話がかかってきたらきたで、うるさいと思うばかりだが、本心では、父からの電話を待っているのかもしれない。

おフロにはひとりで入る。おそらく、死ぬまで、ひとりで入りつづけるだろう。

## 2

日曜日、野村恭三の葬儀が行なわれた。なんでも社葬とかで、東京大田《おおた》区の大きな寺を借りきっての、立派な葬儀だった。

道路には、黒い腕章をつけた若い社員たちがならんで、次からつぎに乗り入れて来る車を、駐車場まで誘導する。寺門の、境内《けいだい》を入ったすぐのところに、記帳のための受付があり、そこにもやはり十人ちかい社員がならんでいた。

さすがに大手食品会社の創業者の葬儀ということで、弔問《ちょうもん》に訪れる人もおどろくほど多かったし、車もいかにも高級そうな外車が多かった。

美穂は、自分の名を記帳するのに、なんとなく気後《おく》れのようなものを感じていた。自分がひどく場違いなところに来てしまった、という後悔に似た思いがある。

美穂は喪服なんか持っていない。母親から地味な色あいのスーツを借り、それを着て来たのだが、そんなことにも、ひけめを感じているのかもしれない。

川口教授をのぞいて、病院の関係者にはだれにも、葬儀の連絡は来なかった。よくあることだが、身内にしてみれば、老人性痴呆におちいった野村を、病院に入れたままにしておいたのを、あまり人には知られたくないのだろう。

事実をいえば、野村の晩年、もっとも世話をしたのは病院の看護婦たちなのだが、遺族たちはだれもそんなことは考えようともしなかったらしい。

——おカネ持ちにはよくそんなのがいるんだよ。おカネ持ちであればあるほど世間体を気にするんだよね。痴呆はなんにも恥ずかしいことなんかではないのにね。ましてや野村さんは会社の創業者なんだからさ。その創業者を、老人病棟に入れっぱなしにしておいた、とは世間に知られたくないんだよ。

こんなことには慣れているのだろう。澤田婦長は葬儀の連絡が来なかったのを気にする様子もなかった。

もっとも、老人病棟を担当していれば、患者が亡くなるのはしょっちゅうのことで、いちいち葬儀に参列してもいられない、という気持ちもあるのかもしれない。

しかし、美穂は野村の葬儀に来ずにはいられなかった。野村は、美穂が担当していた患者のひとりで、たしかに、あつかいにくい老人ではあったが、それだけに忘れられない思い出もないではない。偏屈で、だれとも打ちとけようとしなかった野村が、はじめて口をきいてくれたときには、なんとはなしに誇らしい思いがしたものだ。

結局、野村の死は事故死ということになったらしい。

窒息して、死んだ。

病棟を徘徊《はいかい》し、リネン室のなかに入り込んでしまった。トイレか何かとでも勘違いしたのかもしれない。リネン室といっても、クローゼットぐらいの大きさしかなく、そのなかに入り込んで、ドアを閉めたとたんに、積み上げられていたリネンが崩れてきた。その下敷きになり、這《は》いだそうにもリネン室はあまりに狭く、苦しまぎれにもがいているうちに、窒息してしまった……

もちろん、これが健康な人間であれば、こんなことで死んでしまうのは、考えられないことであるだろう。どんなに高く積み上げられていたとしても、リネンの重さなどたかが知れていて、その下敷きになって死んでしまうことなどありえない。

が、身心の弱った老人は信じられないことであっけなく死んでしまう。いってみれば人間の体は消耗品なのだ。耐用年数がすぎれば、どんなにささいな事故でも、たやすく壊れてしまう。

モチを喉《のど》につまらせて死ぬこともあれば、自動ドアにぶつかって死んでしまうこともある。リネンの下敷きになって、必死にもがいているうちに、窒息してしまうことだって、ありえないとはいえないだろう。

そうとは分かっていても、美穂にはそのあっけなさが、なんだか信じられない。若い美穂には似合わないことだが、そのあっけなさに、何か無常観のようなものを覚えずにはいられないのだ。

実際、伊藤道子といい、野村恭三といい、どうして、こんなにあっけなく死んでしまうのだろう？　美穂にはそのことが悲しく、また腹立たしかった。

わずか二日のうちに、美穂が担当していた七人の患者のうち、ふたりまでが死んでしまったのだ。テレフォン・クラブは五人に減ってしまった。美穂には何の責任もないこととはいえ、その葬儀にも参列せずに、ただ忘れてしまうことなどできなかった。

美穂は焼香《しようこう》の長い列にならんだ。列はゆっくりと進んだ。何人ものお坊さんの読経《どきよう》の声が聞こえている。線香のにおいのなかに、キクの香りが感じられた。

高い祭壇のうえにかかげられた野村恭三の写真が笑っていた。なんだか野村の顔のようではなかった。考えてみれば、美穂は、病院で、野村の笑った顔など一度も見たことがないような気がする。

――立派なお葬式だわ。

美穂はそう思い、数日まえ、伊藤道子の遺体を病院から送りだしたときのことをふと思いだしていた。

道子の遺体は病院から火葬場に運ばれることになった。息子は仕事の都合で、シンガポールからすぐには帰れないということで、葬儀は、後日、あらためて行なわれるということだった。

親戚の人が遺体につきそって、火葬場まで行ってくれるという。

看護婦たち、それにおなじ病棟の老人たち何人かが、道子を送った。老人たちはみんな手を合わせ、数珠《じゅず》をもんで、心得のある者は口のなかでお経をとなえていた。

もっとも、いずれも重度の痴呆をわずらった老人たちだから、道子が亡くなったのをどこまで理解しているのか、なんとなく覚《おぼ》つかないところがある。遺体を送る真似《まね》ごとをしているような、そんな、あやふやな印象もないではなかった。

が、いよいよ、霊柩車《れいきゆうしや》が動きだすときになって、以前、生け花の先生をしていたという吉永幸枝が、

――さようなら、伊藤道子さん、ご機嫌よう。

そう澄んだ声を張りあげた。

その声を聞いたとき、美穂はふいに涙が滲《にじ》んでくるのを覚えた。ただ悲しいのではなく、もうすこししんと静かな心持ちのする、そんな涙だった。自分でも意識せずに、よくがんばったね、えらかったね、そう心のなかで道子に呼びかけていた。

そのときのことを思いだしている。

美穂はほんの数日のうちに、自分が担当していたふたりの老人を、それぞれ送ったことになる。

もちろん、野村恭三の葬儀の立派さは、伊藤道子をひっそりと送ったときなどとは、くらべものにならない。ひとりは一流企業の創業者であり、もうひとりは、ごく平凡な老婆にすぎなかった。野村の葬儀は、莫大《ばくだい》な費用がかかっているだろうし、焼香に訪れた人たちも、たいへんな人数になるだろう。

しかし……

美穂も平凡な地方公務員の娘だから、こんなふうに感じるのかもしれないが、野村の葬儀は盛大なだけに、かえって空虚な感じがつきまとうのは否《いな》めない。

ここには心底から故人をいたんでいる人間はほとんどいない。さようなら、ご機嫌よう、とそう声をかけて、野村を送ってくれる人間などひとりもいないのだ。

そんなことを考えながら、あらためて野村の遺影を見ると、その笑った顔が、なんだか内心の腹立ちをおし隠しているようにも見えるのだった。

野村の縁者のなかには、もちろん妙子の姿も混じっていた。焼香を終えて、美穂が礼をすると、妙子は目だけで笑って、妙に丁寧な礼を返した。なんとなく、なにかをあざ笑っているような印象だった。

死んだ野村をあざ笑っているのか。いや、そんなはずはない。妙子は舅《しゅうと》である野村恭三を、自分のいわばライバルとして認めていたふしがある。この葬儀の参列者のなかで、すこしでも野村の死をいたんでいる人間がいるとしたら、それは妙子かもしれない。

——野村さんの口座はどうなったんだろう？

美穂はフッとそのことを考えた。

結局、妙子はその口座がどこの銀行にあるのか、それを突き止めることができなかったのだろう。野村は隠し口座がどこにあるのか、だれにもそれを秘したまま、死んでしまったのか。

だとしたら、妙子は野村に負けたとそう感じているはずだ。もしかしたら、妙子はほかの誰でもなく、ついに野村の隠し口座を探しあてることのできなかった自分自身を嘲笑《ちょうしょう》しているのかもしれない。

3

焼香を終えて、美穂は寺門に向かって、参道を歩んだ。駐車場のほうに折れたのは、寺門の石段を下りて、そこにならんでいる社員たちから、ありがとうございました、と最敬礼されるのが面倒だったからだ。

駐車場を抜ける途中で、ふと美穂は足を止めた。

自分の顔色が変わるのを覚えた。

駐車場のなかに見覚えのある車が止まっていたのだ。黒いベンツ。美穂をもうすこしで轢《ひ》きそうになり、野村が死んだ日、病院の駐車場に停まっていたあの車だ。

もっとも、車にくわしくない美穂には、それが何年型か見分ける知識などない。ただ、たんにおなじベンツだというだけで、違う車なのかもしれない。

病院の駐車場にベンツが停まっているのを見たとき、念のために、そのナンバーを確かめておいた。

車の後ろにまわって、ナンバーを確認しようとしたとき、

「おい、何してるんだよ」

ふいにそう声がかかった。

あの男だった。伊藤道子の柩《ひつぎ》を開け、あやうく美穂を轢きそうになったあの男。黒いダブルのスーツを着て、怖い顔で、美穂のことを睨《にら》みつけている。新宿の不動産屋ということだが、ヤクザといっても立派に通用しそうな印象だった。

「嬢ちゃん、おれの車になんか用でもあるのかよ。あんまり、人の車を嗅《か》ぎまわるようなことは——」

ふいに男は言葉をとぎらせた。どうやら美穂のことを思いだしたらしい。ひるんだような表情になった。

「野村妙子さんのお兄様ですね」

美穂はいきなりそう切り込むように尋ねている。

自分でも自分の大胆さが信じられない。まわりにおおぜい人がいるから、危害をくわえられる心配はない、とっさにそんな計算が働いたのかもしれない。

男はためらったようだが、いまさら隠しだてをしても始まらない、とそう思ったのだろう。

「ああ、そうだ。おれは野村妙子さんのお兄様だよ。これでも名前もきちんとあるんだぜ。古間《ふるま》というんだ」

ひらきなおったようにそういった。

「なんでもいいから、おれの車を嗅ぎまわるのはやめてくんないかな。車に乗りたいんだったら、そういいなよ。いつでもドライブに連れてってやるからよ」

「ドライブなんかしたくありません。冗談じゃないわ。古間さん、ですか、わたしはあなたが病院で伊藤道子さんの柩を開けているのを見ています。それに、わたしを轢こうともしたわ。どうして、あんなことをしたんですか。ちゃんと納得がいくように説明してください」

「なに、ねぼけたことといってんだよ。そんな覚えはないよ。妙ないいがかりをつけるなよな。夢でもみたんじゃないか」

「しらばっくれないでください。そんなの卑怯《ひきょう》だわ。古間さん、あなた、妙子さんから野村さんの隠し口座のことを聞いたんじゃないですか。その口座のナンバーを書いたメモかなんか持ってるんじゃないか、と疑って、それで遺体を調べようとしたんじゃないんですか。死んだ人に、そんなことをするなんて非常識よ」

「何だよ、おい。いいがかりをつけるな、といったはずだぜ。おれがそんなことをしたという証拠がどこにあるんだよ」

古間は凄《すご》んだ口調になったが、それはたんなる強がりのようだった。その目がキョトキョトと落ち着かなげに、周囲の様子をうかがっている。もしかしたら、強気なのは口だけで、じつは案外、気の弱い男なのかもしれない。

「それによ、もし、おれがそんなことをしたとしてもだ。それがなんか罪になるとでもいうのかよ。おれがあんたを轢きそうになった、というけど、あんたはそうやってピンピンしてるじゃないか」

「…………」

美穂は唇を嚙《か》んだ。

たしかに、古間のいうとおりだ。古間のやってることは、なんとなくうさん臭いが、べつだん、法律をおかしているというほどのことではない。ひらきなおられれば、美穂にもどうすることもできないのだ。

そんな美穂を見て、古間は自信を取り戻したらしい。いっそう、かさにかかって、

「どうなんだよ、嬢ちゃん。え？　なんとかいったらどうなんだ」

そう嘲笑するようにいった。

そのときのことだ。ふいに近くから、バリバリ、とエンジンを吹かす音が聞こえてきたのだ。なんだか耳元で、爆竹《ばくちく》でも破裂したかのようで、美穂は思わず飛び上がってしまった。

古間もおどろいたらしく、

「な、なんだ、おまえか」

そういった声がかすれていた。

「そうだよ。おまえだよ。おじさん」

あの章夫という少年だった。ヘルメットを被《かぶ》り、五〇ｃｃのスクーターにまたがっている。学生服を着ているのが、かえって、章夫を大人っぽく見せていた。スタンドを立てると、スクーターから降りた。

「なんだ、おまえ。お祖父《じい》さんの葬式にも出ないで、何、やってんだ。そんなスクーターなんかに乗って、不良みたいなことばかりしやがって」

「不良か。おじさんの口からそんな台詞《せりふ》を聞くとは思わなかったな」

章夫は笑った。

「悪いけどさ、おじさん、みんな聞いちゃったよ。おじさん、なんだか、とんでもないことやってんだね。そんな話、父さんに聞かせたら、なんていうかな」

以前、美穂が会ったとき、章夫は自分のことを野村恭三の孫だといった。妙子は、野村の息子の後妻だから、章夫には義理の母親になるわけで、その兄である古間は、たしかにおじさんということになるだろう。

もっとも章夫が古間をおじさんと呼ぶその口調には、からかっているような響きがあり、どうやら、多分に皮肉の意味あいが込められているようだ。

そういえば、章夫は妙子のことをこの家の女、というような呼び方をした。美穂はそのことを思いだしている。世間ではめずらしいことではないかもしれないが、章夫は義理の母親とはうまくいっていないらしい。

「なんだ、とんでもない話ってなんのことなんだ」

「お祖父さんの隠し口座を狙《ねら》っているという話だよ」

「ば、馬鹿」

古間はあわてたようだ。

「なにをいうんだ。おまえ、こんな女のいうことを信じるのか」

「そんなことはないよ。ぼくはおじさんを信じているさ。血のつながりはないけど、なんたって、身内なんだもんね」

章夫はケロリといった。もちろん、古間のことを信じてもいなければ、本気で、身内だと思っているわけでもないだろう。古間をからかって楽しんでいるのだ。

「…………」

一瞬、古間は険悪な目つきで、章夫のことを睨みつけた。

が、章夫は平気な顔をしている。ニヤニヤと笑いながら、古間の顔を見返している。

この古間という男は、たんに虚勢を張っているだけで、そんなに度胸のあるほうではないらしい。あの妙子の兄とも思えない。ちょっと言葉を交《か》わしただけの美穂にも、それが分かったのだから、章夫はとっくにそんなことは知っているのだろう。

さきに視線をそらしたのは古間のほうだった。

チェッ、と舌打ちをして、

「おまえみたいなガキを相手にしたって始まらねえや」

そう忌《い》ま忌ましげにいうと、ベンツのドアを開けた。運転席にすわり、荒々しくドアを閉めると、イグニッション・キーをひねり、乱暴にベンツを発進させた。

古間はただの一度として、美穂たちのほうを見ようとしなかった。

美穂はぼんやりとベンツが走り去って行くのを見つめていた。

自分ではずいぶん大胆なことをしたつもりだったが、考えてみれば、なにも明らかになったわけではない。ただ、妙子の兄が古間という名であり、章夫と仲が悪い、というそのことが分かっただけだ。

　そんな美穂に、あのさあ、と章夫が声をかけてきた。この少年には似つかわしくない、妙に遠慮がちな声だった。

「きみ、たしか、なんとか美穂って名前だったよね」

「なんとか美穂じゃないわ。平野美穂。それに、わたしはあなたより歳上よ。歳上の人をつかまえて、きみなんて呼ぶのは失礼だわ」

「チェッ。そんなにたいして歳ちがわないのにさ。だって、女子大生なんだろ？　おれだって、来年は大学生なんだぜ。試験に受かればの話だけどさ」

「受からないわ。そんな、スクーターなんかに乗って遊んでいたんじゃ、試験なんか受かりっこないもの」

「なんだよ。ずいぶんじゃないか。そんないいぐさってないだろ」

　章夫は唇をとがらしたが、べつだん、気を悪くした様子はない。もともと素直な少年なのだろう。そんな表情をすると、急に、あどけない顔つきになった。

「あのさ」

　章夫は口ごもるようにいった。

「うん」

「あのう、こんなことといって、なんなんだけどさ」

「なによ、あんた、男なんでしょ。いいたいことがあるんだったら、はっきりいったらどうなのよ」

古間と対決をした興奮がまだいくらか残っているのかもしれない。美穂にはそんなつもりはないのに、つい突慳貪《つっけんどん》な口調になってしまう。

「デリカシーのない人だね。はっきりいいにくいことだってあるだろうよ。そんなんじゃ、男にもてないよ」

「おあいにく様。そんな心配していただかなくてもけっこうです。なによ、まだ、ほんの子供のくせに」

「ごめん」

ふいに章夫はペコリと頭を下げた。

「え？」

美穂は呆気《あっけ》にとられた。

「ごめん。このまえ、あんたがうちに来たとき、ずいぶん失礼なこといっちゃった。聖テレサ医大病院の人だっていうから、おれ、てっきりスパイだと思っちゃったんだ」

「スパイ？」

美穂はまじまじと章夫の顔を見つめた。章夫がなにをいっているのか理解できない。

「いや、あの女がさ」

と章夫はそんな言い方をした。

「あの女って、妙子さんのこと？　お義母《かあ》さんってはっきりいったらいいじゃないの」

美穂がそういっても、あの女が、と章夫はそれをくりかえした。

「おれ、あの女が、病院のだれかを買収してるの知ってたからさ」

「買収？」

「祖父さんがどこかの銀行に隠し口座かなんかを持ってるって話は知ってるでしょ？　あの女も、それから古間のバカも、それを探りだしたくて夢中になってるんだ。親父だってさ、そんなの、どうでもいいって顔してて、ほんとうは会社の人間つかって、あちこち嗅ぎまわらせているんだぜ」

章夫は顔を歪《ゆが》めた。その顔がわずかに紅潮していた。

「あの女はあれでなかなか頭いいからね。古間とか、親父みたいに、無駄なことはしないんだ。祖父さんの入っていた病院のだれかにカネを握らせて、祖父さんがどんなことをしゃべったか、だれと話をしたか、それをいちいち報告させたんだよ」

「そんなの嘘よ」

美穂は思わず声を荒らげている。

「病院にそんなことする人いないもん。そんなの嘘だわ」

「だって、おれ、あの女がその人間と電話で話をしてるの聞いたんだからね。祖父さんがテレフォン・クラブとかでどうとかこうとか、そんな話してた。おれがいるのに気がついて、あの女、すぐに電話、切っちゃったんだけどさ」

「嘘」

「嘘じゃないよ」

「…………」

美穂は唇を噛んだ。

野村恭三の病院での日常的な生活を知ることができる人間といえば、まず看護婦と考えていいだろう。が、美穂は、老人病棟の看護婦のなかに、そんなアルバイトをしている人間がいるとは思いたくなかった。

「それで、おれ、てっきり、あんたのことをそのスパイだと思い込んでしまったんだ。いまの古間との話を聞いて、そうではないらしいことが分かった。いまさら、分かったって、手遅れなんだけどさ。悪いことしちゃったよ。どうも、ごめんなさい」

章夫はまたペコリと頭を下げた。

「…………」

美穂はそんな章夫をぼんやりと見ている。章夫から聞かされた話がショックで、なんだか頭がまともに働かない感じだった。

報酬をもらって、患者のプライバシーをほかに洩《も》らすような、そんな看護婦がいるとは思いたくない。思いたくはないが——老人病棟の仕事はきびしくて、そのわりにはむくわれない。べつだん、法律に触れることでもないのだから、それぐらいのアルバイトはしてもいいだろう。そう考える看護婦がいたとしても不思議はないかもしれない。

だが……

美穂は淋《さび》しかった。なんだかむしょうに淋しくてならなかった。

「ねえ、なに考えてるの？」

もともと人なつっこい性格なのだろう。章夫がそう尋ねてきた。

うん、と美穂はうなずき、曖昧《あいまい》に微笑《ほほえ》んで、

「どうして、あなたは、お祖父さんの葬式に出なかったんだろう、ってそんなことを考えてたんだ」

「なんだ、そんなことか」

章夫は目を伏せて、

「だってさ、こんな葬式、祖父さんが死んだのをほんとうに悲しんでいる人間なんかひとりもいないんだぜ。おれ、そんな葬式に出たら、なんとなく、祖父さんに悪いような気がしてさ」

「…………」

美穂は章夫の顔を見なおした。

——この子は野村さんのことを好きだったんだ。

美穂はおどろいている。ほとんど感動しているといってもいいかもしれない。

野村恭三はワンマンで、偏屈で、だれからも好かれない人間だった。美穂にしたところで、野村を好きだったか、と訊かれれば、首をかしげざるをえない。

が、そんな野村だが、少なくとも、孫の章夫からだけは愛されていたらしい。古間と話をし、またスパイのいやな話を聞かされて、気分を暗くしていた美穂には、なにかそのことが唯一の救いであるように思われた。

「きみ、章夫くんは、お祖父さんのことが好きだったのね」

「そんなことないよ。あんな祖父さん、好きでなんかあるものか。ただ、あんまり、みんなが祖父さんの悪口いうもんだから、なんだか可哀そうになっちゃってさ。それに、あの祖父さん、時々、ほんとうに時々なんだけど、優しいこともあったんだよ。小さいとき、宿題教えてもらったことがあった」

「…………」

どうやら、この章夫という少年は孤独であるらしい。スクーターなんかに乗って、強がってはいるが、じつは傷つきやすく、繊細な心を持っている。そして、おそらく野村もおなじように孤独な老人であったから、たがいに気持ちをかよいあわせることができたのだろう。

章夫くん、と美穂がそう呼びかけようとしたとき、

「おい、章夫、そんなところで何をやってるんだ」

ふいに横あいから声がかかった。怒気《どき》を含んだ声だった。

男がひとり、車のあいだに立ちはだかって、章夫のことを睨みつけていた。その顔が怒りで赤く染まっている。

「しょうがない奴だな。お祖父さんの葬式にも出ないで、いったい、どこをほっつき歩いていたんだ。この馬鹿が。そんなことだから、社員からドラ息子だなんて陰口をたたかれることになるんだ」

中年で、痩せて、いかにも神経質そうな顔をしている。章夫にも似ているし、死んだ野村にも似ているようだ。葬儀の席、妙子の横にならんで、焼香をする人たちに、しきりに頭を下げていたのを覚えている。

これが野村の息子で、野村食品の現社長でもある野村雄策《ゆうさく》なのだろう。

「はやく来ないか。いったい、どれだけ親に恥をかかせれば気がすむんだ。嘘でもいいから、せめてお祖父さんを火葬場まで送ろうという殊勝《しゆしよう》な気持ちにはならないのか」

「…………」

章夫はチラリと美穂を見て、なんだか照れたように笑うと、じゃあ、ま、そういうことで、そんな言い方をした。

そして、父親のほうに向かって、ゆっくりと歩いて行った。その肩をいからしたような後ろ姿が、いかにも反抗的で、それにもかかわらず、なんだか痛々しく、妙に淋しげなものに見えた。

美穂は雄策に向かって頭を下げたが、雄策のほうでは、もう美穂なんかには見向きもしなかった。

妙子の話によると、夫の経営者としての才能は、その父、野村恭三の足元にもおよばないという。が、傲慢《ごうまん》で、人を人とも思わないところだけは、充分に父親から引きついでいるらしかった。

4

駅前のマクドナルドで、ビッグマックとオレンジ・ジュースで、夕食を済ませた。いつもは、時間のあるかぎり、自炊をすることにしているのだが、今日は疲れて、その気にならなかった。

駅から、アパートまでは、歩いて一〇分ぐらい、商店街を抜ける。

塾《じゅく》の帰りらしい子供たち、夕食の支度《したく》が遅くなった奥さんたちが、しきりに商店街を往《い》き来《き》している。

肉屋からコロッケを揚げる油のにおいがする。

盛大で、しかし、どことなく血のかよっていない野村の葬式に、自分で考えている以上に、疲れているのだろう。

いまの美穂には、そんな雑然とした商店街の雰囲気が、妙に心地いいものに感じられた。なにか生き返ったような気がする。

――駄目だ、こりゃ。こんなんじゃ、わたし、一生、おカネ持ちになれない。

美穂はそんな自分がなんとはなしにおかしかった。

アパートのまえの路肩《ろかた》に、一台の車が停まっていた。どうやら、BMWと呼ばれる車であるらしい。その深みのある紺色のボディカラーがすばらしい。

アパートのだれかを訪ねて来た人の車なのだろう。もちろん、美穂には、こんな高級車を運転している知人はない。

――ヘエ、すごい車なんだ。

それを横目で見ながら、美穂はアパートに入ろうとした。

そのとき、美穂さん、と車のなかから声がかかった。

「ずいぶん、おもしろいところに住んでいるんだね」

車のなかから出て来たのは、野村妙子だった。

「あなたみたいな可愛いお嬢さんは、てっきりワンルームのしゃれたマンションかなんかにいると思ったんだけどな」

　ショッキングピンクのザックリとしたセーターに、白いコットン・パンツを穿《は》いている。

　つい数時間まえ、妙子は葬儀場で、喪服を着て、俯《うつむ》いていた。そのしおらしげな姿を覚えている美穂には、なんだか、いまの妙子が別人のように感じられた。

　妙子は美人だ。おそらく、男なら、セクシーと呼ぶ種類の美人だろう。美人はどんな装いをしても、やはり美人だった。

「わたし、おもしろいところなんかに住んでいません。これ、ただのアパートですよ」

　美穂はふくれて、ふと気がついて、尋ねた。

「どうして、わたしの住所が分かったんですか」

「あなたの大学の学生課に電話で問い合わせたのよ。ちょっと面倒だったけど、結局、教えてくれたわ」

「ああ、そうか。そうなんだ」

　美穂は納得し、

「わたしになにかご用ですか」

「うん、ちょっとね」

　妙子はうなずいた。

「もうお葬式のほうはいいんですか」

「火葬場のほうは終わったからね。いまは精進落《しょうじん》としとかなんとか、料理屋を借りきって、社員とか、親戚で、お酒、飲んでるよ。わたしはいないほうがいいんだ。どうせ、財産めあてに後妻に入ったというんで、白い目で見られるに決まっているんだから。なまじ当たっているだけに、わたしとしても、居づらいんだよね」

「妙子さんはそんなこと気にしない人だと思った」

美穂は笑いだした。

妙子はどんなときにも正直だ。正直すぎて、話をしていると、やっぱりどうしても嫌いにはなれない。

「わたしだって気にするわよ。あんまりいい気持ちはしないわね、やっぱり。爺さんは死んじゃったし、隠し口座がどこにあるかも分からずじまいだしさ。このうえ、親戚の婆ア連中の当てこすりなんかおとなしく聞いてる義理はないわよ」

「あのう、わたしにどんなご用なんでしょう。あ、もしよかったらお入りになりません？　散らかっていますけど」

「ありがとう。でも、そうもしてられないんだ」

妙子は、ＢＭＷを振り返ると、出てらっしゃい、とそう声をかけた。

反対側のドアが開き、古間がのっそりと立ち上がった。美穂を見て、なんとはなしに照れくさそうな顔をしている。

「さっきはどうも」

ボソボソと口ごもるようにそういった。

「…………」

美穂は呆気にとられている。

「これ、わたしの出来のわるい兄なんだけどね。もちろん、知ってるわよね。美穂さんはもう会っているんだから」

妙子ひとりがなんだか楽しげだった。

「この人、あなたが自分のことを誤解してるんじゃないかってそのことを怖がってるの。ね？　気の弱い、だめな悪党でしょ」

「誤解？」

「おれ、あんなことしなかった。おれ、わけが分からないんだよ。どうして、あんなことになっちゃったのか」

「は？」

「あんた、おれの車のトランク見てたろう。そうなんだよ。たしかに、おれ、病院に行って、野村の爺イ、トランクのなかに押しこめてやったさ。爺イに電話して、デイルームというのかい、あそこから駐車場まで呼びだしたんだ。最初はおだやかに話をしてたんだよ。べつだん、隠し口座のカネを横取りしようというんじゃない。このままにしておいたら、カネがどうかなっちまうから、おれが管理してやる、とそういったんだ。それなのに、あの爺イ、なんだかんだ、わけの分からないことをいいやがるもんだから、つい、おれもカッとしちまって」

「それで車のトランクに押し込めたというんですか。あんな年寄りを」

「大きな声をだすなよ。ちゃんと空気抜きはつくってあったんだ。おれだって人殺しなんかになりたくはない。絶対に、窒息なんかするはずがなかったんだ。こいつはほんとうのことだぜ」

「この人にはね、昔から、こういうところがあるのよ。気が弱いくせに、すぐカッとなるんだな。そのあとですぐに後悔するんだから、しまらない話よね。爺さんを車のトランクに押し込んで、それで自分は、食事に行っちゃったというんだから、ホント、無責任もいいところだわ」

無責任なのは、妙子もおなじで、こんな話をしているのに、おもしろそうに、ニヤニヤと笑っている。

もっとも、いまの美穂は、妙子のことを気にするどころではない。自分でも血相《けっそう》の変わっているのが分かった。古間の顔を睨みつけると、

「空気抜きがあったといったって、現に、野村さんは窒息死してるじゃないですか。そう

か。野村さんが死んでしまったんで、怖くなって、その遺体を病院に運んだんだ。それでリネン室に入れた。なんて、ひどい。事故に見せかけるつもりだったのね」

「違う、そうじゃない。そんなことじゃないんだよ」

古間は手を振った。その顔に汗が滲んでいる。

「あんたはさっき、おれの車のトランクを見ていた。それで、ああ、きっと、そんなふうに考えてるんだな、とおれは思った。あんたが誤解してることが分かったんだよ。そう、誤解なんだよ。だから、こうやって、説明しに来たんじゃないか」

「………」

美穂が、駐車場で、ベンツの後ろにまわったのは、たんにナンバーを確認したかったからにすぎない。

どうやら古間はそれを車のトランクを調べていると勘違いしてしまったらしい。後ろめたいことがあるために、美穂が自分のやったことに気がついていると、勝手に気をまわしてしまったのだろう。

美穂にしてみれば、ケガの功名《こうみよう》で、おかげで思いがけず、古間の告白を引きずり出すことができた。

もちろん、たんにナンバーを知りたかっただけなのだ、などということはいってやらない。黙っていれば、古間のほうで勝手に気をまわして、あれこれ、喋《しやべ》ってくれる。

「駐車場に帰って来て、トランクを開けてみたら、爺イの姿が消えてたんだよ。いなかったんだ。ロックはしていなかったから、それで、爺さん、トランクから逃げだしたんだな、とそう思った。騒ぎ立てられて、警察沙汰《ざた》にでもなったら、やっかいだからな。おれはさっさと逃げだした。あとのことは何も知らない。爺さんが病院のリネン室で窒息死していたというけど、おれはそんなことは何も知らない。まったく身に覚えのないことなんだよ」

「…………」

美穂は唇を噛んだ。

この古間という男はカネのためなら遺体の入っている柩も開ける男だ。そんな男のいうことを信じるほうがおかしいかもしれない。

しかし、もし、古間が故意にせよ、事故にせよ、野村恭三を窒息死させたのだとしたら、こんなことをわざわざ美穂にいいに来るはずがないだろう。

ほんとうに野村の姿がトランクから消えていたから、自分に嫌疑をかけられるのが恐ろしくて、それで、こんないわずもがなの告白をした——そんなふうに考えるのが自然ではないか。

美穂は、野村を探しているときに、病院の駐車場に、古間のベンツが停まっているのを見かけたのを思いだしている。あのとき、野村は、まだベンツのトランクのなかに押し込められたままだったのか。いや、そんなはずはない。野村がリネン室で死んでいるのが発見されたのはあのすぐあとのことだ。美穂がベンツを見たときには、もう野村は車のトランクから消えていたのだ。

が……

——おかしい。そんなはずない。

美穂は眉《まゆ》をひそめた。

こんなことがあるだろうか？　病棟のデイルームに出入りする人間は、かならず入り口でチェックされることになっている。それなのに、野村がデイルームに入るのを見た人間は、だれひとりとしていないのだ。

野村が生きてデイルームに入ったにせよ、だれかが遺体を運び込んだにせよ、スタッフに見られずに、絶対にそんなことができるはずがない。

どこもかしこも鍵《かぎ》がかかっている。そんな部屋のなかで死体が発見される。殺されている。犯人はどこからも逃げられない。それなのに犯人の姿は消えている……たしか、ミステリーでは、そんな殺人事件を、密室殺人と呼んでいるはずだ。

こんなふうに、被害者が入れるはずのないところで死んでいるのも、やはり密室殺人というのだろうか？

そこまで考えて、美穂は自分でも意識せずに〝殺人〟という言葉を使っているのに気がついて、ギクリとした。

伊藤道子が死んだときにも、なんだか謎《なぞ》めいたところがあった。足袋《たび》なんか履いていなかったはずの道子が、いつのまにか足袋を履いていた。野村の死にも謎がある。駐車場の車のトランクに押し込められていたはずの野村が、だれにも見られずに、いつのまにかデイルームに移動し、そのリネン室のなかで窒息死していた。

道子は病死、野村は事故死ということになっている。が、もしかして、このふたつの事件に、なんらかの関連があるのだとしたら、そして、だれかがその裏で暗躍しているのだとしたら……

美穂はなにか頭のなかがジンジンとしびれるようなのを感じた。自分が思いがけず恐ろしい場所に踏み込んでしまったような、そんな気がしていた。

美穂は、一瞬、呆然《ぼうぜん》としていたようだ。妙子がなにかいった。が、なにをいったのか、よく聞き取れなかった。

「え?」

美穂は妙子の顔を見た。

「なにをぼんやりしているのよ。だから、できれば、このことは黙っていてほしい、ってそうお願いしているのよ」

妙子はBMWのボディに腰を下ろし、タバコを吸っていた。そんなふうにして、細巻きのタバコを吸っている姿が、とても魅力的だった。

「この人、あなたが車のトランクを見ているのをみて、怖くなってしまったのね。爺さんをトランクに閉じ込めたことを警察に知られたら、自分が爺さんを窒息死させた、ということにされかねない。それを怖がっているのよね。この人、何回か、警察のやっかいになってるのよ。駐車違反とか、スピード違反とか、そういうんじゃなくて――だから、あなたに、このことで、警察に駆《か》け込んでもらいたくないわけ。この人が車に戻って来たとき、ほんとうに爺さんの姿は、トランクから消えていた。この人は爺さんを窒息死なんかさせなかった。だから、警察にこのことは黙っていてほしい、まあ、そういうわけなんだけど……」

妙子はクスクスと笑いだした。

「なんだか、ずいぶんむしのいい話だ、って自分でもそんな気がしてきたな。あなたにはわたしの兄のいうことを信じる理由なんか何もないもんね。まあ、とにかく、兄はそんなふうにいうわけ。どうするかはあなたの自由だけど、考えといて」

「妙子よ、おまえ、何もそんなふうにいわなくたって」

古間が泣くような声を上げた。

「うるさいわね」

が、妙子はそんな兄に冷淡だった。タバコを投げ捨てると、車のドアを開け、運転席に体をすべり込ませた。

「ろくに度胸もないくせに、欲を出すから、こんなことになるのよ。この際、殺人犯でもなんでもなっちゃったら?」

「妙子」

「泣き言《ごと》いってないで、さっさと乗ったらどうなの。グズグズしてたら、置いてっちゃうわよ」

どうやら、古間はこの妹には頭が上がらないらしい。オロオロとしながら、助手席に乗った。

妙子がドアを閉める。そのウィンドウを美穂がトントンと軽くたたいた。妙子がウィンドウを下げた。

「わたし、お兄さんのことは警察にはいいません。お兄さんは信じないけど、妙子さんは信じます」

美穂はいった。

「そのかわりに教えてください。病院の人間で、だれか妙子さんに野村さんの情報を教えていた人がいるでしょう? その人はだれなんですか」

「……………」

妙子は、刺すような、するどい視線を向けてきた。そして、そうか、章夫がいったんだね、と口のなかでつぶやいた。

イグニッション・キーをひねった。ギアを入れる。むしろ、男性的といっていい、荒々しい動作だった。

そして、

「婦長の澤田」

なにかを投げつけるように、そういうと、アクセルを踏んだ。

すばらしい加速だった。一瞬、ウィンカーを点滅させ、エンジンを咆哮《ほうこう》させると、すぐに大通りのほうに曲がって行った。

「澤田さん……」

美穂は呆然と立ちすくんでいた。

「そんな……そんなバカなことってあるはずない」

5

翌朝、起きるのが苦痛だった。

一晩中、あれこれといろんなことを考え、ろくに眠ることができなかった。

明け方、すこしトロトロとしたようだが、それも夢に悩まされてばかりで、ろくに熟睡することができなかった。

いやな、悲しい夢だった、ということは覚えている。が、どんな内容の夢だったかは記憶に残っていない。

おそらく、覚えていたくない夢だったのだろう。

今日は、病院に出るのは昼からだ。午前中は、部屋の掃除をし、洗濯をした。できるだけ体を動かし、いやなことは考えないようにした。

それでも、

――婦長の澤田。

そう叫ぶようにいった妙子の声が耳にこびりついて離れなかった。

――なんで、わたし、あんなこと訊いたんだろう?

美穂はそのことを後悔している。

あの澤田さんがそんなスパイのような真似をするはずがない。昨夜は、懸命にそう考えようとした。が、一晩あけて、したかもしれない、と考えるようになった。

もし、澤田がスパイのようなことをしたのだとしたら、そうしなければならない、なにか事情があったのだろう。

それをあばきたてたところで何の意味もない。美穂には、いや、だれにも、そんな権利はないはずだ。

——忘れよう。

美穂はそう自分にいい聞かせている。

——忘れたほうがいい。

気分を変えたくて、いつもは滅多《めった》につけない口紅を、薄くつけてみた。

そうやって、すこしでも口紅をつけると、美穂の顔だちは別人のように映《は》える。その顔を鏡に映《うつ》して、まじまじと見つめた。

鏡に映った顔が、忘れられるはずがないじゃないか、とそういっていた。

が、病院に行けば、デイルームはいつものとおり、平穏そのものだった。

老人たちがゆっくりと歩いている。仲むつまじく、おだやかに、しかし、たがいに嚙み合わないトンチンカンなことを話し合っている。面会の家族が、老人をかこんで、持参の弁当を食べている。

テレフォン・クラブのテーブルには、吉永幸枝と、佐藤幸子、それにめずらしいことに、斉藤紀夫がすわり込んでいた。

三人で何枚かのタオルを分けて、それをたたんでいる。痴呆性老人には、できる範囲内での、かんたんな仕事をあてがってやるのが望ましい。自分もなにかの役に立つと思えることが、老人に生きる自信と、希望をもたらす。

さすがに、生け花の先生をしていたというだけあって、吉永幸枝の仕事は丁寧だ。佐藤幸子は仕事は早いが、いささか雑なところがある。

斉藤はただタオルを持って、ぼんやりとしている。タオルを手にしたものの、何をしたらいいのか、分からずにいるのだろう。

斉藤の痴呆はかなり進行している。自分のおかれている状況をほとんど理解できないようになってしまっている。病院側でも、薬物治療などをしているのだが、はかばかしい効果はみられないようだ。

「すみません。助かります。たたんだタオルはあとで職員室のほうに運んでおいてください」

美穂がそう声をかけると、

「はい」

幸枝はニッコリとうなずいて、

「ほかにまだあるようだったら、いまのうちに出しといてくれんかね。あとで畑に出んけりゃいかんから」

幸子はそう返事をした。

が、斉藤はただムッツリと黙り込んでいるだけだ。おそらく、美穂がだれかも、何を話しかけられたのかもよく分かっていないのだろう。

幸枝にしろ、幸子にしろ、自分が病院にいて、美穂が世話をしてくれている、という認識はないかもしれない。が、美穂がいつも自分たちのことを気づかってくれている、ということは分かっているようだ。美穂に好意を持ってくれている。

斉藤だけがなにも分からずにいる。自分ひとりの、おそらくだれにも入り込めない世界のなかにとじこもってしまっている。

美穂は、女性の痴呆性患者と、男性の痴呆性患者をくらべると、なんだか男のほうは使いきってしまわれている、というそんな印象を持つ。

——男ってたいへんだな。

そう思わざるをえない。

この日本では、男たちはかなり消耗する生き方を強《し》いられるようだ。仕事から離れたときには、もう脱《ぬ》け殻《がら》のようになってしまい、新しい人生に適応することができなくなってしまっている。

斉藤などはそのいい例だろう。おそらく仕事をしているときには、それなりに有能だったのだろうが、いまはほかの多くの男性患者とおなじように、病院の環境になじめずにいるのだ。

——そういえば斉藤さん、どんなお仕事をしてたんだろう?

ふとそんなことを考えた。

美穂はアルバイトだから、書類のうえでは、あくまでも外部の人間ということになっている。外部の人間に、患者のプライバシーは明かされない。

それでも、女たちは自分のことをよく喋ってくれるし、野村恭三のような、ある意味での有名人は、自然にその経歴が知れてくるものだ。

が、斉藤や、長谷川のように、いつも一定の距離をおいているような患者たちのことは、美穂もその経歴を知ることはできない。

もちろん、美穂は病院内部の人間だ。プライバシーの保持といっても、看護婦に訊けば、それぐらいのことは教えてくれるだろう。

ただ、美穂がそんなことはしないだけだ。斉藤や、長谷川が、自分で教えてくれる気にならないかぎり、それをあえて知ろうとはしない。

そんなところは自分でも、

――わたしってすこし融通《ゆうずう》がきかなすぎるんじゃないかな。

そう思うのだが、自分の担当している患者とはいっても、そのプライバシーは尊重しなければならない、という考えを変えるつもりはない。

斉藤や、長谷川には、面会の人間もない。もしかしたら、かれらがどんな仕事をし、どんな人生を送ってきたのか、それを知ることは、ずっとできないかもしれない。

「それじゃ、わたし、新しいタオルを持って来ます」

美穂はそういい残して、職員室のほうに向かった。

職員室で、澤田と挨拶《あいさつ》をするのが、なんとなくつらかった。

が、さいわいなことに、澤田は面会の人間と話をしていて、美穂のほうには、チラリ、と目を向けただけだった。

澤田と話をしているのは、佐藤幸子の家族だった。

夫と、息子だ。ふたりともがっしりした体格で、よく似た顔つきをしている。おれんちの持っている畑地はびっくりするぐらい値上がりしているでな。以前、幸子が自慢げにそんな話をしたことがある。男たちがよく日に焼けているのは、おそらく農作業のためではなく、ゴルフ焼けだろう。

澤田はめずらしく興奮しているらしく、

「そんな勝手なことをいわれても困ります。いまは治療の効果も出はじめているんです。こんなときに退院だなんて、そんなことはできません」

そう大声を出している。

「だけども、やっぱり病人の世話は、家族がするのがいちばんだで。それが病人のためにもなることだし」

夫がそれを押しかえすようにいう。鈍い、しかし粘っこい声だった。

「家族がそうしたいといってるんだ。いくら病院だって、それを拒否することはできめえさ」

と、これは息子だ。いかにも不機嫌そうな顔をしている。

「なんて口のききかたすんだ。まがりなりにも、おふくろがお世話になってる看護婦さんだぞ」

夫は一応、そう息子をたしなめてから、

「まあ、そういうことだで、なにぶん、よろしくお願いします」

ばか丁寧に頭を下げると、息子をうながして、職員室を出て行った。

デイルームの佐藤幸子には声をかけようともしなかった。

澤田はグッタリと椅子《いす》にすわり込んだ。ひどく疲れた顔になっていた。

そんな澤田に声をかけるのははばかられる気がしたが、

「佐藤幸子さん、退院の話が出ているんですか」

美穂はそのことを訊かずにはいられなかった。

うん、と澤田はうなずいて、

「これからは家族で面倒をみてやりたいとそういうんだけどね。話を聞いてみると、どうも、そういうことばかりでもないらしいんだよね」

「…………」

「不愉快な話なんだけどね。聞く？」

「はい」

「なんでも親類が集まって、親族会議みたいなことをやったんだって。あの一族はみんなたくさんの土地持ちだから、いろいろと面倒なことがあるらしいんだよね。わたしもよく分からないいんだけどね。その席で、幸子さんの持ちぶんの土地のことが問題になったらしいんだよね。ろくに幸子さんの面倒もみないのに、その土地を取るのは納得できない、とかそんな話になったんじゃないかな。なにしろ、このあたりの土地は急に高騰したでしょ？　どの農家でも大なり小なり、似たような問題が起きてるらしいよ。それで、あの家族も、幸子さんのことを自分たちで面倒みる気になったんじゃないかしら」

「そんな……そんなのありえません。幸子さん、せっかくテレフォン・クラブのお友達と仲よくやってるんです。幸子さん、しあわせじゃないですか。それを、そんな家族の勝手な都合で、退院させるなんて、そんなのありえません」

美穂は怒りさえ覚えている。

痴呆性老人にとって、親しく接することのできる、なじみの人間と一緒にいるのが、なにより大切なことなのだ。冷淡な身内より、仲のいい、信頼できる人間といるほうが、よほど幸せであり、安心もできる。

病院では順調に回復していた老人が、帰宅したとたんに、以前のような問題行動を再発させるのは、めずらしいことではない。親しい仲間から切りはなされ、情緒が不安定になってしまうからだ。

病人は家族と一緒にいるのが一番、という通説は、かならずしも痴呆性老人の場合にはあてはまらない。家族と一緒にいるために、むしろ不幸になってしまう痴呆性老人は、いくらもいる。

「なんとか佐藤さんの家族、説得することはできないんですか」

「うん、やれるだけやってみるつもりだけど、なにしろ相手は家族なんだからね。あくまでも退院を主張されたら、どうすることもできないんだよね。結局は向こうの言い分が通ってしまう」

澤田の声には力がない。よほど疲れているのだろう。しきりに指で眉のあいだを揉《も》んでいる。

「だって、幸子さん自身のしあわせを考えたら、テレフォン・クラブの仲間と一緒にいたほうがいいに決まっています。そんな、幸子さん、かわいそうです」

「わたしたちはただの看護婦だもん。やれることには限界がある。病人の家族の事情にまで立ち入ることはできないわ」

澤田の声にはかすかに自嘲するような響きがあった。

「…………」

美穂は唇を噛んだ。

もちろん医師にしても、看護婦にしても、できることはかぎられている。そのかぎられた範囲のなかで、全力を尽くすようにするしかないのだ。

ところで、と澤田はそうつぶやいて、その顔を上げた。そして、美穂の顔をジッと見つめると、

「話は違うんだけどね。じつは、昨日、野村妙子さんからわたしのところに電話があったのよ」

「妙子さんから」

美穂は意外だった。とっさに返事をすることができなかった。

「うん、あなたのことを聞いたわ。あなたがわたしのことを知っている、という話を聞いたのよ――そのことを、あなたとすこし話をしておいたほうがいいんじゃないかとそう思って」

澤田の声はひどく低かった。ほとんど囁《ささや》いているかのようだった。

「………」

どんな顔をすればいいのだろう？　澤田の顔をまともに見る勇気がなかった。美穂は俯いてしまった。

尊敬していた澤田婦長と、こんな話をしなければならないことになったのが、ひどく悲しく、つらかった。

「そのことなんだけどね——」

澤田は何かいいかけたが、それを最後までいい終えることはできなかった。

そのとき、ふいにモニター・コンソールのブザーが鳴ったのだ。非常警報のブザーだった。ボードのうえで赤いランプが点滅している。浴室のランプだった。

テレフォン・クラブに愛甲則子の姿が見えなかったことを思いだした。則子はほとんど手のかからない患者だが、ただ入浴だけは、人と一緒に入るのを極端にいやがる。ちょっと目を離すと、スタッフに何も告げず、自分ひとりで入りたがるのだ。

もちろん、昼間、浴室を使わないときには、ドアに鍵がかけられている。どんなに則子がひとりで入浴するのを好んでも、スタッフの許可を得ないかぎり、浴室に入ることはできないはずなのだが——

現に、浴室の非常ランプが点滅しているのだ。だれかが浴室に入っている。

——則子ママ！

美穂は走った。

澤田が背後で何か叫んだようだが、それを聞いている余裕はなかった。

浴室はデイルームとは五メートルと離れていない。

脱衣室のドアが開けっぱなしになっているのが見えた。

浴室のガラス扉は安全のために自動ドアになっている。その自動ドアの開くわずかな時間がもどかしかった。

浴室には湯気がこもっていた。シャワーが出しっぱなしになっている。

浴槽には湯が溜《た》まり、外のタイルまであふれ出していた。

そのなかに、はだかの則子がなかば頭まで沈みかけていた。年齢のわりには、豊かな髪が、湯のなかに、海草のようにゆらゆらとたゆたっている。

浴槽の上がり下りのために、階段と、手すりが設けられている。則子はその手すりを片手でつかんでいて、そのために、完全に沈んでしまわずにいるらしい。

「則子ママ！」

美穂は湯のなかに飛び込んだ。則子の体を抱きしめ、湯から持ち上げた。

則子が美穂の体に抱きついてきた。しっかりとした力だった。

――よかった。大丈夫だった。

美穂は安堵《あんど》のあまり、涙が噴きこぼれてくるのを感じた。

テレフォン・クラブはすでにふたりが死んでしまっている。このうえ、則子を浴室で溺《おぼ》れ死なせるようなことをしたら、美穂はもう絶対に自分を許すことができないだろう。

「ママ、ママ、大丈夫ですか」

美穂は則子の体を抱きかかえながら、浴室から出た。則子の体は意外に重かった。

則子は美穂の顔をキョトンと見ると、

「あんたもはやくおフロに入っちゃいなさいよ。もうすぐお店の時間だよ」

そんなことをいった。

# 第四章　人物誤認

## 1

愛甲則子はほとんど水を飲んでいなかった。風呂《ふろ》の湯に沈んでも、もがくということをしなかったらしい。もがくだけの体力が残っていなかったのかもしれない。それがかえってよかった。

なんといっても年齢が年齢であり、さすがに衰弱しているが、命に関わるというほどのことはないらしい。安静にしていれば、いずれ体調も回復するということだ。

——よかった。

それを聞いたときには、美穂は体が沈み込んでしまいそうな安堵《あんど》感を覚えた。

が、安心してばかりもいられない。

老人病棟にも、デイルームと通路をむすんで、何室か、病室があることはある。

が、病室とはいっても、日中、ここで寝ている老人はほとんどいない。老人たちは昼間は、デイルームに出ていることが多く、むしろ寝室と呼んだほうがいいだろう。

それに、ベッド・メイキングが終わったあとも、痴呆性老人たちが徘徊《はいかい》したり、物いじりをしたりすることがあり、かならずしも病人を収容するには適当ではない。

そんなことから、愛甲則子はほかの病棟に移されることになった。

——またテレフォン・クラブのメンバーがひとり減っちゃうのか。

さすがに美穂は淋《さび》しかった。

もっとも、こんな事故があったあとでは、いつまでもそんな感傷にひたってはいられない。

痴呆性老人がひとりで入浴するなどということはあってはならないことだ。浴室はできるかぎり危険がないように設計されているが、それでも痴呆性老人がひとりで入れば、どんな事故が起こらないともかぎらない。入浴にはかならず職員が付き添うし、何人かの老人が一緒に入る規則になっている。

愛甲則子は、入院した当時は、だれかと一緒に入浴するのを極端にいやがった。看護婦がどんなにうながしても、

——風邪ぎみなんだよね。悪いけど、熱があるんだ。

とか、

――家に帰って入るわ。

などといって、断わることが多かった。

それだけならまだしも、バーのママという前歴からか、やはり体を洗わないのは気持ちが悪いらしく、看護婦の目を盗んで、ひとりで入浴しようとする。職員たちはさんざん悩まされたものだ。

それがテレフォン・クラブになじんでからは、メンバーのだれかと一緒なら、なんとか入浴に応じるようになった。痴呆性老人にとって、それだけなじみの仲間が大切だということだろう。

最近では、ひとりで浴室に行くこともなくなり、看護婦たちは、みんな安心していたのだ。

それがどうして、こんなことになってしまったのだろう。どうしてまたひとりでの入浴を始めてしまったのだろう。

いや、なにより安全のために、浴室の配水管の元栓を開けなければ、浴槽のお湯も、シャワーも出ないようになっている。元栓はわざと固くしてあり、老人の力では、これを開けることはできないだろう。

絶対にあってはならないことだが、だれか職員が、配水管の元栓を閉め忘れたとしか考えられない。

伊藤道子が死んで、そのすぐあとに野村恭三が死んだ。そこに、愛甲則子のこんな事故がかさなって、さすがに老人病棟には緊張した雰囲気が充満している。こんなに不祥事がつづいたのでは、たんに不運という言葉だけでは片づけられない。

急遽《きゅうきょ》、老人病棟のスタッフに招集がかけられた。職員室に集まった。

「いったい、どうしちゃったのよ。なんでこんなに事故がつづくわけ？　なんだかおかしいわよ。きのう、最後に浴室を使ったのはだれなの」

婦長の澤田は青ざめてしまっている。

わたしです、と若い看護婦が蚊《か》の鳴くような声でいい、

「でも、わたし、絶対にお風呂の元栓は閉めました」

「ついうっかりした、ということはないでしょうね。人間にはありがちなことだから」

「そんな……そんなことは絶対にありません。わたし、元栓を閉めたのをはっきり覚えているんです」

いつもはおとなしい看護婦だが、このときばかりは憤然《ふんぜん》としたようだ。いまにも泣きだしそうになりながら、澤田のことを睨《にら》みつけている。

そんな話を聞きながら、美穂はぼんやりと妙なことを考えている。

伊藤道子はずっと自分のことを二十二歳だと信じ込んでいた。その意味では痴呆症状は安定していたといえるだろう。それがどうやら死ぬ前日には、十九歳にまで若返ってしま

ったようだ。おなじことは愛甲則子にもいえる。ようやく、ほかの老人たちと一緒に入浴するようになっていた則子が、また以前のように、ひとりで入浴しようとした。

——変だな。道子さんといい、則子さんといい、なんだか急に痴呆症状が進んでしまったみたいだわ。どうして、そんなことになってしまったんだろう？

美穂にはそれが不思議でならなかった。

もちろん、美穂はそんなことは知らなかった。が、このときの美穂は、自分でも気がつかずに、事件の真相に、一歩踏み込んでいたのだった。

自動ドアが開いた。広い脱衣室がある。だれもいない。浴室のドアがある。これも自動ドアになっている。浴室のなかに入った。

いきなり、

「だれだ」

そう声をかけられた。荒々しい男の声だった。

美穂は立ちすくんだ。あんなことがあったあとで緊張していたのだろう。ギクリと体が強張《こわば》るのを覚えた。

寝たきり老人のためにローラー・バスが設置されている。そのローラー・バスのかげから、ひとりの男が立ち上がった。

「やあ、平野さんですか」

男は笑いかけてきた。頭を掻《か》いている。

「これは乱暴な声を出して、申し訳ありません。面目《めんぼく》ない。自動ドアってのは、なんの前ぶれもなしに開くもんだから、ついびっくりしちゃって」

長谷川也寸志だった。

長谷川は痴呆性老人ではない。入院した当時は、強い抑ウツ反応をしめしたが、抗ウツ薬の投与で、ほとんど全快している。精神状態が回復するにつれ、体力も取りもどし、いまでは壮年のような元気さだ。

これまで、ただの一度も、患者にたいしてそんなことはなかったのだが、美穂は長谷川に〝男〟を感じている。生々《なまなま》しい生気のようなものを感じた。

浴室のなかで、〝男〟とふたりっきりでいることに、なんとなく気づまりのようなものを覚えていた。それだけ長谷川が痴呆性老人からはほど遠い存在だということだろう。

「たいへんでしたね。聞きましたよ。なんでも平野さんが愛甲さんを助けたそうじゃないですか。大活躍でしたね」

長谷川は愛想よく笑いかけてきた。

「助けただなんて、そんな大げさなことじゃありません。わたし、ただ愛甲さんをお風呂から引き上げただけですよ」

「いや、若いからできることですよ。わたしなんかもうそんな体力はない。話を聞いたときには羨《うらや》ましかった」

「…………」

「愛甲さん、たいしたことがなくてよかった。それにしても、あの人がいなくなると、テレフォン・クラブも淋しくなるな。伊藤さんに野村さん、今度は愛甲さんか。なんだか櫛《くし》の歯をすくみたいに人が少なくなっていく」

「もしかしたら、佐藤幸子さんもいなくなるかもしれません。家族の人が引き取りたいといってるんです」

入院患者にいうべきことではなかったかもしれない。だが、美穂は、テレフォン・クラブのメンバーが減っていくのが淋しくて、ふとその淋しさを、だれかに訴えたくなったのだ。

ほう、と長谷川はうなずいて、

「家族に引き取られるんじゃ、佐藤さんのためにはいいことかもしれんが、残されるわたしらは淋しいですな。そうなると、テレフォン・クラブのメンバーは、わたしと、斉藤さんと、吉永幸枝さんの三人だけになってしまう。わたしや、斉藤さんは、メンバーといっても名前だけだし、こんなことをいっては何だが、テレフォン・クラブはほとんど解体ということになりますな」

「はい」

美穂は唇を噛《か》んだ。

自分の担当する患者に、おもちゃの電話を与えることにしたのは、美穂自身のアイディアによるものだった。美穂が大学に行かなければならない三日間、おなじ患者を担当している研修医の新谷登もそのアイディアに賛成してくれた。

電話で話をするのは、痴呆性老人たちに好ましい影響をもたらした。老人たちの精神活動が、わずかながら活発になるのが観察されたのだ。

美穂は内心、そのことを誇りに思っていたし、ほかの患者たちよりも、テレフォン・クラブの老人たちにはるかに親しみを覚えていた。

しかし——

長谷川がいったとおり、愛甲則子がほかの病棟に移され、佐藤幸子が退院してしまったら、事実上、テレフォン・クラブは解体ということになるだろう。

長谷川にはおもちゃの電話など無用のものだ。斉藤はかなり痴呆が進行し、ほとんど他人と意思をかよわせることができない。吉永幸枝は、テレフォン・クラブの熱心なメンバーだが、ひとりきりでは、電話で話そうという熱意も薄れてしまうだろう。

「平野さんはなんか浴室にご用がおありなのですかな?」

長谷川が尋ねてきた。

「いえ、べつだん用というわけじゃないんですけど、どうして愛甲さんがバスなんかで溺《おぼ》れることになったのか、そのことが気にかかったんです」

「ほう」

長谷川はわずかに眉《まゆ》を上げた。

「だって、愛甲さん、徘徊癖があったぐらいで、足はお丈夫だったんですよ。もちろん、お年寄りですから、絶対に事故が起きないとはいえないでしょう。でも、それにしたって、バスなんかで溺れるのは、なんだか不自然な気がするんです」

「そう、たしかに不自然だ」

長谷川はうなずいた。

「じつはわたしもそのことが気にかかったんですよ」

「え？」

「配水管の元栓が開いていたというのも妙な話だ。いや、まあ、余計なおせっかいかもしれんのですが――」

長谷川は腰を落とし、浴槽の縁《へり》に片膝《ひざ》をついた。美穂を見上げた顔が、老人とは思えないほど、生気に満ちていた。

「なんだか、これが気にかかってならんもんですからね」

「これ？」

「手すりですよ」

浴槽には五段ほどの階段がついている。もちろん老人の安全を考慮してのことだ。階段には手すりがつけられている。

長谷川はその手すりを指さし、

「ちょっと見てくれませんか」

「………」

美穂は手すりを見た。べつだん、変わったところはない。いつもながらの浴槽の手すりだった。

美穂が怪訝《けげん》そうな顔をするのが、じれったかったらしく、

「いや、見ただけじゃ分からんか。さわってみてください」

長谷川はわずかに声を高くした。

はい、と美穂はうなずいた。わけが分からないながら、自分もうずくまって、その手すりに指を触れた。

ヌルリとした感触を感じた。手すりはひどく滑りやすくなっている。

「セッケンが塗ってあるんですよ。まんべんなく塗られていますからね。これは偶然にセッケンがついたというようなものではありませんよ」

「セッケンが……」

美穂は呆気《あっけ》にとられた。

「ええ、そうなんです。だれか老人が、この手すりにつかまって、階段を下りようとしたら、ツルリと手を滑らせることになる。ものすごく危険ですよ」

長谷川は自分が老人ではないような言い方をした。

いや、たしかに、このときの長谷川を老人と呼ぶのは、誤りだったかもしれない。長谷川の目はするどく、壮年のような力がみなぎっていた。

「愛甲さんはもともとひとりで入浴するのが好きだった。だれかがその機会を与えれば、よろこんで、ひとりで入ったでしょう」

長谷川はゆっくりと立ち上がった。美穂の目を見た。

「そのだれかは配水管の元栓を開け、あらかじめ手すりにセッケンを塗っておいた。なんといっても愛甲さんは痴呆性老人だし、若い人にくらべれば足腰も弱っている。セッケンを塗られた手すりにつかまれば、手を滑らせる可能性はひじょうに高いと思いますね」

美穂は混乱していた。いやいやをするように首を振りながら、でも、でも、とくりかえした。

「そんなの信じられません。だれがそんなバカなことをするというんですか」

「だれが？　さあ、それは分かりません。ただ、わたしは、ここのところ、つづいている一連の事故も、みんなそのだれかの仕業《しわざ》だと思っているんですよ」

「長谷川さん……」

「申し訳ありません。わたしがこんなことを調べていることは、だれにも内緒にしていただけませんか。人に知られたのでは、わたしもこれから動きにくくなる」

「…………」

美穂はまじまじと長谷川の顔を見た。

伊藤道子の病死、野村恭三の事故死、そして愛甲則子の事故……たしかに、偶然と考えるには、あまりに事件が多すぎる。

伊藤道子も、野村恭三も、だれかに殺されたのではないか、とは、美穂も漠然と疑ってはいたことだ。伊藤道子の場合も、野村恭三の場合も、なんだかつじつまが合わないことがありすぎた。それに愛甲則子の事故がかさなって、美穂のその疑惑は、ほとんど確信にまで高まった。

が、それをこうして具体的に長谷川に指摘されると、

――そんなことがあるだろうか？

と、あらためてそのことが疑問に思えてくる。

いったい、どこの誰が、なんの害もおよぼさない痴呆性老人を殺したい、などと考えるだろうか？　資産家の野村恭三はともかくとして、伊藤道子、愛甲則子のような無害な老人を殺さなければならない、どんな動機があるというのだろう？

「いや、まあ、そんな思いつめたような顔はせんでください。わたしにしても、べつだ

ん、確証があっていってることではないのですから。何の証拠もないことだ。ただ――」

「ただ？」

「テレフォン・クラブの仲間たちを殺し、殺そうとしている人間がいるんだとしたら、わたしは絶対にその人間を見逃すわけにはいかない。わたしだってテレフォン・クラブの人間なんですからね」

長谷川はそういったが、気負った自分に照れたように、ふと苦笑し、その口調をやわらげた。

「いや、まあ、そんなことをいったところで、こんな年寄り、何ができるというものでもありませんけどね。年寄りの冷や水と笑われても仕方がない。お湯の入っていない浴室は冷える。出ませんか」

ええ、と美穂はうなずいて、

「長谷川さんはどうして退院なさらないんですか？」

そう尋ねた。

「退院しても、邪魔者あつかいされるばかりでしてね。ここにいさせていただいたほうが気楽でいいんですよ」

長谷川は笑い、ドアに向かった。

その後ろ姿を見ながら、テレビ・ドラマの刑事みたいだ、美穂はまた長谷川のことをそう思った。

そして、もしかしたら川口教授が長谷川を病院にとどめているのは、長谷川になにかの調査をさせるためではないか、とそんな妙なことを考えた。

## 2

二日間、病院の勤務を休んだ。大学に行った。

もっとも、病院のことが気になって、ほとんど講義の内容には身が入らなかった。いつもぼんやりとテレフォン・クラブの老人たちのことを考えていた。ただたんに単位を取るために出席日数を稼いだだけのことだ。

仲のいいクラス・メイトたちが週末に青山《あおやま》へでもショッピングに行かないかと誘いをかけてきた。

悪いんだけど、と美穂は断わった。わたし病院のアルバイトがあるから。

「またァ、美穂はまじめなんだから。アルバイトなんか休んじゃいなよ。美穂が一日ぐらいいなくても、爺さん、婆さんが死んじゃうわけでもないんでしょ」

「ごめん。そういうわけにいかないんだ」

美穂はそうあやまって、

――死んじゃうんだよ。わたしが休んだら、お爺さん、お婆さんたちが殺されてしまうかもしれないのよ。

と、これは頭のなかでつぶやいた。

どうやら美穂が休んでいるあいだに、佐藤幸子の退院の話が決まってしまったらしい。

朝――

美穂が病院に出たとき、デイルームに、佐藤幸子の息子の姿があった。

三十代の、いかにも気むずかしそうな顔をした男だ。よくゴルフ焼けし、ブランド物のポロシャツを着て、高級ブランドの金時計をしていた。絵に描《か》いたように典型的な土地成金の息子という印象だった。

「ほらよ、母さん。看護婦さんにちゃんと挨拶《あいさつ》しねえか。ぼやぼやすんなよ。しようがねえな。いくらボケたって、それぐらいのことはできるだろうよ」

そう母親を追いたてる口調も、いかにも思いやりに欠けている。おそらく自分の資産を鼻にかけているのだろう。内心、看護婦たちをバカにしているのが、その言葉の端々《はしばし》に感じられた。

――幸子さん、かわいそう。

美穂は暗い気持ちになった。

この息子と同居したのでは、幸子はしあわせにはなれないだろう。

もちろん、美穂は込みいった事情は知らされていない。が、どうやら、土地相続の問題でやむなく母親を引き取ることになった、というのが本当のところらしい。

親身に世話をしようなどという考えは、頭から持っていないのだ。その口ぶりからも、とんだ厄介者《やっかいもの》を背負い込んだ、と不機嫌になっているのが、ありありと感じられる。

このあたりの農家には、まだ昔ながらの風習が残っていて、閉鎖的で、ひどく世間体を気にする。おそらく、痴呆性老人になった母親を人目にさらすのを嫌って、ほとんど家から出そうとしないだろう。そういう状態におかれた痴呆性老人は、極端にボケの症状が進行してしまう。

みすみす幸子が不幸になると分かっていながら、病院側では、これをどうすることもできない。身内からの要請があれば、退院させざるをえないのだ。

「ほらよ、あの看護婦さんにも世話になったんだろう。お礼をいわねえかよ」

息子にせきたてられ、幸子がノロノロと美穂のところまで歩いて来た。

その表情はうつろで、しまりがない。痴呆性老人には環境が急に変わるのが、もっとも心細いことなのだ。風呂敷包みをギュッと胸に抱きしめているのが、幸子のいまの心理状態をよく表わしている。かわいそうだが、どうしてやることもできない。

幸子の後ろにいる息子の手前、

「佐藤さん、よかったですね。息子さんや、ご主人と一緒に暮らせて」

美穂はそんな心にもないことをいわざるをえない。胸が張りさけそうだった。

「うんだな」

と幸子はうなずいて、大きな声で、みつえちゃん、と美穂のことを呼んだ。どうやら、美穂のことを親戚《しんせき》の娘かだれかと勘違いしているらしい。

「あんたも体に気をつけて。べべは正月までに縫うで、なんも心配せんでな。また、暇なときにでも、わたしの家に遊びに来てください。ああ、それから姑《しゅうとめ》さんから電話がかかってくるかもしれんから、わたしはちょっとそこまで用足しに行った。そういってくれませんか。すぐ戻るから」

「バカくさい。何いってるんだか」

息子がわざとらしい笑い声をあげた。

「おふくろ、あんたの姑さんは、もうとっくの昔に死んでるでねえか。なんで死んだ人間が電話なんかかけてくるもんか。そんたらこと心配せんでええ。婆ちゃんはもう十年もまえに死んでるだよ」

まるで思いやりのない、粗野な口調だった。母親を頭から邪魔者あつかいし、バカにしきっているのだ。

大丈夫ですよ、と横から、吉永幸枝が口をはさんだ。

「ちゃんとお姑さんにはそういいますから。お姑さんにはあなたのこと、きちんと説明しておきますから」

吉永幸枝には記憶障害があり、夜間せん妄《もう》と呼ばれる痴呆症状も持っている。が、それを除けば、テレフォン・クラブのメンバーのなかでは最もおだやかな老婆であり、他人に対する思いやりも忘れてはいない。

「なにぶんにもお願いします」

丁寧《ていねい》に頭を下げる佐藤幸子を、早くしねえかよ、と息子がうながした。

それでも、

「どうもお世話になりました」

息子は、母親を連れて出て行くときに、婦長の澤田にそう挨拶をした。もっとも、澤田はそっぽを向いて、ほとんど返事もしなかったのだが。

デイルームを出て行くときの幸子は、ションボリと肩を落とし、いかにも淋しげな姿だった。

美穂はもう一度、なにか声をかけてやりたかった。が、何をいったらいいのだろう? かけるべき言葉を思いつかなかった。

洗面所で顔を洗った。水を出しっぱなしにして、何度も洗った。すこし目が赤くなっている。こんな顔をみんなに見られるのは恥ずかしい。

――幸子さん、かわいそう。

胸をしめつけられるようだった。

だが、どうすることもできない。美穂には何もしてやれることがない。

――仕方ないんだ。仕方ないんだ。

そう頭のなかでくりかえしていた。

ふと人の気配を感じて、顔を上げた。

横に、吉永幸枝が立っている。ぼんやりと洗面所の鏡を見ていた。ときおり、何かつぶやいているようだが、何をいっているのかは聞き取れない。

美穂はハンカチで顔を拭《ふ》きながら、

「どうかなさったんですか、幸枝さん」

そう声をかけた。

幸枝は美穂に顔を向けた。その顔からは表情がうしなわれている。目が焦点をむすんでいなかった。

いいえ、と幸枝は首を振って、途方にくれたような声でいった。

「この人、どこかでお会いした気がするんですけど、わたしも歳《とし》なんですねえ。どうしても思いだせないんですよ。ほんとうに失礼な話なんですけどね。どうやっても思いだせないんです」

「……」

美穂はあらためて鏡を見た。もちろん、そこに映っているのは、幸枝自身の顔だ。

「幸枝さん……」

美穂の声が乱れた。

幸枝には記憶障害があり、夜間せん妄の症状もある。いや、その夜間せん妄にしてからが、困惑性と呼ばれる、ごく軽症のもので、いわゆる錯乱性の、それほど極端な幻覚妄想をともなうものではなかった。

これまで、鏡に映った自分の顔を判別できないなどということは、ただの一度もなかったのだ。

――でも、おかしいわ。こんなことってあるかしら。

美穂は混乱している。

自分の鏡像を認知できずに、それと対話をする症状は、自己鏡像誤認症候群の名で呼ばれている。

しかし、この症状は、初老期痴呆症のアルツハイマー病に、よく見られる現象で、幸枝のような老年痴呆の患者では、ほとんど見られない。

それとも、たんに美穂が経験不足だというだけのことで、自己鏡像誤認症候群は、老年痴呆にもある症状なのだろうか。

——なにかがおかしい。なにかがねじ曲がっている。

そんな気がした。

どうしたのだろう? 美穂は背筋にヒヤリと冷たいものを覚えた。伊藤道子、愛甲則子、そして吉永幸枝と、なにか地滑りでも起きるように、テレフォン・クラブの患者たちの症状が一斉に悪化しつつある。こんなことがあるだろうか。

—まさか。

美穂はフッと妙なことを考えた。

佐藤幸子が姑からの電話の話をし、それを息子が笑ったとき、吉永幸枝は横からとりなしてくれた。いや、とりなしてくれた、と美穂はそう考えたのだが、もしかしたらあれは……

「幸枝さん、佐藤さんのお姑さんが亡くなっていることはご存じですよね」

相変わらず鏡を見ながら、ええ、と幸枝はうなずいた。

「知ってますよ。だって、幸子さんが何度も話してくれましたから」

「死んだ人から電話がかかってくるなんて、なんだかおかしいですよね。そんな気がしません?」

「あら、おかしいことなんかちっともありませんよ。あなたはまだお若いから、そんなことおっしゃるけど、みんなやってることなんですよ」

「みんな……」

「伊藤道子さんは亡くなった恋人からしょっちゅう電話がかかってきたし、愛甲さんだって、とっくに亡くなったお父様と電話でお話しなさってていたんですよ」

「…………」

「幸子さんは姑の嫁いびりにさんざん泣かされたといってるけど、でも死なれてみると、あのお宅のなかで、いちばん仲のよかったのはお姑さんだったんですって。死なれてみて、そのことがよく分かった、ってしみじみおっしゃってましたわ。ほんとうに親しい人だったら、死んだって、電話でお話しできるんですよ。みんな知ってることですよ」

「幸枝さん――」

ふいにはにかんだような顔になり、わたしだって、と幸枝はそういった。

「わたしだって、死んだ主人とよく電話で話をしますわ。変ですね。何十年もまえに亡くなって、生きているときにはケンカばかりしていた主人なのに、いくらでも話があるんですよ。まるで新婚のときみたい」

「…………」

美穂は幸枝の顔を呆然《ぼうぜん》と見つめている。

どうやら、テレフォン・クラブの老婆たちの心のなかで、共通してうごめいているものがあったようだ。これまで美穂は漠然と、異常を感じてはいたのだが、それが何であるのか、見きわめることができずにいた。

老婆たちの心の奥底深く、うごめいていたものが、いま、いきなり目のまえに噴きだしてきたように感じられた。

テレフォン・クラブの老婆たちは、だれもが死人と電話で話をしていたのだ。

## 3

——おもちゃの電話を与えたのがいけなかったんだろうか？

美穂の心は千々《ちぢ》に乱れている。

いや、そんなはずはない。それがどんなことであれ、痴呆性老人たちにコミュニケーションの手段を与えることは、いい結果をもたらすはずだ。痴呆性老人たちにペットの犬をあてがってやり、それが症状の好転を招いた、という例まである。

それに、美穂はなにも無責任に、痴呆性老人たちにおもちゃの電話をあてがってやったわけではない。つねに、その状態を観察していたし、すこしでも悪影響が観察されれば、すぐに電話を片づけるつもりでいた。

現に、テレフォン・クラブの老人たちは、痴呆の進行が鈍り、吉永幸枝などはもしかしたら退院できるのではないか、という希望までいだかせたのだ。

それがどうして急に、こんなになだれをうって、病状が悪化してしまったのだろう。老人たちの心のなかに、どんな異常が起こったというのか。

病院での美穂は忙しい。心理学を専攻し、ソーシャルワーカーか心理士を志望しているといっても、いまのところ、美穂の身分はたんなるアルバイトにすぎない。いろんな雑用をこなさなければならない。

ベッド・メイキングをする。汚れ物を洗濯場に運ぶ。渋る痴呆性老人を説得し、トイレに行かせる。寝たきりの老人を車椅子で散歩に連れだす……やらなければならないことはいっぱいある。

いつもの美穂はどんな仕事も一生懸命にやる。それが、この日にかぎって、何をやっていても、若干《じやつかん》、上《うわ》の空というところがあった。

テレフォン・クラブの老人たちのことが気になってならない。

どうして、テレフォン・クラブの老人たちの病状が急に悪化したのだろう？　長谷川が考えているように、ほんとうに一連の事件の背後には、だれかの作為が働いているのだろうか。そして、そのことと、老人たちの病状が急激に悪化したこととは、何かつながりがあるのだろうか。

どれをとっても、美穂ひとりの手には余ることだった。だれかに相談したほうがいい、とそう思う。

――だけど、だれに相談したらいいんだろう？

これまでの美穂だったら、ためらわず婦長の澤田に相談したにちがいない。

しかし、いまでは澤田が死んだ野村恭三の情報を、野村妙子に流していたことが分かっている。美穂にはそのことに対するこだわりがあり、これまでのように、素直に澤田に接することができずにいる。

川口教授のことは尊敬している。が、川口教授は精神神経科の部長であり、アルバイトの美穂が気安く相談を持ちかけられるような相手ではない。

長谷川は頼りになる。どうやら、ひとりでコツコツと一連の事件のことを調査しているらしい。テレフォン・クラブの仲間たちを殺し、殺そうとしている人間がいるんだとしたら、わたしは絶対にその人間を見逃すわけにはいかない……そういったときの長谷川はいかにも頼もしかった。

が、ほとんど全快しているといっても、やはり長谷川が老人病棟の患者であることに違いはないのだ。病人に相談を持ちかけるわけにはいかない。それに、長谷川にはなんとなく一匹狼《おおかみ》という印象がある。その意味でも、気軽に相談を持ちかけられるような相手ではなかった。

美穂はため息をついた。

――だれも相談できる人なんかいない。

そうあきらめかけて、ふと、ある人のことを思いだした。

一度も会ったことのない人だ。しかし、あの人なら信頼できる、とそう思った。

澤田のようにしっかりしてはいない。川口教授のような力もない。長谷川のように頼もしくもない。しかし、信頼できる。

精神神経科の研修医の新谷登だ。美穂はどうしても週に三日は大学に出席しなければならない。その三日間、新谷は、美穂が世話をしている患者を担当してくれる。

美穂と、新谷は、それぞれ必要とする申し送り事項を大学ノートに記載し、連絡を取り合っている。これまで一度も会ったこともなければ、電話で話をしたこともない。

考えてみれば、なんとも妙な関係といえるだろう。そんな妙な関係だが、少なくとも、美穂のほうでは、新谷を全面的に信頼している。大学ノートに記載された新谷の申し送り事項は、いつも的確で、痴呆性老人にたいするたしかな愛情が感じられる。

——そうだ、新谷さんに相談すればいいんだ。

美穂はわずかに気持ちが弾《はず》むのを覚えた。どうして、これまで新谷の名を思いださなかったのか、それが不思議に思えるほどだった。

新谷の電話番号は事務所で調べれば、たやすく分かるはずだった。

老人病棟の職員は昼には交替で休みを取ることになっている。美穂は昼休みになるのが待ち遠しかった。

「平野美穂さんですね」

病院の玄関を出たとき、背後からそう呼び止められた。

ふたりの男がそこに立っていた。ひとりは若く、もうひとりはそんなに若くない。ふたりとも地味な背広を着ている。知らない男たちだ。

「はい？」

美穂は立ち止まった。

「なんだか老人病棟でいろんな事故が起きてるみたいですね。いろいろと大変なようじゃないですか」

若い男が笑いかけてきた。妙になれなれしい口調だった。

「…………」

美穂が怪訝そうな顔をしたのだろう。

あ、これは失礼、わたしはこういう者なんですが、若い男はあわてたようにそういい、名刺を差し出した。

名前は、堀尾正彦《まさひこ》。名刺には、K警察署の刑事二課と印刷されていた。

若い男はニコニコと笑いながら、

「こちらはおなじ刑事二課の片岡という者です」

もうひとりの男に顔を向けた。

「失敬、名刺を切らしてしまったもんですから。どういうもんですかね。いつも肝心なときになると、名刺を切らしてしまうんですよ」

もうひとりの男がいった。

「刑事さん?」

美穂はふたりの男の顔を交互に見た。

べつだん悪いことをしたわけでもないのに、なんとなく怯《ひる》んでしまうのが、自分でもおかしい。本物の刑事を見るのはこれが生まれて初めてのことだった。

「あのう、刑事さんって、警察手帳を見せるんじゃないんですか」

「お見せしてもいいんですけどね。なんだか芝居がかっているようで、あんまり好きじゃないんですよ」

と、堀尾という刑事は笑い、

「それに、なにも仕事で声をかけたわけじゃないんです。ああ、そうか。平野美穂さんですね、なんて声のかけかたをしたのがいけないんだ。まずかったな。平野さんは長谷川という患者を担当なさっているんでしょう。長谷川はぼくらの大先輩でしてね。ちょっと、お世話になってるお礼をいいたかっただけなんです」

「長谷川さん?　長谷川さんは刑事さんだったんですか」

美穂はあらためて堀尾の顔を見た。

テレビ・ドラマの刑事みたいだ、長谷川のことをそう思ったことはある。が、まさか本物の刑事だとは考えてもいなかった。驚かされた。

ええ、と堀尾はうなずいて、

「それも名刑事だったんです。といいたいところだが、それほどでもない。ぼくや、こちらの片岡さんと一緒で、可もなく不可もなく、といったところなんですがね」

何もおれを一緒にすることはない、と片岡はつぶやいたが、べつに気を悪くしたようでもなかった。

「そうなんですか。長谷川さん、刑事さんだったんですね」

美穂はうなずいた。

浴室にうずくまっていた長谷川の姿を思い出している。堀尾はそれほどではない、といったが、あのときの長谷川の姿を思い出すと、さぞかし有能な刑事だったんだろうな、とそんなことを感じさせた。

「ご存じなかったんですか」

堀尾にはそのことが意外だったようだ。

「ええ。わたし、アルバイトなもんですから、患者さんのプライベートなことは知らされていないんです。看護婦さんたちもわたしには患者さんのプライベートなことは話してはいけない規則になっていますし。それでも、ふつうはなんとなく分かってくるもんなんですけど、長谷川さんにはお見舞いの方もいらっしゃいませんでしたから」

「あんなふうになったあとで奥さんと離婚してるんです。お子さんもいないし、ずいぶん深刻な離婚みたいだったから――」

堀尾は言葉を濁し、

「いや、ぼくらがもっとお見舞いに来ればよかったんでしょうけどね。入院した直後には、それでもひととおり課の人間はやっては来たんです。でも、声をかけても、長谷川さん、ぼくらの顔も分からない始末でしてね」

「あの長谷川さんが？」

「ええ。その後、仕事が忙しくて、つい見舞いに来そびれてしまった。いや、仕事が忙しいというのは口実で、ほんとうは、あんなふうになった長谷川さんを見るのがつらかったのかもしれない。われながら薄情なもんですよ」

――ああ、そうか。

美穂は胸のなかでうなずいた。

長谷川が入院したときには、まだ美穂は病院で働いてはいなかった。美穂がアルバイトを始めたときには、もう長谷川は回復期にさしかかっていた。それで堀尾の話を聞いて、ちょっと意外な気がしたのだ。

もちろん、これは美穂の錯覚だった。

話に聞いたかぎりでは、入院した直後の長谷川は、初老性のウツ症状がかなり進行していて、かなり重症の老人痴呆と診断されかねない状態だったらしい。たしかに、そのころの長谷川なら、かつての同僚たちの顔を識別することはできなかったかもしれない。

「それで、長谷川さんのお見舞いはなさったんですか」

「ええ、顔は見せました」

「長谷川さん、お喜びになったでしょう?」

「さあ、どうですか。なにしろ病気が病気ですからね。喜んだかどうか、もうひとつよく分からない」

「でも、長谷川さん、ずいぶんよくなられたんですよ。あんまり順調に回復なさったんで、みんな驚いているんです」

「そうですか。それはよかった。いや、ぼくら、以前の健康だったころの長谷川さんを知っているから、お気の毒だと思う気持ちがさきに立っちゃって、回復しているかどうか、よく分からないんですがね」

堀尾は曖昧《あいまい》な顔つきになった。が、すぐに思いなおしたように、人なつっこい笑いを浮かべて、

「いや、まあ、そんなことで、看護婦さんから、平野さんが長谷川さんの世話をなさって

いるとうかがったもんですからね。お礼を申しあげたくて、あわててあとを追って来たんです。考えてみれば、刑事にあとを追われて、声をかけられたりしたら、かえってご迷惑だったかもしれませんね」

「そんなことはありません。どうもご丁寧にありがとうございます」

美穂に頭を下げられ、

「いやいや、そんな、こちらこそ」

あわてたように堀尾もピョコンと頭を下げる。テレビ・ドラマの若い刑事と違って、なんだか、ずいぶん世なれない感じのする若者だった。

ヘッ、照れてやがる、と片岡がおかしそうにつぶやいて、

「おなじ看護婦さんから、ここのところ、老人病棟で事故がつづいている、という話を聞いたんですよ。それで、つい、こいつ、事故がつづいて大変だ、みたいなことをいったんでしょう。べつだん刑事根性を出したわけじゃない、気にせんでください。なにしろ、この病院では、三年まえにも、あんなことがあったばかりだし——」

「三年まえ？」

美穂は片岡の顔を見た。

片岡は、当然、美穂がそのことを知っているという口ぶりだった。が、もちろん、美穂は三年まえのことなど知らない。三年まえに聖テレサ医大病院でいったい何があったとい

うのだろう?

　しかし、刑事たちに、そのことを話題にするつもりはないようだった。どうやら、ほんとうに長谷川のことで、礼をいいたかっただけであるらしい。

「どうも、せっかくのお休み時間をつぶしてしまって、申し訳ありませんでした。われわれも、これからは、できるだけ、見舞いに来るように心がけます。どうか長谷川さんのことをよろしくお願いします」

　片岡は頭を下げ、行こうか、と堀尾をうながした。ええ、と堀尾はうなずいて、もう一度、美穂に頭を下げてから、片岡のあとにしたがった。

　その後ろ姿を見送りながら、

　——もしかして、ここで起こったことは、事故じゃなくて、殺人事件かもしれないんです。

　そういったら、この刑事たちはどんな反応を見せるだろう、美穂はフッとそんなことを考えた。

　もちろん、そんなことを現職の刑事たちにいうわけにはいかない。それは、ある意味では病院を告発することにもなり、たしかな根拠もなしに、むやみに口にできることではなかった。

「三年まえ……」

美穂はぼんやりとつぶやいた。

また新谷に訊《き》かなければならないことがひとつ増えた、とそう思った。

## 4

K市を通っている私鉄の東京側の終着駅は池袋《いけぶくろ》だ。

もっとも、美穂の大学はお茶《ちゃ》の水《みず》にあり、駅の構内で地下鉄に乗り換えてしまうから、ほとんど池袋の街には出たことがない。

新谷とは七時、池袋のデパートのなかの喫茶店で、待ち合わせの約束をした。

新谷は目白《めじろ》で下宿しているらしい。美穂が電話をすると、下宿のおばさんが出て、新谷を呼びだしてくれた。

新谷は三十歳を越しているはずだ。それがいまだに下宿暮らしで、しかも呼び出し電話を使っているなんて、それがなんとなく美穂にはおかしかった。

美穂は池袋の街を歩きながら、

——デパートで待ち合わせなんて、なんだか冴《さ》えないなあ。申し訳ありません。ぼくは喫茶店とかレストランとかあんまり知らないもんだから。

そういった新谷の声を思い出している。

いきなり美穂から電話がかかってきたことにとまどっていた。おどろきが半分、嬉《うれ》しさが半分というところらしい。なんとなく間延びした感じのする声だった。

——それにしても、女の子と会うのに、デパートの喫茶店で待ち合わせというのはあんまりじゃありません？

美穂は頭のなかでぼやいている。

このご時世に、冴えないなどというものではない。いっそ失礼といってもいいぐらいだ。美穂の同級生の遊びなれた女の子たちなら、これだけでもう新谷と会おうとはしないだろう。

地下街を歩くのは好きではない。いったん駅の構内から、地上に出て、デパートに向かった。

美穂は知らなかったのだが、東京では雨が降ったらしい。夕暮れの暗いなかに、アスファルトの路面が濡《ぬ》れて光り、街の灯をぼんやりと滲《にじ》ませていた。

交差点で信号待ちをしているときだ。

すぐ近くに、見るからに高価そうな、がっしりとした大きな車が停まった。どうやらベンツらしい。

車のリアシートからひとりの紳士が降りてきた。レインコートを着て、細い傘を持っている。

「あっ」

美穂は口のなかで小さく声を上げた。

それは川口教授だったのだ。

車を降りて、川口教授はちょっと空をあおいだ。雨が降っていないかどうか確かめたのだろう。その長身の、新劇の俳優めいた端整な容姿が、夕暮れの街に、とてもよく似合っていた。

美穂は川口教授に声をかけようとした。そのとき、リアシートの反対側のドアが開き、べつの男が降りてきた。

その男の姿を見たとたん、もう美穂は声をかけられなくなってしまった。

それは死んだ野村恭三の息子、野村食品の現社長である野村雄策だったのだ。

野村雄策と、川口教授は、二言、三言、なにか挨拶めいた言葉を交わし合った。野村雄策はまた車に戻り、川口教授はゆっくりと駅のほうに歩み去って行った。

美穂はなんとなく川口教授に声をかけそびれてしまった。

信号が青に変わった。美穂は交差点を渡りながら、

——川口先生は野村雄策と知り合いなんだろうか。どんな知り合いなんだろう?

ぼんやりとそんなことを考えていた。

もちろん川口教授にどんな知り合いがいてもふしぎはないだろう。が、あの傲慢《ごうまん》で、人

を人とも思わない野村雄策と、川口教授との取り合わせは、なにかそぐわないような感じがした。

デパートは七時で閉店だが、喫茶店だけは九時まで営業しているらしい。

新谷登とは初対面だが、すぐに見つけることができた。

袖《そで》のほころびたセーターを着て、ジーンズを穿《は》いている。

神妙な顔をして、フルーツパフェを食べていた。

「新谷さん？」

美穂は声をかけた。

「う」

新谷はちょうどメロンをほおばったところだった。まともな返事ができなかった。

顔を上げ、おそらく美穂の思いがけない美しさにおどろいたのだろう。まぶしそうに、目をしばたたかせた。

「ひんたにでしゅ。ひらのさんでちゅか」

モゴモゴといった。

「それ、食べちゃってから、お話しになったらいかがですか。なんだか小さな子と話をしてるみたい」

「ああ、どうも。もう大丈夫です。失礼しました。新谷です」

「はじめまして。平野です」

美穂はすわって、ジロジロと新谷の顔を見て、

「あのう、いきなり、こんなことをいって何なんですけど」

「はあ、なんでもどうぞ。うかがいます」

「あごにクリームがついていています」

「は？」

新谷はキョトンとした。それから、あわててズボンのポケットを探した。どうやらハンカチを忘れてきたらしい。いかにも無念そうな顔になった。

「どうぞ、これお使いになってください」

美穂はハンカチを差しだした。笑いを噛みころすのに苦労している。

「あ、どうも。いや、あの、これは洗濯してお返しします」

「いえ、そんなご心配はなさらなくてもけっこうです。新谷さん」

「はい」

「フルーツパフェがお好きなんですか」

「いや、そんなこともないんですが、なんせ下宿暮らしなもんですから、こんなときにでもビタミンCを補給しておかないと」

「補給できましたか」

「はあ、なんとか」

新谷は神妙な顔でうなずいた。

「よかったですね」

美穂はクスクスと笑っている。

これまで、申し送り事項のやりとりは、数えきれないほどしているが、実際に、新谷と会うのはこれが初めてのことなのだ。それなのに美穂は、なんだか新谷にちょっかいを出して、からかいたくなっている。この新谷という男にはそんなところがあるようだ。

痩せているのに、なんとなくテディ・ベアを連想させる。名前を思いだせないが、アメリカの喜劇役者に、こんな俳優がいたような気がする。ただフルーツパフェを食べているだけなのに、奇妙に、ユーモラスな印象があるのだ。

もっとも、いつまでも新谷をからかって遊んではいられない。

「あのう、電話でお話ししたことなんですけど」

美穂は話を切りだした。

「はあ、テレフォン・クラブのお婆さんたちのことですね」

新谷は残念そうにスプーンを置いて、

「じつは、ぼくもお婆さんたちの病状が急に悪化したようなのに気がついてはいたんです。妙なんですけどね。みんな、似たような妄想を起こしている。電話の妄想です。お気づきになられましたか」

「ええ、みんな、死んだ人と電話で話をしている、そう信じているみたいです」

「妄想というのは伝染するものです。とくにみんな老人性痴呆をわずらっている人たちで、判断力がおとろえている。テーブルメイトでいつも一緒にいるお婆さんたちですからね。おなじような妄想を持ったとしても、そんなに不自然ではないかもしれない――」

新谷は首をひねって、

「ただ、みんな、痴呆の進行が止まっていた人たちですからね。それが一斉に、おなじ妄想を持つようになるというのは、なんだか奇妙な感じがしないでもない」

ウエイトレスが来て、美穂のオーダーを取った。レモン・ティーを頼んだ。そのためにちょっと話が中断した。

新谷は考え込んだような顔をして、グラスの水を飲んでいる。そんな顔をしていても、やはりユーモラスな印象に変わりはない。どこかに育ちのよさ、頭のよさをしのばせる。

美穂はそんな新谷の様子をジッと観察している。

伊藤道子、野村恭三が死んだのは、病死でも、事故でもなく、だれかに殺されたのではないか、美穂はそう疑っている。愛甲則子が浴室で溺れかけたのも、危うくそのだれかに殺されかけたのだ……そう考えているのだが、もちろん、これは滅多な相手に話せることではない。よほど信頼できる人間でなければ、話してはいけないことだろう。

美穂は新谷がその信頼に値する人物であるかどうか、それを見きわめようとしている。

「…………」

その視線に気がついたのだろう。新谷は怪訝そうに顔を上げ、ちょっと照れたように笑った。

——大丈夫だ。

美穂は胸のなかでうなずいた。

——この人だったら、どんなことでも話ができるわ。

レモン・ティーが運ばれて来た。美穂はそれを一口飲んで、

「新谷さん。こんなことをうかがうのは、ぶしつけかもしれませんけど」

ためらいがちに話を切りだした。

「伊藤道子さん、野村恭三さんがお亡くなりになったことを、どんなふうに考えていらっしゃいますか」

「どんなふうにって——どういう意味でしょうか」

新谷は怪訝そうに美穂の顔を見た。

「愛甲則子さんも浴室で危うく溺れかけました。そのことはご存じですね」

「もちろん知ってます。ああ、そうだ。なんでも平野さんがお風呂に飛び込んで、愛甲さんを助けたんだそうですね。いや、かなりのもんじゃないですか。やるもんですなあ。平

野さんにはなかなか勇ましいところがあるんだな」

「話を聞いてください。いまはわたしのことなんかどうでもいいんです」

美穂はピシャリといった。新谷は自分よりずっと年上のはずなのに、この人と話していると、なんだか自分が先生にでもなったような気分になってしまう。われながら、それがおかしい。

「はあ、話を聞きます」

新谷はションボリとした。雨に濡れたテディ・ベアみたいだ。

「おかしいとはお思いになりませんか」

「は、何がですか」

「テレフォン・クラブのお年寄りにばかり、事故がつづきすぎます。伊藤さん、野村さん、愛甲さん、わずか一週間ぐらいのあいだに、三人もですよ。こんなことってあるでしょうか?」

「………」

新谷はグラスの水を飲んだ。美穂の顔をおそるおそる見て、

「あのう、しゃべってもよろしいですか」

「どうぞ」

美穂は苦笑した。

「たしかに、なんだか異常なような気がしないでもありません。でも、なんといっても、痴呆性老人ばかりを収容した老人病棟ですからね。お年寄りが、病気で亡くなったり、事故で亡くなったりするのはありがちなことじゃないんですか。いや、事故で亡くなるのはあっていいことじゃないけど、野村さんの場合、状況的にそんなに不自然なところはないような気がしますよ。たしかに、不幸な事故ではありましたけどね。それがたまたま、みんなテレフォン・クラブのメンバーばかりだったというのは、不幸な偶然というにすぎないんじゃありませんか」

「わたしにはそれが偶然だったとは思えないんです。伊藤さんのときにも、野村さんのときにも、なんだかつじつまの合わないことが多すぎるんです。わたしが今日、新谷さんとお会いする気になったのは、そのことをご相談したかったからなんです」

美穂にそんなつもりはなかったのだが、つい勢い込んでしまったらしい。新谷の目を正面から覗き込んでしまった。

その視線にたじろいだのだろう。新谷はいかにも気弱げに目をしばたたかせた。

5

すべて話しおえるのに一時間ちかくかかった。どんなに些細《ささい》に思えることでも忘れないいようにした。

たとえば、伊藤道子がスーパーマーケットから買った水道管などを洗浄する洗剤がなくなってしまい、それを斉藤が霊安室に戻した、などということも話した。美穂が見つけたときには、伊藤道子は素足だったのに、治療室から運びだされたときには、足袋を履いていたことも話した。

野村恭三が、病院の駐車場に停められていた車のトランクに押し込められたこと、それなのに、リネン室で死んでいたことなど、とくにくわしく話した。

美穂が野村の姿を探していたとき、売店で愛甲則子に出会ったこと、そのときにどんな話を交わしたか、また厨房《ちゅうぼう》に食器が出っぱなしになっていて、なんとはなしに不安にかられたこと——必要ではないと思われることまでぜんぶ話した。

何もかも話さなければ、新谷に、どうして美穂がこの一連の事故を、なにかの犯罪ではないかと疑っているのか、そのことを理解してもらえないと思ったからだ。

もっとも長谷川が愛甲則子が浴室で溺れたのを調べていたことは話すわけにはいかなかった。黙っている約束だったからだ。浴室の手すりにセッケンが塗られていたことは、美穂自身で調べあげたことにし、話した。

ようやく話しおえたときには、さすがに喉が渇いていた。レモン・ティーはとっくに冷たくなっていたが、その冷たいレモン・ティーが喉に染み込むようで、おいしかった。

新谷はテーブルの一点を見つめている。ジッと何か考え込んでいるようだ。

美穂はそんな新谷を期待しながら見つめていた。

やがて、新谷はおもむろに顔を上げた。そして、

「おなか空きませんか。この近くに、おいしい博多《はかた》ラーメンを食べさせる店があるんですけどね」

「やだ、もぉっ」

ズルッ、と美穂はずっこける仕種《しぐさ》をして見せた。そんな美穂を新谷は楽しそうに見ている。

「わたしの話、聞いてなかったんですか。もしかしたら、病院での一連の事故は殺人事件かもしれないって、わたし、そうお話ししたんですよ」

「分かってます。いや、分かっているから、夕食を誘ったんですけどね」

「え？」

「これから病院に行きませんか。ちょっと確かめたいことがあるんです。ただ病院までは遠いから、そのまえに腹ふさぎをしておいたほうがいいとそう思って」

「これから病院に行くんですか」

「遅すぎるかな」

「いいえ、どうせ、わたし、アパートに帰らなければならないから、それはいいんですけ

ど、確かめたいことって、どんなことなんでしょう?」

「そんなに大したことじゃありません。平野さんの話をうかがって、ちょっと思いついたことがあるんです。どうですか、博多ラーメン。ほんとうは、フランス料理でもごちそうしたいところなんですけど、あいにく月末で、おカネがないんです」

「そんな、わたし、博多ラーメンなんておつきあいしません」

「そうですか」

新谷はガッカリしたようだ。目をしばたたかせ、グラスの水を飲んだ。

「ふつうのラーメンだったらおつきあいします。わたし、博多ラーメンの白いスープが苦手なんです」

美穂はニッコリと笑った。

新谷をからかうのはおもしろい。やみつきになりそうだ。


病院に着いたときには、もう夜の九時を回っていた。

老人病棟に行くと、夜勤の若い看護婦とすれちがった。

ふたりの姿を見ると、看護婦は大仰《おおぎよう》におどろいた顔をして、

「あらあら、これは凄い。新谷さん、こんな時間にどうしたんですか。最近にないヒットじゃないですか。美人のほまれ高い平野さんと一緒にいるなんて、わたし、信じらんな

い。雪でも降るんじゃないかな」

　さっそく新谷をからかってきた。

「なにをいうんですか。能あるタカはツメを隠す、じつは、ぼくはひじょうにもてるんでありますぞ」

　嘘《うそ》ォ、と看護婦ははしたないと思えるような声をだして、笑い声を上げた。笑い声を残しながら、看護婦は立ち去って行った。

　何事もなかったような顔をして、歩きだす新谷に、

「新谷さんて意外と軽薄なところがあるんですね」

　美穂はそう突慳貪《つっけんどん》にいった。

「は？」

　新谷は怪訝そうな顔をする。

「新谷さんはもう三十歳を過ぎているんでしょう？　そんな、三十を過ぎた人が、女の子にからかわれて喜んでいるなんて、あんまりみっともよくありません」

　自分も新谷をからかったくせに、それをさしおいて、美穂は不機嫌になっている。

　自分でも、やや自分勝手かな、とも思うのだが、どうしても機嫌の悪いのを隠すことができなかった。ツンとした顔つきになっている。

「べつだん喜んでいるわけじゃないんだけど、いや、まあ、たしかにおっしゃるとおりか

もしれない。これからは気をつけることにします」

新谷は頭を掻いた。さすがに閉口した顔つきになっている。

若い女は新谷を見るとからかわずにはいられないらしい。要するに、新谷には母性本能をくすぐるようなところがあるのだ。

そのことを敏感に感じとったから、美穂は不機嫌になったのだが、どうしてそんなことで自分が機嫌を損ねなければならないのか、彼女自身にもそれがよく分からない。

新谷はセントラル・キッチンのまえにさしかかると、

「ちょっとここで待っててください」

そういって、キッチンのなかに入って行った。

——ラーメン食べたのに、まだ食べたりないのかしら？

美穂はあきれた。

新谷はてっきりデイルームに向かうのかと思ったら、予想に反して、まっすぐセントラル・キッチンに向かった。美穂の話を聞いて、思いついたことがあるといっていたが、この調子では、それもあまり大した思いつきではなさそうだ。

しばらくしてから、新谷は通路に出て来ると、すみません、入ってください、と美穂にそういった。

「わたし、もうおなかいっぱいですよ」

美穂はなんとなく身がまえるような気持ちでいる。

「は？」

一瞬、新谷はキョトンとした顔つきになったが、すぐに笑いだした。

「いや、ぼくだっておなか一杯ですよ。ラーメンの大盛りを食べたんですからね。そうじゃなくて、ちょっと平野さんに見てもらいたいものがあるんですよ」

「………」

さすがに美穂は顔が赤らむのを覚えた。

この新谷と一緒にいると、なんとなく調子が狂うようだ。美穂はいつもは、かなり冷静なほうなのだが、その冷静さがうしなわれてしまう。

それを、

――もう、この人はおっちょこちょいなんだから。

新谷のせいにして、美穂はセントラル・キッチンに入って行った。

キッチンには、コックも、賄《まかな》いのおばさんの姿もない。がらんとしたキッチンのなか、調理台のうえのトレイと、プラスチックの皿、お椀《わん》だけが、ぼんやりと蛍光灯の光をあびている。

――あのときとおなじだわ。

美穂はそう思った。

野村恭三の死体が発見された夜も、美穂はいまみたいに、だれもいないセントラル・キッチンを覗き込んだ。あのときにも、こんなふうに調理台のうえに、何人分かのトレイが残されていた。

すみませんが、と新谷がいった。

「野村恭三さんが亡くなった夜のことを思いだしていただけませんか。あのときにも美穂さんはセントラル・キッチンに入った。そうでしたよね。それで、調理台のうえに、こんなふうに料理が載っているのを見た。そのことに間違いありませんね」

「はい」

美穂は怪訝な思いで新谷を見た。新谷はいったい何を確かめようとしているのだろう？

「それで思いだしていただきたいんですが、そのとき、この調理台のうえに載っていた料理の数は、いま、ここにあるトレイや皿と同じぐらいの数だったんですか？　もちろん、そのときには、こんな空っぽの皿や、お椀ではなく、ちゃんと料理が入っていたんでしょうけどね」

「…………」

美穂はあらためて調理台のうえを見た。

そう、たしかにこんなものだった。あのとき、調理台のうえに残された料理を見て、なんだか病院のたがが外《はず》れてしまったみたいだ、とそんないやな気持ちになったのを覚えている。

「ええ、たしかにこんなものでした」

と、美穂は返事をした。

そうですか、と新谷は満足そうにうなずいて、調理台のかげで腰をかがめると、そこの床からステンレスの板のようなものを取り上げた。

「あのときにも、こんなふうにして、ステンレスの棚が隠されていたんだと、ぼくはそう推理しますね」

「………」

美穂は目をしばたたかせた。

病院では、患者に食事を配るとき、大きなステンレスの箱のなかを棚で仕切って、それぞれの棚に料理を載せる、カートのようなものを使う。国際線のスチュワーデスが何十人分もの乗客の料理を運ぶときに使うのとおなじカートだ。

セントラル・キッチンの隅に、そんなカートが置かれてある。

新谷はそこまで歩いて行くと、そのカートの表面をポンポンと平手でたたいて、

「ぼくはいま、このカートのぜんぶの棚に、いったんトレイとか皿を載せて、それをまた調理台のうえに運びだしたんです。そのときにもだれかがそうしたんだと思いますね。何人分かの料理が、調理台のうえに残されているなんて不自然ですよ。だれかがカートのな

かの料理をぜんぶ出して、ステンレスの棚もはずして、おそらく棚は調理台のかげに隠したんだと思います」

「………」

「分かりませんか。あなたは駐車場の車のトランクに入っていたはずの野村さんが、どうして、だれにも見とがめられずに、デイルームのなかに入ることができたのか、それをふしぎがっていたじゃありませんか。このカートに入れて運び込んだんですよ。どうして、そんなことをしなければならなかったか、まだ、それは分かりませんけどね。ちょうど夕食時だったんでしょう？　だれかが料理を運ぶカートを押していたところで、だれもそれを妙とは感じないでしょう。もちろん、そのときには野村さんは亡くなっていたんでしょうけどね」

「そうか、そうなんだ」

美穂は、呆気にとられている。

考えてみれば、それ以外に、車のトランクのなかで死んだ野村を、デイルームのなかに運び込むことはできない。そのためにカートから出された料理を見ているのに、美穂はこれまで、そんなことは考えようともしなかった。

美穂はあらためて新谷の顔を見た。

どうやら、この新谷という研修医には妙な才能があるらしい。そのとき現場にいた美穂が、思いつきもしなかったことを、ただたんに話を聞いただけで、すぐさま、推理を組み立てている。

「で、でも、だれがそんなことをやったのかしら？」

「だれがやらせたのかは分かりません。でも、やった人間は、想像がつきます」

「…………」

美穂はもう声もでない。ただ、まじまじと新谷の顔を見つめるだけだ。

「愛甲則子さんですよ」

新谷は確信をもった声でそう断言した。

6

「愛甲則子さん？　そんな、そんなことってないわ。どうしてそんなことが分かるんですか」

「だって、愛甲さんが自分でそういってるじゃないですか」

「え？」

「あなたもさっきぼくにいったばかりだ。あなたは野村さんを探しているとき、売店で、愛甲さんに会っている。そうですよね」

「ええ」

「そのとき、愛甲さんは、つまみまで自分で運ばなければならないんだからいやになってしまう、そういってるんでしょう」

アッ、と美穂は口のなかで小さく声をあげている。

そうなのだ。たしかにあのとき愛甲則子はそのことを美穂にこぼしている。

則子はいまだに自分が現役のバーのママのつもりである。いつもおもちゃの電話で(存在しない)バーテンにつまみの指示をしている。そのことが頭にあったから、あのときにも美穂は、則子がいったことをさして気にもとめなかった。

もちろん美穂は、銀座のバーなんか覗いたこともない。しかし、常識的に考えても、バーのママがわざわざ酒のつまみまで運ばなければならないとは思えない。現に、あのときまで、則子はいつも電話でつまみの手配をするだけで、自分で運ばなければならない、などといったことは一度もない。

「だれが愛甲さんにやらせたのかは分かりませんけど、そいつはずいぶん頭のいい人間だと思いますね。愛甲さんの、いまだに自分は銀座のママなんだという思い込みをうまく利用して、野村さんの遺体をデイルームのなかに運び込ませたんですよ」

新谷は頭を振りながら、セントラル・キッチンを出て行く。

「うまく話を持ちかけて、つまみを運ばなければならない、と吹き込めば、老人性痴呆の愛甲さんのことですからね。それをすっかり信用してしまうのもむりはない」

　美穂もそのあとをついて行きながら、自分なりに新谷の推理をまとめてみた。

「カートのなかに、野村さんの死体を入れ、愛甲さんをだまして、それをデイルームのなかに運び込ませた。ちょうど夕食時だし、愛甲さんはいつも元気な患者だから、だれもそのことを怪しむ人はいない。でも、野村さんの死体はリネン室から見つかった。愛甲さんが、野村さんの死体をそんなところに入れるはずはないから――」

　美穂はあとの言葉をつづけることができなかった。ふいに目のまえがくらむような思いに見舞われた。

　ええ、そういうことです、と新谷が静かに言葉をつづけた。

「それをできる人間は、そのときデイルームにいた人間でなければならない。だけど、面会の人間なんかではない。リネン室のある通路は、そんなに人が通る場所ではないから、面会の人間なんかがウロウロしていれば、だれかに見とがめられるはずですからね。それに外部の人間は、まず、あそこにリネン室があることなんか知らないでしょう。これはみんな内部の人間のしたことですよ」

「………」

　美穂は通路のソファにすわり込んだ。なんだか、疲れてしまい、とても立っていることができなかった。

ソファの横に、清涼飲料水の自動販売機がある。

新谷はその自動販売機から、二本、缶コーラを買った。

「飲みませんか」

そして、ソファのまえに立つと、そのうちの一本を、美穂に差しだした。

「ありがとう」

美穂は缶コーラを受け取り、それを自分のほおに当てた。そのひんやりとした感触が、いまの興奮している美穂には、とても心地いいものに感じられた。

新谷は缶コーラのプルトップを引きあけ、それをグイと飲んだ。

よく冷えてる、そうつぶやくと、あらためて美穂に顔を向けた。

「野村さんの遺体を、キッチンのカートに入れ、それを愛甲さんにデイルームのなかに運び込ませた。ここまでの推理はまず間違いないと思うんですけどね。これから先、お話しすることは、そんなに確信のあることではありません。半分は想像が混じっていることだとそう思ってください」

「…………」

美穂はぼんやりと新谷の顔を見上げた。

三十代になっても、まだ独身の、なんとなく愛嬌《あいきよう》はあるが、冴えない研修医——そんな第一印象がぬぐわれたように、すっかり消えうせてしまっている。

「そのなんとかいう新宿の不動産屋、ええと、古間といいましたっけ。これはその古間がすべて真実を語っている、と仮定しての推理です。もし、古間が嘘をついているんだとしたら、こんな推理なんか、まるで意味がないんですけどね」

　新谷はまたコーラを一口飲んで、

「古間は、野村さんを自分の車のトランクのなかに押し込めた。その話を信用するなら、空気抜きをちゃんと作っておいた、という。それなのに野村さんはリネン室で窒息して死んでいるのを発見されている。リネンの下敷きになって、窒息した、ということになっているけど、古間の話がほんとうだとしたら、野村さんは、だれかに車のトランクから運びだされ、おそらく、駐車場で、キッチンのカートのなかに積みこまれた。そして、病院に運び込まれ、そこで、おそらく愛甲さんに渡された。つまり、野村さんは車のトランクのなかで窒息死したはずなんです。ここまでは分かりますよね」

「はい」

「ぼくはだれかが車のトランクのなかに、ドライアイスを入れたんだと思いますね。そして、あらためて、車のトランクを閉めた。もちろんロックされないように注意はしたんだろうけどね。ドライアイスは二酸化炭素を出す。いくら空気抜きが作ってあったとしても、狭いトランクのなかだ。すぐに二酸化炭素は充満してしまいますよ。ましてや野村さんは体力の弱っている痴呆性老人だ。窒息死してしまったとしてもふしぎはない」

「ドライアイス？」

美穂は手に持っている冷たい缶コーラを見た。

「でも、人が窒息死するほど二酸化炭素が出るのには、ずいぶんたくさんのドライアイスが要《い》るはずでしょう？　どこから、そんな大量のドライアイスを――」

そういいかけて、美穂はふとあることを思い出し、アッ、と声をあげた。

あの日はエアコンディショナーが故障していた。そして、暑さで、伊藤道子の遺体を損なわないために、その柩《ひつぎ》に、大量のドライアイスが詰められていたのだ。

# 第五章　夜間せん妄《もう》

## 1

美穂は職員のロッカー室に向かった。いかにも興味津々《しんしん》といった表情で、新谷がついて来る。

美穂はアルバイトだが、専用のロッカーを与えられている。駅のコイン・ロッカーぐらいの大きさで、職員が私物を入れておくためのものだ。

もちろん、この時刻には誰もいない。蛍光灯の明かりのなかに、ステンレスのロッカーだけが冷えびえとした光を反射していた。

ロッカーのドアを開け、なかから、洗剤の容器を取りだした。死んだ伊藤道子がスーパーマーケットで購入した、水道管のパイプなどを洗浄する洗剤だ。いったんは、どこかに消えてしまったのだが、斉藤がそれを霊安室に戻した。

斉藤がその洗剤を盗んだのか、それともどこかで見つけたのか、そのことは確かめようがない。斉藤は重度の老人性痴呆で、記憶障害、思考障害がはなはだしい。幼児もおなじで、ほとんど、人のいっていることを理解できない。

どこにでもある、ありふれた洗剤にすぎない。食器用洗剤ならともかく、こんな排水パイプ用の洗剤を、どうして伊藤道子が買う気になったのか分からない。ましてや、斉藤がそれを盗んだとすると、どういうつもりで、そんなことをしたのか、かいもく見当もつかない。

もっとも、そうでなくても、思考力のおとろえている斉藤の行動を、理解するのは困難なのだが。

「これがさっきお話しした洗剤なんです」

美穂は洗剤の容器を新谷に渡した。

「ね？　べつだん、どうということのない洗剤でしょ。どうして、伊藤さん、こんなもの買う気になったのかしら。どこか水道管かなんかが詰まったのかしら」

「…………」

新谷は洗剤の蓋《ふた》を取った。もっともらしい顔をして、なかの液体のにおいを嗅《か》いで、ふむ、まちがいなく洗剤だ、と当たりまえのことをつぶやいた。

この新谷という男は、何をやっても、ユーモラスに感じられる。なんだか、新谷が柄《がら》にもなく、もったいぶっているように思えて、美穂にはそれがおかしい。

新谷はあらためて洗剤の蓋を閉めた。そして、容器のラベルの表示を、明かりにかざし、それをしげしげと見つめた。

「トリクレンか。要するに、三塩化エチレンということだな」

そう口のなかでつぶやいた。なにか考え込んだような目つきになっている。

「トリク……」

「トリクレン。エチレンを塩素化してつくる化学製品です。大量に安く製造することができる。ドライクリーニングなんかにも使ってあるんじゃなかったかな」

「そのトリクレンがどうかしたんですか」

「いや、べつにどうもしませんけどね。トリクレンには麻酔作用があるんですよ。中毒になってしまう。揮発性《きはっせい》の油ですからね。呼吸で人体に吸収されるんです。よく作業現場なんかで事故が起きる。ええと、中毒になるとどうなるんだったかな。まえにテキストで読んだことがあるんだけど——」

新谷は首をかしげた。

「たしか、中毒の初期には、倦怠感《けんたい》とか、記憶障害が起こるんじゃなかったかな。よく眠れなくなる。慢性中毒になると、視神経や、顔面の神経がおかされる。精神的にもいろんな障害が起きてくる。そんなところだったかな」

「倦怠感、記憶障害、睡眠障害、それに精神障害……」

美穂はぼんやりとつぶやいた。ふと思いついたことがあり、あらためて、新谷の顔を覗《のぞ》き込んだ。

「いやだ。あの、それって――」

「うん、痴呆の症状に似ている。もっとも、慢性の中毒になると、関節炎や、皮膚炎や、黄疸《おうだん》なんかも起きるから、痴呆とは区別がつくはずなんですけどね。老人病棟でそんな中毒が起こったらどうなるかな。少なくとも初期の中毒症状だったら、痴呆と診断されるかもしれないな。断言はできないけど、そんな気がする」

「………」

「痴呆性老人はただでさえ体力がおとろえているし、いったん健康を損ねたら、いろんな病気を併発しやすい。そのことを考えたら、あまり、お勧めできませんね。こんなものは老人病棟に持ち込まないほうがいい。危険な洗剤ですよ。そう、痴呆性老人にはとても危険な洗剤です」

その顔がいつになく真剣な表情になっている。なにを考えているのか、顔を上げ、ジッと天井の一点を凝視《ぎょうし》していた。

そんな真剣な顔をしていても、やはり、新谷には、どことなくユーモラスな印象がつきまとう。もっとも、新谷をただ、その印象だけから判断してはならない。

新谷には見かけによらず、推理の才があるらしい。とても、そんなふうには見えないが、これでなかなか、緻密《ちみつ》な頭脳を持っているのだ。

あのう、新谷さんは、と美穂はおそるおそるいった。

「どんなことを考えていらっしゃるんですか」

「考えている?」

一瞬、新谷は美穂の顔を見つめた。その目をしばたたかせる。

「いや、何も。べつだん何も考えていませんよ。本当です。なにも特別なことは考えていない」

新谷は首を振った。そのしぐさがあまりに大げさに感じられた。なんとはなしに不自然な感じなのだ。どうしてだろう?　なんだか新谷は妙に動揺しているらしい。

「なんで、伊藤さんはこんな洗剤を買ったんだろうな、ってそう考えただけです。そんなこと、いくら考えたって、分かるわけがないことなんですけどね」

そして、そのあとで、新谷は妙なことを口走った。かんさつもありませんしね、ポツンとそんなことをつぶやいたのだ。

思いなやんでいることがあって、自分でも意識せずに、つい口をついて出てしまった、そんな感じだった。

――この人、なにか、わたしに隠していることがあるんだわ。

美穂は腹が立ってきた。

「イヌがどうかしたんですか」

つい突慳貪《つっけんどん》な口調でそう尋ねてしまった。

「は？」

「いえ、いま、鑑札がどうとかおっしゃったでしょう？　それって、イヌの鑑札のことなんですか」

「イヌの鑑札？」

新谷はポカンとして、美穂の顔を見た。ほんとうに、一瞬、美穂が何をいっているのか理解できなかったようだ。

そして、ふいに激しく手を振ると、

「え？　ぼく、そんなこといいましたか。あれえ、そんなこといったっけかな。変だな。そんなこといいましたっけ。あれえ、おかしいな。どうしたんだろう」

そう口ごもりながらいった。顔が赤くなったり、青くなったりしている。

「………」

美穂はそんな新谷をあきれて見ている。なんだか新谷はひとりで興奮し、あわてふためいているようなのだ。

いずれにしろ、なにか思いついたことがあるにせよ、新谷は美穂にそのことを話すつもりはないようだ。

――バカにしてる。

美穂としては、そのことがはなはだ面白くない。

どうやら、そんな美穂の気持ちが分かったらしい。新谷は洗剤の容器を返すと、後ずさって、

「あ、あのう、ぼく、ちょっと確かめたいことがあるんで。申し訳ないんですけど、廊下のソファで待っててくれませんか。すぐに戻って来ます」

そういうと、逃げるようにして、ロッカー室を出て行った。

よほど、あわてているらしい。部屋を出て行くときに、足を滑《すべ》らせ、あやうく転びそうになったほどだ。

美穂はそんな新谷をただ呆気《あっけ》にとられて見つめているばかりだった。

自分ではそんなに疲れているとは思っていなかった。が、廊下の長椅子にすわったとたん、ドッと疲労感がこみあげてくるのを覚えた。

むしろ精神的な疲れだろう。あまりに一晩のうちに、いろいろ思いがけないことを知らされすぎた。いってみれば、コップから水があふれてしまったのだ。

――なんだか疲れちゃったな。

美穂はしみじみと胸のなかでそうつぶやいた。

これまでは、伊藤道子、野村恭三の死に、ただぼんやりと、疑惑をいだいていた。あまりに漠然としすぎていて、人に打ち明けることもできない疑惑だった。

それが、新谷と話をしたとたん、はっきりと犯罪としての輪郭が浮かんできた。ジグソー・パズルのようなものだ。これまで、バラバラだった断片が、ようやく、ひとつに組み合わされようとしている。そのジグソー・パズルが、全体として、どんな構図を描いているのか、それはまだ分からないのだが。

あの日、病院のエアコンディショナーが壊れたのは、たんなる偶然にすぎない。伊藤道子の柩《ひつぎ》に、大量のドライアイスが詰められることになったのも、また偶然だろう。

だれが野村恭三を殺したのかは分からないが、そのだれかは、とっさにその偶然を利用している。愛甲則子をだまし、野村の遺体をデイルームに運ばせたのも、やはり、とっさの思いつきだったにちがいない。よほど大胆で、頭のいい人間なのだろう。

しかし、どうして、何の害もない痴呆性老人を殺さなければならなかったのか？　どうして、車のトランクのなかで殺した野村の遺体を、わざわざ、デイルームのなかに運び込まなければならなかったのか。

痴呆性老人がリネン室で、リネンの下敷きになって窒息死するというのは、けっしてありえない話ではないだろう。

が、苦労して、偽装工作をしなければならないほど、自然な状況とも思えない。疑おうと思えば、いくらでも疑える。どうせ偽装工作をするなら、もっと老人が窒息死してもおかしくはない、そんな状況を、考えるはずではないか。

早い話が、野村の遺体を、どこかのカラ溝のなかに転がしておいてもいい。体力の弱っている痴呆性老人は、どんな些細《ささい》な事故でも、たやすく死んでしまう。あやまって溝のなかに落ち、そのショックのためにひきつけを起こし、酸欠状態になる。もがいているうちに、窒息死してしまった。そんなことも起こらないではない。

そのほうが、まだしも、リネンの下敷きになって死んだ、というよりも、自然な状況だろう。それなのに、どうして犯人は、わざわざ苦労して、デイルームに遺体を運び込まなければならなかったのか。それが分からない。

伊藤道子の病死、野村恭三の事故死、そして愛甲則子の事故……この三つの事件にはそれぞれ関連があると考えてみる。いや、はっきりと、だれかが連続殺人をもくろんでいる、とそう仮定してみる。

どんな動機があるのか、かいもく見当もつかないが、だれかがテレフォン・クラブの老人たちを皆殺し（皆殺し！　美穂はブルッと体を震わせた。なんて、いやな言葉なんだろう）にしようとしている——そんなふうに考えてみるのだ。

考えることはできる。が、なんとなく釈然としないものを覚える。この三つの事件には、どこか妙で、ちぐはぐなところがある。単純に連続殺人と割りきれないようなものを感じさせる。

痴呆性老人をつづけざまに殺す、というそのこと自体が、あまりに非現実的にすぎるのかもしれない。そんなことを考え、実行する人間がいるなどとは、とても現実のこととは信じられない。

痴呆性老人は、社会的に無力で、だれにも何の害もおよぼさない。常識的に考えて、そんな痴呆性老人を、三人もつづけざまに襲う、などということがあるはずがない。だれにとっても、何の意味もない犯罪なのだ。

しかし、たんにそれだから、この一連の事件がなにかちぐはぐなものに感じられる、ということばかりでもなさそうだ。

伊藤道子の死は、だれが見ても、病死としか思えない。もし、これが殺人事件だとしたら、犯人はよほど巧妙に、計画を練ったにちがいない。野村恭三は事故死と見なされている。が、リネンの下敷きになって窒息死したという状況は、それほど説得力があるとはいえない。愛甲則子の事故にいたっては、浴槽の手すりに、セッケンを塗ったあとが残されていた……

――おかしいな。こんなのあるかしら。この犯人は、あとになればなるほど、やることがずさんになっていくみたい。

そう、そのことが、この一連の事件をなにか嚙《か》み合わないものにしているのだ。たがいにちぐはぐなものにしている。

――なんだか、この犯人は、第二、第三の事件では、これが犯罪だということを、みんなに知らせたがってるみたい。

こんな理屈に合わない話はない。もし犯人が、これが犯罪だということを、人に知られても気にしないというなら、どうして、伊藤道子の死を病死に見せかける必要などあったのだろう？　矛盾している。どこかでとんでもない思いちがいをしているような、そんな気がしてならない。

――長谷川さんに、新谷さんの推理を聞かせたら、なんていうかな？

ふと美穂はそんなことを考えた。

長谷川は、新谷の推理をこころよく思わないのではないか、なんとはなしに、そんな気がした。

どんなに推理の才があっても、しょせん新谷はアマチュアだ。それに比して、長谷川はもと刑事であり、犯罪の捜査にかけては、まがりなりにも専門家といえる。人間としての肌あいも違いすぎるし、おそらく、このふたりが協力して、ことに当たるということはないだろう。

新谷には、事件の経過の一部始終を説明したが、長谷川のことだけは話していない。もちろん、長谷川から口止めされているということもある。が、それだけではなく、なんとなく長谷川のことを新谷に話すのが、気が進まなかったのだ。

——そうだ、あのことを新谷さんに訊《き》くのを忘れていた。

あのこと、三年まえに、聖テレサ医大病院で起こったという事件のことだ。病院の玄関で会った刑事たちがチラリとそのことを話していた。それがどんな事件だったのか、新谷に尋ねるつもりだったのを、すっかり忘れてしまっていた。

そのことを思いだしたとたん、

——どうしたんだろう？　新谷さん、どこに行っちゃったのかな。

急に、そのことが気になってきた。

すぐに戻って来るといったのに、新谷はいっこうに姿を見せる気配がない。いつまで待たせるつもりなのだろう？

美穂はソファから立ち上がった。そして、デイルームに向かう。

新谷のルーズさに腹が立っていた。若い娘を、こんな淋《さび》しい廊下に、いつまでも待たせておいて、それで平気なのだろうか。無神経もいいところではないか。

新谷を見つけるのに、そんなに苦労はしなかった。

デイルームのなかの職員室に、新谷の姿を見つけた。見つけて、なおさら、腹を立てることになった。

新谷は職員室で、いかにも楽しそうに、若い看護婦と話をしているのだ。廊下をすれちがいざまに、新谷をからかった、あの若い看護婦だった。

看護婦はコロコロと笑っている。デイルームのガラス越しに見ているのだから、ふたりがどんな話をしているのかは聞き取れない。いや、聞きたくもない。

ふたりの姿を見たとたん、頭のなかがカッと熱くなるのを覚えた。ほとんど逆上したといってもいい。

もっとも、冷静に考えてみれば、どうして新谷が若い看護婦と話をしているのが、そんなに腹立たしいことであるのか、自分でもよく分からないのだが。

――なんて男なの。許せない。人をこんなに待たせといて！

どちらかというと、いつも冷静な美穂には、めずらしいことだった。美穂はガラス窓をドンドンと乱暴にたたいた。

よほど美穂は怖い顔をしていたのだろう。新谷は振り返って、ギョッ、と怯《ひる》んだような表情になった。

もしかしたら、浮気が妻にばれた亭主が、こんな表情をするのかもしれない。

新谷にアパートまで送ってもらった。

異性に、アパートまで送ってもらうのは、これが初めてのことだ。そのことばかりではない。病院で、つい逆上してしまったことも恥ずかしくて、駅からの道、美穂はほとんど口をきかなかった。

ただ、三年まえ、聖テレサ医大病院でどんな事件があったのか、そのことだけは尋ねなければならなかった。

「三年まえ？　さあ、ぼくもそのころは病院にはいなかったから。もしかしたら、あのことかな」

新谷は首をかしげた。

「あのこと？」

美穂は新谷の顔を見た。

「いや、以前に、ちょっと聞いたことがあるんです。ぼくはボンヤリしているから、あまり、はっきりとは覚えていない。なんだったら、今晩にでも、だれかに電話をかけて、たしかめておきますよ」

「それ、どんなことですか」

「いや、うかつなことは話せない。はっきりしたことは覚えていないし、病院にとって、あまり名誉な話ではなかったような気もしますしね」

「なんだ。いま教えてくれないんですか。新谷さん、人からケチだっていわれたことありません？」

「ケチはひどいな。貧乏はひどい貧乏ですけどね。でも、こういうことは、ちゃんと事実を確認したうえで、お話ししないとね。誤解があっちゃまずいから。だれかに、たしかな話を聞いて、そのうえで、明日にでも、電話します。そのほうがいい」

「いま教えて欲しいんだけどなあ」

美穂は唇をとがらせた。

もっとも、新谷の慎重さをそれほど不快に感じたわけではない。そんな新谷を頼もしくも感じた。

「明日、電話します。何時ごろに電話したらいいですか」

「午前中だったら、部屋にいます。わたし、早起きですから、すこしぐらい早い時間でも平気です」

「じゃあ、十時ぐらいに電話します。電話番号をうかがってもいいですか。あ、あの呼び出し電話ですか」

「わたし、ちゃんと自分専用の電話を持っていますよ」

美穂はクスリと笑った。新谷がいまどき下宿の呼び出し電話を使っているのを思い出したのだ。どうやら新谷はみんな自分とおなじだと思っているらしい。

最寄《もよ》りの駅からアパートまで、ゆっくり歩いても、ほんの一〇分ぐらいの距離だ。いつもはその近さを便利に感じているのに、今夜は、なんだかそのことが物足りなかった。

美穂はアパートのまえまで来ると、

「ちょっと、ここで待っててください」

新谷にそういい、外の階段を駆《か》け上がって、二階の自分の部屋に入った。冷蔵庫に買いおきのリンゴがある。それを何個か、袋に入れると、アパートのまえで待っている新谷のところに戻った。

「これ」

リンゴの袋を渡され、新谷はキョトンとした顔になっている。

「ビタミンCが足りないんでしょ。ビタミンCが不足すると、風邪をひきやすくなりますよ。これで補給してください」

できるだけ冷静な声でいったつもりだが、そのとき、自分でもやや顔の火照《ほて》っているのが分かった。

「おやすみなさい」

そういって、アパートの階段を駆け上がって行った。すこし間《ま》があって、おやすみなさい、という新谷の声が、背後から追っかけて来た。

部屋に入ってから、

——あれは、さっき失礼なことをしたおわびなんだから。ただ、それだけのことなんだから。

そう自分にいいきかせたが、われながら、それはあまり説得力のある言葉には聞こえなかった。

2

新谷は約束を破った。

翌朝、十時になっても、電話をかけてこようとしなかった。三〇分、一時間、美穂はむなしく、電話が鳴るのを待った。

ついに電話は鳴らなかった。

――ホントに、もう！

美穂はいらだっている。

朝食は、トーストにコーヒー、それに冷蔵庫に一つだけ残しておいたリンゴだ。

あまり食欲がなく、せっかく皮をむいたリンゴを、ほとんど残してしまった。そのリンゴを見ると、昨夜のことが思いだされ、妙に切ないような気持ちになってしまう。

――やだ。わたし、あいつを好きになったのかしら。

自分でもそう認めざるをえない。

高校時代、そして大学に入ってからも、何人か、親しいボーイフレンドはいたが、これまで特定の男性はいなかった。勉強とアルバイトが忙しくて、べつだん、恋人を欲しいとも思わなかった。それなのに……

——なんで、よりによって、あんな冴《さ》えない三十男を好きになるんだろう？　わたしって、きっと、あんまり男の趣味がよくないんだ。

美穂はほのかな幸福感を覚えている。そして、そんな自分の気持ちに、やや照れてもいる。

——約束を破るなんて、あいつ、許せない。

それだけに、電話をかけてこない新谷のことが、なおさら腹立たしかった。

いくらか迷った。しかし、

——三年まえに、聖テレサ医大病院でどんな事件が起こったのか、ただ、それを聞きたいだけなんだから。

そう自分にいいきかせて、新谷の下宿に電話をいれた。ほんとうは新谷の声が聞きたかったのかもしれない。

が、新谷は下宿にいなかった。朝早くに、外出してしまったという。

「新谷さん、若い女の子から電話かかってくるなんて、めったにないことなのに、なんて勿体《もったい》ないことするんだろう」

下宿のおばさんがそういった。

おそらく世話好きな人なのだろう。声だけ聞いても、いかにも温《あたた》かで、おだやかそうな人だった。

礼をいって、電話を切った。しばらく受話器を持ったまま、ぼんやりしていた。

新谷が何を考えているのか理解できなかった。なんとなく、はぐらかされたような感じだ。

電話をかけると約束したはずなのに、どうして急に思いたって、外出してしまったのだろう？　なんだか、あわてふためいて、逃げだしたような印象がある。

――新谷さん、きのう、あげたリンゴ、ちゃんと食べたかしら？

ふと、そんなことを考えた。


この日は、午後から夕方までの短い勤務時間だ。

看護婦は三交代制で勤務している。そのスケジュールを調整するためだろう、ひと月に一度ぐらいの割合で、こんな半端な勤務時間がめぐってくる。

美穂はいつものように懸命に働いた。

もっとも、佐藤幸子が退院し、美穂の担当している老人は、吉永幸枝、長谷川、斉藤の三人だけになってしまっている。テレフォン・クラブは事実上、解体してしまったといっていい。

いずれ、新たに何人か痴呆性老人を担当させられることになるのだろうが、とりあえず、いまの美穂は看護婦たちの手伝いをするアシスタントのようなものだ。

それでも、こなさなければならない仕事はやまほどあり、目のまわるような忙しさなのだが、なんとなく気の抜けたような感じがあるのは否《いな》めない。

テレフォン・クラブの老婆たちが集まっていたテーブルには、いまは、吉永幸枝ひとりだけが、しょんぼりとすわっている。

いつものように、テーブルのうえには、おもちゃの電話がある。が、それには手を触れようともしない。

その淋しげな幸枝の姿を見て、美穂は声をかけずにいられなかった。

「今夜、食事のあとで、カラオケ大会があるそうですよ。吉永さんも参加なさるんでしょう?」

幸枝はぼんやりと美穂の顔を見た。

その表情を見て、美穂は胸をつかれるような痛みを覚えた。幸枝の表情は虚《うつ》ろだ。その目にも力がない。

夜間せん妄の症状はあったが、おおむね幸枝の病状は安定していて、思考力もあり、ほとんど手がかからなかった。それが、いま、幸枝は美穂がだれだかも判断できなくなっているらしい。明らかに、ここ一日、二日のうちに、痴呆が進んでしまったのだ。

痴呆性老人には、環境の急激な変化がもっとも苦痛をもたらす、といわれている。テレフォン・クラブの親しい友人たちを相次いでうしなって、幸枝はどうやら、精神的に不安定になっているらしい。

　美穂の質問には関係なく、

「このところ、毎晩のように、亡くなった主人から電話がかかってくるんです。わたし、そんなに話すことなんかないというんですけど、それでも、飽きもしないで、電話をかけてくるんです」

　幸枝はそんなことをいい、ほほえんだ。

　吉永幸枝はもう七十二歳になるはずだ。それなのに、二十一歳の美穂から見ても、ずいぶんと、愛らしい笑顔だった。

　痴呆性老人のいうことを、むやみに否定したり、バカにしてはいけない。どんなときにも、忍耐をもって、老人の話を聞いてやることが大切だった。

「ごちそうさま。いつまでも、ご夫婦の仲がよろしくていいですね」

　美穂は明るくそういい、幸枝のもとから離れた。

　もちろん、心底から明るい気持ちになっているわけではない。たんに、そうふるまっているだけだ。

　美穂たち、病院の人間にとって、担当している老人の痴呆が進行するのが、もっとも悲しいことなのだ。その沈んだ気持ちのなかに、幸枝の、しみじみと胸に染みるような笑顔だけが、いつまでも残っていた。

長谷川が、長椅子にすわって、新聞を読んでいた。美穂の顔を見て、やあ、と笑いかけてきた。

長谷川の姿を見て、

——ああ、そうだ。

と、思いついたことがあった。

三年まえに、病院でどんな事件があったのか、以前の美穂だったら、ためらわず婦長の澤田に尋ねたことだろう。が、ここ数日、なんとなく澤田との仲がしっくりしていないし、当てにしていた新谷は、どこかに消えてしまった。

こうなったら、警察に行って、あの堀尾という刑事に直接そのことを尋ねてみよう、そんなことを思いついたのだ。

「長谷川さん、ちょっとお願いしたいことがあるんですけど」

美穂は長谷川に声をかけた。

「ほう、どんなことですかな。わたしにできることだったらいいんですが」

長谷川は新聞から顔を上げた。

「長谷川さんは、K署の刑事二課とかに勤務している人で、堀尾さんって若い刑事さん、ご存じありませんか」

「堀尾？」

「ご存じないわけないですよね。だって、長谷川さんは、もともと刑事さんだったんですものね」

「…………」

長谷川は美穂の顔をまじまじと見つめている。

どうやら、美穂が長谷川の前歴を知っていることが意外だったのだろう。いぶかしげな表情になっていた。

「わたし、堀尾さんから名刺をいただいているんです。病院の玄関でお会いしたんですけど」

「ほう」

長谷川の返事は歯切れが悪かった。もしかしたら長谷川は、自分が元刑事だということを、あまり人に知られたくはないのかもしれない。

「ちょっと堀尾さんにお会いして、お聞きしたいことがあるんです。わたし、今日は六時までなんです。堀尾さんのご都合さえよろしければ、そのあとででも、署のほうにおうかがいしたいと思うんです。お忙しいでしょうから、ほんの一〇分ほど、お時間を割《さ》いていただければいいんですが――こんなことお願いして、ずうずうしいと思われるかもしれませんけど、堀尾さんに、電話をかけるか、紹介状を書くか、していただけると助かるんですけど」

「警察の人間に尋ねたいことというと、今度の一連の事件のことですかな」

長谷川の目がするどさを増した。射るように、美穂の顔を見つめた。

ええ、と美穂はうなずいた。

「わかりました。そんなことだったらお安いことです。ただし、わたしにも、ひとつだけ条件があるんですが」

「条件？　どんなことでしょう」

「わたしも同行させてください。わたしも、どんな話だったのか、それを知りたい。もっとも、いまのわたしはこんなふうだから、かつての同僚たちと顔を合わせたくない。恥ずかしいんですよ。どこか喫茶店ででも待っていて、あとで話を聞かせていただきます」

「わかりました。長谷川さんに話を聞いていただけるんでしたら、こんな心強いことはありません。かえって、こちらからお願いしたいぐらいです」

美穂がうなずくと、それじゃ、と長谷川はそういって、勢いよく、椅子から立ち上がった。

おそらく電話をかけに行くのだろう。デイルームの入り口に向かった。

途中で、ぼんやりとすわっている斉藤に、なにか声をかけた。斉藤が立ち上がり、ノロノロと長谷川のあとにしたがった。

ふたりは肩をならべて、デイルームを出て行った。

——へえ、めずらしいんだ。

美穂はそう思った。

長谷川には一匹狼《おおかみ》のようなところがある。斉藤は、重度の老人性痴呆で、ほとんど他人と意思をかよわせることができない。

このふたりが連れだって歩くことなど、最近はめったにない。

もっとも、長谷川のウツ症状がひどかったときには、このふたりは、いつも一緒にいた。いまは長谷川のウツが回復してしまい、斉藤では話し相手にならないのか、以前のような親密さはない。

そんなことをぼんやりと考えていて、

——何だ、わたしってバカみたい。

美穂は自分が肝心なことを忘れていたのに気がついた。

三年前だったら、なにも堀尾という刑事に尋ねるまでもなく、長谷川自身がK署で現職の刑事をしていたはずではないか。わざわざK署を訪れなくても、三年まえに聖テレサ医大病院でどんな事件があったのか、それを長谷川に訊けば済むことなのだ。

——わたしって抜けてるんだよな。

美穂は苦笑したが、いまさらK署に行く必要はなくなった、と長谷川に断わるわけにもいかない。話がここまで進行した以上、観念して、堀尾に会うしかないだろう。

一〇分ほどして、長谷川がデイルームに戻って来た。

「電話をかけておきました。なんだか、ずいぶん偉そうな口をききやがった。七時でよければ、お会いできるそうです」

長谷川はそういった。

3

ちょうど夕食時だ。食堂はそこそこ混んでいた。制服姿の警官が多い。若い女の姿がめずらしいのかもしれない。ときおり、チラチラと美穂のほうを盗み見ていた。

美穂は居心地が悪い。警察署という場所も場所だし、警官たちの、というより若い男たちの視線も、気になった。

だから、堀尾が食堂に入って来て、

「やあ、お待たせしました」

そう声をかけてきたときにはホッとさせられた。

「どうも、お忙しいところをおじゃましまして」

美穂も腰を浮かして、そう挨拶《あいさつ》した。

「なにか召しあがりませんか。といっても、ろくに、お勧めできるようなものはありませんけどね。安いだけが取り柄ですよ。うどんがちょっといけるかな」

「いえ、わたし、すぐに失礼させていただきますから」

そうですか、と堀尾はうなずき、自動販売機でコーヒーを買って、それをテーブルに運んで来た。

「こんな騒がしいところですみません。応接室にお通しできればいいんですけどね。ぼくはそんなに偉くはない」

「そんな、わたしだって偉くなんかありません。応接室なんかに通されたら、緊張してしまいます」

美穂は笑い、いただきます、といって、コーヒーの紙コップを取った。

堀尾は自分もコーヒーを飲みながら、

「長谷川さんから電話をもらったときにはびっくりしましたよ。長谷川さん、ずいぶん回復したんですね。いや、感激しましたよ。入院したときには、とても電話なんかかけられる状態じゃなかった」

「長谷川さん、もうすっかりお元気になられました。ほんとうだったら退院してもいいぐらいなんです」

「退院？」

「ええ」

「そうですか。いや、ぼくら専門家じゃないから、よく分かりませんけどね。少なくとも電話の声を聞いたかぎりでは、もうすこし病院に残って、養生したほうがいいような気がしたな。長谷川さんは離婚して、いまはお独りですしね。退院しても、身の回りの世話をする人もいない」

「そうかもしれません」

美穂は逆《さか》らわなかった。

一般の人たちは、老人の痴呆を極端にたいへんなものと見なす傾向があるようだ。マスコミが痴呆性老人を取り上げるときには、どうしても、徘徊や、失禁など、その視点がセンセーショナルなものになりがちだ。そのせいもあるかもしれない。一般の人は、痴呆をわずらった老人は独りでは生きていけない、と決め込んでしまっている。

痴呆もまた病気の一種であり、その進行を食い止めることもできるし、まれに回復することもある、などということは知ろうともしない。

ましてや堀尾は若い。いったん痴呆をわずらった長谷川を、もう二度と正常な生活がいとなめない、と考えてしまうのも、無理のないことかもしれない。

「ところで、長谷川さんの話では、もうひとつ要領を得なかったんですが、なにか、ぼくにお訊きになりたいことがある、ということらしいですね」

「はい」

「どんなことでしょうか。長谷川さんのご紹介だから、できるかぎりのことはしてさしあげたいんですが。なにしろ、こんな仕事ですからね。場合によっては、お話しできないこともあるかもしれません」

「きのう、お会いしたときに、堀尾さんたち、三年まえ、なにか聖テレサ医大病院で、事件があったというようなことをおっしゃいましたね。覚えていらっしゃいますか」

「ぼくたち、そんなことをいいましたっけ」

「ええ」

「どうもいかんな。口が軽すぎる。刑事としては失格だな」

堀尾は顔をしかめて、

「しかし、まあ、そんなこともいったかもしれない。つい口がすべったんでしょ。それが何か？」

「三年まえに、病院で、どんな事件があったんでしょう？　そのことを教えていただけませんか」

「あれ、平野さんは、あの事件のことをご存じないんですか」

「わたし、アルバイトなんです。二年まえから、あの病院で働いています。それ以前のことは何も知らないんです。病院の人に訊けばいいんでしょうけど、堀尾さんたちが事件だとおっしゃったから、わたし、なんとなく聞きづらい気がして」

「どうして、あの事件のことをお知りになりたいんですか。まさか、たんなる好奇心というんじゃないでしょうね」

「そんな特別な理由があるわけじゃないんです。ただ、なんとなく気にかかったものですから」

美穂としても苦しいところだ。

一連の老人の死に疑問を持ってはいるが、それがほんとうに犯罪だと確信を持っているわけではない。こんなあやふやなことを、警察に持ち込むことはできない。新谷の推理にしたところで、具体的に、どんな証拠があるわけでもないのだ。

「ただ、なんとなく気にかかった？　なるほど、そうなんですか。それはまた、妙なことが気にかかったもんですね」

美穂の返事に、必ずしも堀尾は納得したようではない。

好青年ともいえそうな堀尾が、このときばかりは、いかにも刑事らしい、するどい視線をジロリと投げかけてきた。その視線にさらされ、美穂は身のすくむような思いを覚えている。

まあ、いいか、と堀尾はつぶやき、

「事件が事件だから、そんなに大きくは扱われなかったが、これは当時の新聞にも載ったことですからね。べつだん秘密でもなんでもない。ここで、ぼくがそのことをしゃべったところで、個人のプライバシーを侵害した、ということにはならないでしょう」

「………」

「聖テレサ医大病院の老人病棟に入院していた痴呆のお年寄りが、一日だけ、自分の家に帰ったんです。家族は団地に住んでいたんで、痴呆にかかったお年寄りと同居するわけにもいかなかったんでしょう。そのお婆さんがいきなり、このK署を訪ねて来ましてね。自分は人を殺したと、そういうんですよ」

「人を殺した……」

美穂は堀尾の顔を見た。

「ええ、最初に話を聞いたときには、みんな色めきたったもんですよ。でも、話を聞いているうちに、だんだん、そのお婆さんがボケていることが分かってきた。結局、なぁんだということになったんですがね。お引き取り願おうということになって、長谷川さんが、そのお婆さんを、自宅まで送って行くことになりました」

「長谷川さんが？」

「なんでも長谷川さんのお父さんも痴呆をわずらったらしい。そのときにはもうお亡くなりになってたんですけどね。そんなことで、長谷川さんは、痴呆性老人に理解があったんじゃないでしょうかね。そのお婆さんを団地に送って行って——」

堀尾は顔をしかめた。冷めたコーヒーをガブリと飲んだ。

「ほんとうに、お婆さんの家族が死んでいるのを見つけたんですよ。息子さん夫婦がふたりとも死んでいた。農薬を飲まされていたんです」

「…………」

「あのあたりにはまだ農家がいくらも残っている。その気になれば、農薬を手に入れるのはむずかしくありません。不用心な話なんですけどね。農薬の瓶を、平気で、軒先に転がしておく家なんかもあるんですよ。ちゃんと管理しなければならない規則になっているんですけどね」

「…………」

美穂は言葉もない。ただ、堀尾の話を黙って、聞いているだけだった。

「夫婦そろって、酒が好きだったらしい。ベロンベロンに酔っぱらったところで、農薬を飲まされたんじゃないか、という結論になったんです。農薬を飲ませたのは、まちがいなく、そのお婆さんらしい。ただ、なんといっても、痴呆性老人ですからね。自分が何をしたのかもよく分かっていないらしい。当事者能力にまったく欠けているんです。法的に罪を問うわけにはいかない」

堀尾は顔をしかめたままだ。自分が何をやったのかも分からないまま、痴呆性老人が、自分の家族を殺してしまった。さすがに、その陰惨さを思い出して、平気ではいられないらしい。

「どうして、そんなことをしたのか、本人はそれも説明できないんです。動機なんかないんですよ。ただ、なんとなく、やってしまった、どうもそういうことらしい。なにしろ重度の痴呆性老人ですからね。ろくに調書を取ることもできない。うちの課で取り調べをやったわけじゃないんですけどね。担当の係官はずいぶん苦労させられたらしい。最後には、死んだ亭主から電話がかかってきて、あんな親不孝な子供たちは殺してしまえ、そういわれたといい出す始末でしてね。取り調べにもなにもなりゃしない。結局、病院に収《しゅう》監《かん》されることになって、警察の手からは離れたんですけどね——」

　そこまで話して、ふいに堀尾は言葉を切った。そして、美穂の顔をジッと覗き込むようにした。どうかなさったんですか、と尋ねてきた。

「お顔の色が真っ青ですよ。ご気分でもお悪いんですか」

「いいえ、大丈夫です。あんまりひどい話なもんですから」

　美穂は首を振り、そういったが、自分でもその声のかすれているのが分かった。目のまえが暗くなり、すぐまえにいる堀尾の顔に、ろくに焦点を結ぶことができなかった。背筋に悪寒《おかん》を覚えていた。

　その老婆も聖テレサ医大病院に入院していた。そして、テレフォン・クラブの老婆たちが全員そうであるように、やはり死んだ人間と話をしていた。その老婆は農薬で息子夫婦を殺した。伊藤道子がスーパーマーケットで買った洗剤も、トリクレンを含んだ、ある意味では、毒物といえるものだ。

三年まえの事件と、いま、テレフォン・クラブの老婆たちに起きていることとが、奇妙に符合する。この符合が、いったい、なにを意味するのか、それを考えなければならないだろう。しかし、考えるのが恐ろしい。考えたくない。

どんな挨拶をして、堀尾と別れたのか、美穂はほとんどそれを覚えていない。ふらふらと食堂を出た。なにか悪夢のなかをさまよっているような、執拗《しつよう》な非現実感があった。死んだ人間が電話をかけてきて、殺人を命じる、そんな悪夢だった。

――このところ、毎晩のように、亡くなった主人から電話がかかってくるんです。わたし、そんなに話すことなんかないというんですけど、それでも、飽きもしないで、電話をかけてくるんです。

吉永幸枝の澄んだ声が、頭のなかに聞こえてきた。

長谷川の待っている喫茶店に向かう足どりが、われながら、もどかしかった。急がなければならない。美穂はしきりにそう考えていた。これからすぐに病院に戻るのだ。そうしなければ手遅れになってしまう。どうしてか、そんな切迫した気持ちにかりたてられていた。

# 4

いつもは、こんな贅沢《ぜいたく》はしないのだが、喫茶店の赤電話を使って、タクシーに来てもらった。

一刻もはやく帰らなければ、と気がせいてならない。悠長にバスが来るのを待ってはいられなかった。

タクシーのなかで、長谷川に、堀尾から聞いた話をした。

長谷川は無表情で、それを聞いていた。

三年まえの事件に話が触れたときにも、長谷川は何もいおうとはしなかった。長谷川自身、一度は、自分も痴呆性老人だと診断されているのだ。痴呆性老人が家族を殺した、などという事件は、できれば思い出したくないのかもしれない。

パイプ洗浄用の洗剤がトリクレンという毒物を含んでいる、という話もした。このときには新谷の名を出さざるを得なかった。

これを聞いたとき、はじめて長谷川の顔に表情が動いた。さすがに驚いたのかもしれない。

「ほう、それはそれは……」

長谷川は口のなかでつぶやいた。そして、胸に顎《あご》を埋《うず》めるようにし、ジッとなにか考え込んでいた。

ひどく真剣な顔つきになっていた。


病院に着いたときには、もう九時をいくらか回っていた。

もちろん、痴呆性老人たちの就寝時間はとっくに過ぎている。老人たちは、それぞれの病室に戻り、デイルームに出ている者は、ひとりもいない。がらんと淋しいデイルームに、ただ消し忘れたらしいテレビの、ニュース・キャスターの声がボソボソと聞こえているだけだ。

美穂たちが入って行くと、

「あら、長谷川さん、もう門限はすぎていますよ」

職員室から、宿直の看護婦がそう声をかけてきた。

「こんな年寄りだけどね。夜遊びの味が忘れられない」

長谷川はおだやかに返事をした。

「そうかァ、長谷川さん、不良なんだ」

きのう、新谷と話をしていた若い看護婦だ。名前を、殿村《とのむら》という。

ふつう、看護婦たちは宿直の仕事を嫌う。ところが、この殿村看護婦だけは、なにか特別な事情があるらしく、好んで宿直の仕事をする。昼間の勤務よりも、むしろ夜勤のほうが多いぐらいだ。

夜勤看護はふたりでするのが規則だが、もうひとりは、なにか仕事でもしているのだろう。職員室には、殿村ひとりの姿しかなかった。

美穂が一緒なのが意外らしい。殿村は怪訝そうな顔を向けて、

「平野さん、どうかしたの？　なんか忘れ物ですか」

そう尋ねてきた。

「いえ、そうじゃないんですけど、ちょっと気になることがあるもんですから。病室を見させてもらいます」

美穂はそう断わって、病室に向かった。長谷川がそれについて来る。

吉永幸枝は、六人部屋に、ベッドをあてがわれている。老人はおしなべて眠りが浅い。美穂たちが入って行くと、みんな不安げな顔をして、ベッドのうえに起き上がった。

老人たちのなかには、暗闇を怖がる者が少なくない。そのために、就寝時間になっても、二〇ワットの電球だけはともすことになっている。

そのぼんやりとした明かりのなか、美穂は老人たちの顔を、順々に見ていった。

そんなはずはないのだ、絶対に。こんな夜中に、痴呆性老人の行くところなんかない。

それなのに、吉永幸枝の姿がない。

——遅かった。

美穂は喉《のど》をふさがれるような不安感を覚えた。間に合わなかった、そんな後悔に似た思いが、胸にこみあげてくるのを感じた。

「お休みのところを申し訳ありません。どなたか、吉永さんが、どこにいらしたのか、それをご存じの方はいらっしゃいませんか」

美穂はそう尋ねた。

が、何人の老人が、美穂の質問を理解できたかどうか。この病室にいるのは、症状の違いはあっても、それぞれ、みんな痴呆をわずらっている老人たちなのだ。まともな反応を期待するほうが無理なのかもしれない。

老人たちは、ただぼんやりと美穂の顔を見ているだけだ。なかには、声を聞いたとたん、恐ろしげに、ベッドのなかに潜《もぐ》り込んでしまう老人もいた。

——駄目か。

美穂は唇を噛んだ。

そのときのことだ。ふいに長谷川が大声を張り上げた。

「どうしたんだ。しっかりしないか。いくらボケてたって、人のいうことぐらいは分かるだろう。質問に答えたらどうなんだ」

美穂が思わず飛び上がってしまうほどの大声だった。ほとんど恫喝《どうかつ》といっていい。

「……………」

美穂は長谷川の顔を見た。

長谷川の額《ひたい》に青筋が浮かんでいた。老人たちを見る目が、冷酷で、憎しみに満ちていた。いつもはおだやかな長谷川が、このときばかりは別人のように、険悪な表情になっていた。

こんな長谷川を見るのは初めてだった。

――やっぱり、こういうところは、元刑事さんだな。

あらためて、そのことを納得させられる思いがした。

納得させられはしたが、そんな長谷川に好意を持ったわけではない。それどころか、かすかに反感めいたものが胸にうごめくのを感じた。

どんな事情があっても、無力な痴呆性老人たちに大声を張り上げるような、そんな人間は好きになれない。

老人たちはおびえている。なかには、すすり泣いている老婆もいる。

いや、老人たちばかりではなく、美穂にとっても、いまの長谷川は恐ろしかった。

「どうしたんだ。返事をしないか」

と、長谷川がなおも大声を張り上げようとするのを、

「やめてください。お年寄りがおびえるじゃありませんか」

美穂が制した。

自分ではそんなつもりはなかったのだが、美穂の声も、やや、とがっていたようだ。

「…………」

一瞬、長谷川が美穂を見た。するどい、ほとんど凶暴といってもいい視線だった。

美穂はたじろがなかった。痴呆性老人を守ろうとするとき、美穂はいつもの何倍も強くなる。長谷川の目を見返した。

長谷川の目の力がフッと弱まった。掌《てのひら》でブルンと顔を撫《な》でおろすと、自分を恥じるように、俯いた。

「申し訳ありません。つい吉永さんのことが心配で、年がいもなく、大声を出してしまいました」

その声は、もういつもの、おだやかな長谷川の声だった。

美穂はもう、そんな長谷川にかまってはいられなかった。吉永幸枝を探すために、病室を飛びだして行った。

5

……夫が死んだのは昭和二十二年だ。結婚してから三年め、わたしに残されたのは一歳の子供と、赤ん坊だけだった。

もともと体の弱い人だったのだが、冬の寒い日に、風邪をひき、それをこじらせて、あっさり死んでしまった。なにしろ戦後の食糧のとぼしいときで、ろくに食べるものも食べられなかった。体力がおとろえていた。

夫は教員で、新制中学がスタートしたばかりで、気苦労が絶えなかったらしい。教科書が来ない。机や、腰掛けも不足している。そんなこんなで、人一倍まじめな夫は、悩むことも少なくなかったのだろう。夫は疲れきっていたのだと思う。

わたしはほんの子供のころから草月流《そうげつ》で華道を学んでいた。芸は身を助ける、というけれど、それはほんとうで、戦争中は、鶴見《つるみ》の軍事工場工芸所で、若い女子挺身隊《ていしん》に生け花を教えていた。

教師をしていた夫とは、その工場で知り合った。もうよく覚えてはいないが、夫は、女の子たちの引率《いんそつ》をしていたのだろう。

夫はいずれ戦場にかりだされるのを覚悟していた。生け花を教えるのにも、その花を見つけるのに苦労する始末で、そんなことから、わたしも漠然と、戦争に負けるのを覚悟していた。

わたしたちは若かったが、あのころ、若いわたしたちのまえには、どんな将来も拡がっていなかった。だれも将来のことなんか考える余裕はなかった。そんなものはなかったのだ。

そのせいかもしれない。わたしたちは何かにせきたてられるように、あわただしく恋をし、あわただしく結婚をした。身内が集まっただけの、ごく内輪な式をあげた。神田《かんだ》に小さな借家を見つけて、そこに布団や、わずかな身の回りのものを持ち込んだ。それがわたしたちの結婚だった。

新婚の思い出などというものはない。いまになって分かるのだが、わたしたちはあのとき生き急いでいたのだろう。いずれは死ぬものとばかり考えていたから、せめて、人並みのことだけはしておきたかった。やらなければならないことがいっぱいあり、ただもう慌ただしく、忙しいばかりだった。

そして、そんなわたしたちのあわただしさに、さらに拍車をかけるような形で、終戦がやってきた。

妙な話だけど、わたしは夫との生活がどんなふうであったか、ほとんど覚えていない。わたしたちは結婚したけど、その結婚は、終戦という大きな消しゴムで、消されてしまったような気がする。

終戦と、そして出産で——

戦後の食糧難なのに、赤ん坊が年子《とし ご》で生まれて、わたしはあの子たちを育てるのに、必死にならなければならなかった。ろくに食べるものも食べていないから、お乳の出が悪くて、あの子たちはおなかを空かして、ピーピー、泣いていることが多かった。いまの若い人には想像もつかないだろう。泣いている赤ん坊に、おもゆを食べさせることもできなかったのだ。

夫はまじめで、誠実な人だった。生活力があるほうだとはいえない。教員になるために生まれてきたような人で、それだけに、闇で食糧を買いもとめる才覚にとぼしく、わたしは赤ん坊を背負って、ひとりで買い出しに出なければならなかった。

べつだん、夫のことを軽んじていたわけではない。わたしなりに大切に考えていたつもりだ。どうしてだろう？　それなのに、夫のことはほとんど記憶に残っていない。

いまから考えれば、夫には悪いことをしたと思うのだが、あのころのわたしには、夫のことを気づかっている心の余裕などなかったのだ。

――わたしはなんて悪い奥さんだったんだろう。

いまになって、そんなやましさを覚える。わたしたちは恋をした、といったが、じつはそれも生き急いでいたから、とりあえず、相手を見つけたかっただけのことで、恋などというものではなかったのかもしれない。

気がついたときには、夫は死んでいた。それが、そのころのわたしの実感だ。もちろん、夫が死んで、悲しくないわけはないが、それよりも、途方にくれた、といったほうが正直なところだろう。

こんな冷淡なわたしと結婚して、思えば、あの人も運のない人だった。

足かけ三年、二年ちょっとの結婚生活は、いかにも短くて、かろうじて食べるのに必死になっていた記憶が残っているだけで、夫とどんな会話を交わしたのか、それさえ、ろくに覚えていない。

夫婦というのはこんなものなのか。こんなことをいうと、いかにも、わたしが冷たい女のようだが、夫のことを懐かしく思い出すこともほとんどなかった。

おそらく、夫婦の愛情というのは、長い年月をかけて、ゆっくりとはぐくんでいくものなのだろう。わたしたちは結婚したが、終戦の荒波に押し流され、夫婦の愛をはぐくむのを怠《おこた》ってしまった。そんな気がしてならない。

夫が死んで、わたしは未亡人と呼ばれることになったのだが、いつまでたっても、その呼び名に馴染《なじ》むことができなかった。

未亡人と呼ばれると、なんとなく、後ろめたいものを覚えた。自分が何かをいつわっているような気がするのだ。要するに、わたしにとって、死んだ夫はその程度の存在でしかなかったのだろう。

わたしは神田に生け花教室をひらいた。その費用は、実家に頼み込んで、ようやく借りることができた。そのころはもう、実家の家業は、兄がついでいて、当然のことながら、兄はわたしの借金の申し込みに、いい顔はしなかった。

こんなすさんだ時代に、だれも生け花なんか学ぶものか、兄はそう反対したのだが、わたしは逆に、こんな時代だからこそ、人々は美しいものを求めるはずだ、とそう考えていた。

あれからアッという間に、四十年以上の歳月が過ぎてしまった。

世の中が落ち着いてくるにつれ、生け花教室も順調に軌道に乗っていき、生徒たちも集まって、いつのまにか、節税の心配をしなければならないほどになってしまった。

おかげで、子供たちを、ふたりながら大学に行かせることができた。ふたりとも、それぞれに結婚をし、家庭を持っているが、そのマンションの頭金ぐらいは出してやることもできた。

人は、わたしが女手ひとつで、ふたりの子供を育てあげたのを偉いといってくれる。さぞかし苦労なさったでしょう、と同情もしてくれる。

だけど、わたしは自分のことを苦労したなどとは少しも考えていない。生け花教室は順調だったし、ふたりの子供も、それぞれいい子で、ちゃんと自立してくれた。これで苦労したなどと文句をいえば、罰《ばち》が当たるというものだろう。

わたしはむしろ自分のことを苦労知らずだと、そんなふうに考えている。

ほんとうに苦労したのは夫だ。かわいそうなのは死んだ夫なのだ。夫は苦労し、肺炎で死んで、いまでは、ほとんど誰からも思い出されることがない。わたしだって、夫のことなど、ろくに思い出しもしなかった。

　そう、ほんとうに苦労し、かわいそうだったのは夫なのだ。夫からの電話が頻繁にかかるようになったいま、わたしには、そのことがはっきりと分かる。

　夫をできるだけ慰めてやりたいと、そう考えるようになった。夫とは愛をはぐくむ時間がなかった。もしかしたら、わたしたちにとって、いまがそのときなのかもしれない。こんなお婆さんが相手で、若くして死んだ夫には気の毒なようなものだが、それでも、夫は懲《こ》りずに電話をかけてきてくれる。夫も淋しいのかもしれない。

　わたしはもう、そんなに長くは生きられないだろう。だけど、死ぬまでのわずかな時間、若いときにできなかった、夫との愛をはぐくむ努力をつづけたい、そう考えるようになった。こんな言葉は好きではないが、それがせめてもの、夫にたいする罪滅ぼしでもあるだろう。

　いまのわたしは幸せだ。こんなに幸せでいいのだろうか？　フッとそのことが怖くなるぐらいに——幸せなのだ。

　おそらく、今夜も、夫から電話がかかってくるだろう。こんなお婆さんが、そんなことをいえば、人から笑われるかもしれないが、夫と話をすることを考えると、胸がときめいてくるのを覚える。

　ふたりの子供が独立し、家を出て行ったときには、わたしは、夜になるのが恐ろしかったものだ。昼間は大勢の生徒さんに取り囲まれているからそんなことはない。暗くなると、自分が独りぼっちになってしまったのが、つくづく身に染《し》みて、頭がおかしくなりそうなほど淋しかった。

いまはそんなことはない。夜になると、夫から電話がかかってくる。そのことを考えると、夜になるのが、待ちどおしい。

早く、夜になればいい。

## 6

念のために、トイレや、浴室のなかも覗いてみた。しかし、やはり、吉永幸枝の姿は見つからない。

患者がデイルームを出るときには、担当の看護婦が、大学ノートに、その患者の名、外出時刻、それに行く先を記載することになっている。

ほとんど正常と見なされている長谷川にしたところで、病院を出るときには、きちんと必要事項を書き込んでいるのだ。

その大学ノートを調べたかぎりでは、吉永幸枝は、今日、一度も外出していない。

もっとも、よほどの事情がないかぎり、夜八時以降の痴呆性老人の外出は、禁じられている。こんな時間に、吉永幸枝が外出するのを認める看護婦がいるはずがない。

受付の守衛にも電話を入れた。やはり痴呆性老人の外出はないという。

——幸枝さん、どうしちゃったんだろ。

美穂は唇を噛んでいる。

野村恭三の姿が消えてしまったときのことを思い出さざるをえない。あのとき、結局、野村は死体で発見されることになった。そのことを考えると、美穂はいてもたってもいられないような不安感にかりたてられるのだった。

宿直の殿村に尋ねても、吉永幸枝の外出には気がつかなかった、という返事が返ってきただけだ。もっとも、夜勤が始まるのは、九時からだから、それ以前に、幸枝が外出したのだとしたら、殿村がそのことに気がつくはずはない。

「もう一度、看護婦さんに確かめてみたほうがいいかもしれませんな」

ふたたび合流した長谷川がそういうのにも、美穂はただ黙って、うなずいただけだった。そして、職員室に向かった。

美穂はまだ長谷川が痴呆性老人たちを怒鳴りつけたことを忘れていない。すぐには心を許す気にはなれなかった。

が、殿村にあらためて尋ねても、

「病院のどこかにいるんじゃないかしら。行くところなんかないもん。そのうちに、だれかが見つけてくれると思うわ」

そんな気のない返事が返ってくるだけだった。

殿村はそれほど幸枝のことを心配してはいないらしい。むしろ、美穂たちのことを騒ぎすぎだと思っているようだ。その表情には、ありありと迷惑げな色が浮かんでいた。

「あと三〇分もしたら、守衛さんが病院を巡回してくれる。それで見つからなかったら、そのときに心配しても遅すぎないんじゃないかしら」

そんなことを繰り返すばかりで、椅子から立ち上がろうともしないのだ。

看護婦の仕事を、ただ純粋に職業と割りきっていて、必要以上に、患者に親身になろうとはしないのだろう。もっとも、だからといって、殿村のことを熱意に欠けた看護婦と責めるのは酷というものだ。

献身、という言葉は美しいが、この国では、看護婦の献身ほど、むくわれないものはないのだ。

美穂だって、それぐらいのことは分かっている。分かってはいるが、やはり、殿村のやる気のなさには、いらだちを抑えきれない。

「わたし、ちょっと、病院を見てきます。お手数ですけど、殿村さんは、もう一度、守衛さんに電話して、吉永さんを探すように、お願いしていただけませんか」

そう言って、職員室を出て行こうとする美穂に、

「あんまり騒ぎ立てないほうがいいと思うんだけどなあ。守衛さんだって、迷惑するんじゃないかしら」

殿村はそんな熱のない声をかけてきた。

「どうしてですか。吉永さんは痴呆性老人なんですよ。なにか事故でもあったら、それこそ取り返しのつかないことになるじゃありませんか」

美穂はさすがにカッとした。殿村の顔を睨みつけた。

「だから、そんな心配はないと思うよ」

「どうしてですか。どうして、そんなことがいえるんですか」

「だって、こんなことは、たびたびあることなんだもん」

「え?」

美穂は殿村の顔を見た。

「これは秘密ということになってるんだけどね。ときどき、夜間に、老人病棟の患者さんが外に連れだされることがあるのよね。なんか特別の治療かなんか、してるんじゃないかしら。いつも朝までには戻されて来るから、そんなに心配することはないのよ」

「特別の治療ってどういうことですか? こんな時間に、だれが、どこに、お年寄りを連れだすというんですか」

「そんなに怖い顔しないでよ。わたしだって知らないわよ。わたし、夜勤の仕事が多いでしょ。だから、たまたま、そういうことがあるって気がついただけ。わたし以外にもそのことに気がついている人は何人かいるんじゃないかな」

「だって、そんなの、規則違反じゃないですか。お年寄りが外出するときには、かならずノートに、必要事項を記入することになってるんじゃないですか」

「規則違反もなにも、川口教授のなさることなんだから、だれも文句なんかいえないでしょう」

「川口教授が？」

思いもかけないことだった。美穂は呆気にとられた。

それまで、ただ黙って話を聞いていた長谷川が、そのときになって口をはさんだ。

「川口先生が老人たちを病院の外に連れだすというんですか。こんな夜間に」

そう、と殿村は面倒げにうなずいた。

「川口先生は、どれぐらいの頻度で、そんなことをおやりになってるんですかね。これまで、患者のどなたを連れだされたのか、そのことはご存じありませんか」

「一週間に一度か二度、それぐらいのもんじゃないかしら。わたしだって、毎晩、夜勤をしているわけじゃないから、正確なところは分からないわ」

殿村はふいにクスクスと笑いだした。まずは美人といってもいい顔だちなのだが、そんなふうに笑いだすと、その印象が急に下品なものに変わった。

「なにがそんなにおかしいんですか」

長谷川がおだやかにそう尋ねる。

「だって、きのう、新谷さんも長谷川さんとおなじことを訊いたんですよ。あの人、いつも、とぼけているから、妙にまじめな顔をして、そんなことを訊くのが、なんだかおかしくて」

「新谷さんが……」

美穂はますます唖然《あぜん》とさせられた。

昨夜、新谷はデイルームの職員室に入り込んで、この看護婦と、なにやら楽しげに話をしていた。それを見て、美穂は自分が放っておかれたと考え、なんだか腹立たしい思いにかられたものだった。まさか、そんな話をしていようなどとは、夢にも考えていなかったのだ。

――新谷さんはこのことに気がついていたんだ。それで、殿村さんにそれを確認していたんだ。

新谷はただ美穂から事件の一部始終を聞かされただけだ。それだけで、どうして、痴呆性老人がひそかに外に連れだされていることまで知ったのか、なんだか美穂はキツネにつままれたような思いでいる。

「もうひとつの質問のほうはどうですか。川口先生は、患者のだれとだれを外に連れだしていたんですか」

　相変わらず長谷川の声はおだやかだった。が、その口調には、わずかに質問をたたみ込むような緊張が感じられた。

　そのとき、ふいに職員室のドアが開いたのだ。扉口に、人が立った。その人が、低いが、きっぱりとした声でこういった。

「殿村さん、六号室の患者さんたちのベッドをなおしてあげてくれませんか。お年寄りが寝苦しそうですよ。いますぐに行きなさい。それから、これは老婆心からいうんですけどね。これからは、よけいなお喋《しゃべ》りはひかえたほうがいいんじゃないかしらね」

　婦長の澤田だった。

## 7

　殿村は逃げるようにして、職員室を出て行った。

　しばらくは、だれも口をきこうとはしなかった。しんと静まりかえった職員室に、ただ電気時計の、チッ、チッ、と時を刻《きざ》む音だけが聞こえていた。

　その緊張に耐えきれずに、澤田さん、と美穂は相手の名をつぶやいた。

「誤解しないでね」

澤田婦長がボソリとそう言った。

「え？」

「誤解しないで欲しいの。夜間に、患者さんを外に連れだして、治療するなんて、たしかに治療の常識からいえば、問題がある行為かもしれない。でも、川口先生は、あくまでも患者さんのためを考えて、よかれと思う一念で、そんなことをなさっているのよ」

「どういうことなんですか。患者さんの治療だったら、なにもそんな外になんか連れださなくても、病院ですればいいんじゃないですか」

「病院ではできない治療もあるのよ。まだ正式に認可されていない治療だってあるわ。でも、実験をかさねて、役所から認可されるのを待っていたら、それこそ何年、何十年とかかってしまう。あなただって、お年寄りが、痴呆をわずらってからの平均余命は、四年しかない、という説があるのを知っているでしょう。いま現在、痴呆をわずらっているお年寄りは、そんな何年、何十年と待つことなんかできないのよ」

「でも、それにしたって、お年寄りを病院の外に連れだして、治療するなんて、なんだかおかしいです。納得できません。川口先生は、老人精神医学の権威だといわれている人じゃないですか。わたしなんかには、それがどんな治療だか分かりませんけど、川口先生がお考えになった治療だったら、なにもそんなに神経質にならなくても、病院で、実験をかさねていけばいいんじゃないんですか」

「新しい医療技術の開発、新薬の開発には、とてつもない費用がかかるの。いくら川口先生が、老人医学の権威だからといって、一介《いっかい》の大学教授にすぎないわ。こういうことはね、とても個人や、大学なんかの力で、できることじゃない」

美穂はボンヤリとつぶやいた。なにか自分がこれまで予想もしていなかった場所に、足を踏み込んでいこうとしているような、そんなおびえに似たものを覚えた。

「新しい医療技術の開発……新薬の開発……」

「そういうことになるとね、どうしても企業の援助が必要になるの。いまの時代、そうでなければ、新しい技術の開発、新薬の開発なんか、とてもできっこない。援助を受ける以上、ある程度、企業側の意向をくんでやることも必要なのよ。いま先生が取り組んでいらっしゃるのは、とっても画期的な老人医療技術なの。企業としては、開発段階で、それが外部に洩《も》れたりしたらこまるでしょ？　企業側が、秘密保持を慎重にしたい、という意向を強く打ちだしたら、先生としても、それにしたがわざるをえないのよ」

「…………」

美穂の頭のなかを、ふいに、池袋の歩道に立っている川口教授の姿が、閃光《せんこう》のようにひらめいた。

雨あがりの歩道が濡《ぬ》れていた。その濡れた歩道は、いまも記憶のなかに、あざやかに残っている。

ベンツが停まって、川口教授が降りてきた。そして、そのあとを追うようにし、やはり車から野村食品の社長が降りてきた。ふたりは、二言、三言、なにか挨拶を交わし合い、別れた。川口教授は駅のほうに立ち去り、ベンツもまた、ふたたび野村雄策を乗せて走り去って行った……

「野村食品なんですね。教授を援助している企業というのは、野村食品なんですね」

そう、と澤田はうなずいて、

「野村食品にとって、老人医療部門に、事業を拡張しようとするのは、たいへんな冒険だわ。シルバー産業は、うまみもあるけど、競争も激しい。画期的な医療技術を開発するのに、秘密保持に神経をくばるのは当然のことじゃないかしら」

「納得できません」

美穂は首を振った。突然、するどい怒りが胸にこみ上げてくるのを覚えた。

「どんな理由があるにせよ、それは企業側の理由のはずです。お年寄りには何の関係もないことじゃないですか。わたし、納得できません。痴呆のお年寄りを、夜中に、病院の外に連れだして、ろくに効果も確認されていない医療をほどこすなんて、そんなの、人体実験もおなじじゃないですか」

「人体実験！　よくもそんなことが言えるわね。川口先生がそんなことをなさるわけないでしょう」

澤田も怒りにかられたようだ。激した声になった。

「効果が確認されていないといっても、まだ役所の認可を得る段階ではない、というそれだけのことなのよ。テストだって、もう何百回となく、くりかえされているし、データもそろっているわ。ちゃんとＮＧＦの効果は確認されているのよ」

「ＮＧＦ？」

聞きなれない言葉に、美穂は思わず相手の言葉をくりかえした。

「ＮＧＦ、わからないかな、神経成長因子のことよ」

澤田の声がいらだった。

「老人性痴呆では、まず第一に、脳細胞のコリン系ニューロンが脱落していくといわれているわ。いったんうしなわれた脳のニューロン細胞は、もう回復させることはできない。少なくとも、これまでは、それが定説だった。だけどね、ＮＧＦという因子がある。ＮＧＦは、コリン系ニューロンに特異的に作用する神経成長因子なの。ＮＧＦを効果的に投与してやれば、老人性痴呆で、うしなわれたコリン系ニューロンを回復させることができるかもしれないのよ。いままで完全治療は不可能だと言われていた老人性痴呆を、治療することが可能になるかもしれない」

「ニューロンを回復させる？」

美穂は呆然とつぶやいた。

いったんうしなわれた脳細胞は、もう回復することができない、といわれている。もし、それを回復させることができるのだとしたら、これはたしかに、老人性痴呆治療の画期的な進歩といえるだろう。

「ただ、これまでNGFは、マウスの唾液腺《だえきせん》から得られるだけの微々たるもので、とても現実の治療に使えるほどの量は採取することができなかった——川口先生はね、それを大量に合成できる、そんな画期的な技術を開発なさろうとしているのよ」

澤田は勝ち誇ったような声でそういいきった。ほとんど、狂信的といってもいいような声だった。

# 第六章　仮性痴呆《ちほう》

## 1

「神経成長因子……」

美穂は口のなかでつぶやいた。

美穂の専攻は心理学だ。痴呆医療に興味を持ち、老人を対象にした心理士か、ソーシャルワーカーになるのを志《こころざ》してはいるが、医学を専門に勉強したわけではない。

しかし、老人医療に関する本は、こころがけて読むようにしているから、いくらかの知識がないわけではない。ＮＧＦ、といわれたときには、とっさに理解できなかったが、神経成長因子と説明されれば分かる。

美穂は以前に読んだ老年痴呆の専門書のことを思いだしている。たしか、その専門書のなかで、まるまる一章を割《さ》いて、神経成長因子のことが記されていた。

アルツハイマー病の老年痴呆は、神経細胞のコリン系ニューロンが脱落していくのがその原因ではないか、といわれている。そのコリン系ニューロンに特異的に作用すると見なされているのが、〝神経成長因子〟、澤田のいうNGFなのだ。

どうやら、コリン系ニューロンには神経成長因子に対する受容体があるらしい。神経終末で取り入れられた神経成長因子は、その軸索《じくさく》を逆行し、細胞体に運ばれる。そして、受容体を刺激し、栄養因子を介して、コリン系ニューロンの運動を活発にする……どうも、そんな働きがあるらしい。

医学研究のむずかしさは、その対象とするのが、あくまでも生身《なまみ》の人間だということだろう。生きた人間で実験するわけにはいかず、ラットやモルモットを使わざるを得ないから、どうしても、その研究成果に曖昧《あいまい》な部分が残ってしまう。

この神経成長因子にしても、ラットの実験をくりかえし、それをたんに人間にも敷衍《ふえん》して、おそらくこうなるだろう、と推測しているにすぎない。

これもその専門書のなかに記されてあったことだ。

ラットを対象にし、その脳神経を破壊する実験が行なわれたという。つまりアルツハイマー病の老年痴呆とおなじ症状をつくりだしてやるわけだ。

そのうえで、迷路学習をやらせると、もちろん、ラットはほとんど迷路を進むことができない。が、神経成長因子を投与してやったラットだけは、迷路学習に格段の進歩を見せたという。

　このことから、アルツハイマー病の老年痴呆では、ごく初期の段階で、神経成長因子を投与してやれば、その進行を阻止、改善することも可能かもしれない、と考えられているらしい。もしかしたら、アルツハイマー病による痴呆だけではなく、日本人に多い脳血管性痴呆にも、神経成長因子の効果はあるかもしれない。その可能性は充分にある。

が、その専門書でも、神経成長因子の治療を手ばなしで絶賛していたわけではない。そんな奇蹟のような新薬があるはずがない。

　神経成長因子による治療を実用化させるには、まだまだ、解決されなければならない問題が残っている。

　ひとつは、澤田婦長がいったように、いまのところ、この神経成長因子を得るには、マウスの唾液腺から採取するしか方法がない、というそのことだ。そんな微々たる量では、実験には使えても、とても実用にはならないだろう。

　さらには、どんなにラットに有用な治療でも、それが必ずしも人間にも当てはまるとはかぎらない、ということもある。

　もうひとつ、神経成長因子が血液・脳関門を通過しないために、経口《けいこう》投与が不可能だという問題がある。これもまた、神経成長因子を現実の治療に使うのを、不可能にしている要因だった。

しかし、川口教授は、その神経成長因子を大量に合成する方法を見つけたという。それがほんとうなら、たしかに、痴呆性老人の治療に画期的な進歩を得られるかもしれない。だが……

なにぶんにも、治療の対象となるのは、生きた人間なのだ。それが画期的な技術であればあるほど、認可されるまでには、慎重に追テストを重ねなければならない。丸山《まるやま》ワクチンの例を見るまでもなく、新薬として、役所に認可されるのには、長い年月を要するはずなのだ。

その認可を待たずして、テレフォン・クラブの老人たちを対象にし、人体実験をくりかえしているのは、やはり医師として道義的に問題があるのではないか。

たしかに、老人が痴呆をわずらってからの平均余命は四年しかない、というデータがあるにはある。いま現在、痴呆をわずらっている老人たちは、何年、何十年とかかるか分からない役所の認可を待ってはいられない、という理屈も分からないではない。

しかし、そう、しかし……

「川口先生は、野村食品の社長を説得して、ＮＧＦを合成するために、遺伝子工学の研究ラボを設立させたの。あのときの川口先生は必死だったわよ。でもね、結局、野村食品の社長は、その説得に応じた。このごろじゃ、いろんな企業が遺伝子の研究に手を染めているからね。食品会社が遺伝子工学のラボを持ったからといって、必ずしも畑違いとはいえないわよね。もちろん、その時点で、すでに川口先生は神経成長因子を合成するアイディアをお持ちだったわ――」

澤田は熱に浮かされたような、陶然とした口調になっている。信仰あつい修道女が、〝神〟のことを語るとき、こんな口調になるかもしれない。

「川口先生は天才だわ。それに、あんな真摯《しんし》な人はいない。医学のために全身全霊を打ち込んでいらっしゃる。それでもね、NGFを合成できるようになるのに、いままで、四年以上もかかっている。どんなに失敗をくりかえしても、先生はけっしてくじけようとはなさらなかったのよ」

失敗？　ふと堀尾刑事から聞いた痴呆性老人の殺人事件のことを思いだした。聖テレサ医大病院に入院していた痴呆性老人が、一日だけ退院し、そのときに息子夫婦を農薬で殺してしまった。その老人もやはり、死んだ夫から電話がかかってきて、あんな親不孝な子供たちは殺してしまえ、といわれたという。

もしかしたら、その老婆も、テレフォン・クラブの患者たちのように、神経成長因子を投与される実験に使われていたのではないか？　そして失敗したのではないか。

いや、たんに神経成長因子を投与されるだけで、そろいもそろって、死んだ人間から電話がかかってくる、などという妄想を抱くようになるはずがない。

まだ、何かがある。何か、澤田婦長がいっていないことがある。

「その失敗というのは三年前に起きた事件のことなんでしょう？　入院していたお婆さんが、一日退院したときに、息子さん夫婦を殺してしまったという事件のことじゃないんですか」

思いきって、美穂はそういってみた。さすがに自分の大胆さに、自分でも身のすくむ思いがしている。

「………」

澤田婦長の表情は変わらない。よしんば、美穂の言葉が的《まと》を射ているとしても、その能面のような顔から、彼女が何を考えているのか、それを読み取るのは不可能だった。

それまで黙っていた長谷川が、

「わたしは老人性痴呆でなくて幸運だったんだな。すぐに回復したからいいものの、そうでなければ、川口先生にそのなんとかいう薬の実験台にされるところだった。どんな画期的な治療か知らないけど、わたしは実験台にされるのはごめんだよ」

そうおだやかな声でいった。声こそおだやかだが、いってる内容は痛烈だ。

「あなたがそんなことをいうの。あんなに川口先生に世話になったあなたが――」

澤田婦長の表情にはじめて動揺の色が浮かんだ。長谷川を睨《にら》みつける。いかにも悔《くや》しそうに、その唇を嚙《か》んでいる。

「あなたは先生の恩を忘れたの。先生がいなければ、あなたはまだ、病状が回復しないままだったのよ」

「医者が患者を治療するのは当たりまえなんじゃないかね。治してくれたのは、恩にきるけど、だからといって、医者が患者に何をしてもいい、ということにはならないだろう。医者は神様じゃないんだからね」

「よく、そんなことがいえるわね。よく、そんなことがいえるもんだわ」

澤田は胸のまえで両手を揉《も》みしだくようにした。いつも冷静な彼女があまりの憤《いきどお》ろしさに、どう反論していいのか、それさえ分からずにいるようだ。ブルブルと唇を震わせていた。

澤田さん、と美穂は声をかけた。澤田はキッと美穂のことを見て、

「なによ。そんなふうに、人を気やすく呼ばないで欲しいわね。あんただって、この男とおんなじ恩知らずなんだからね。まったく、近頃の娘ときたら、そら恐ろしいわよ。あんなふうに川口先生に世話になっておきながら、その研究を人体実験だなんて、よくもまあ、そんなことがいえたもんだ」

「澤田さん……」

美穂は悲しかった。

美穂は澤田のことをひとりの看護婦として尊敬していたのだ。澤田はいまだに独身らしいが、それさえ、彼女の看護婦としての献身、誠実さをあらわすものだと、ひそかにそう

考えていた。

その尊敬している、いや、尊敬していた澤田が、そんなふうに口汚くののしるのを見るのは、つらいことだった。澤田には、いつも毅然《きぜん》とした、有能な婦長であって欲しかったのに。

「澤田さん、教えてくれませんか。そんなに川口先生を尊敬なさっている澤田さんが、どうして妙子さんに、野村さんの情報を流したりしたんですか。それは川口先生を裏切ることになるんじゃないんですか」

「冗談じゃないわ。わたしをあなたたちのような恩知らずと一緒にしないでちょうだい。わたしがなんで川口先生を裏切ったりなんかするもんですか。川口先生は、野村食品の社長のことなんか信用していない。しょせんはお金儲《もう》けが目的の企業の人間ですからね。川口先生の老人医療にかける理想なんか分かりっこない。NGFを一日でもはやく商品化したい、しょせんは、それしか頭にないゲスな人間なのよ」

澤田は吐き捨てるようにいった。毒を含んだ口調だ。彼女にとって、川口以外の人間は、みんな恩知らずか、そうでなければ、ゲスな人間であるらしい。

「わたしが野村妙子に近づいたのは、逆に、彼女の口から野村食品の動きを知りたいとそう考えたからよ。川口先生は純粋な方だわ。野村雄策のような、海千山千《うみせんやません》の男を相手にしていたら、どんなふうにだまされるか分かったものじゃない。わたしは川口先生をそんなめにあわせたくはなかった。妙子に野村さんの情報を流すふりをして、その夫の野村雄策がどんな動きをしているか、なんとかそれを知ろうと考えたのよ」

「川口先生がそうしろと澤田さんにおっしゃったんですか」

「先生がそんなことをおっしゃるはずがないわ。あなたは先生がどんな人だか、まだ分かっていない。先生はそんな世俗のことに頭の回るような人じゃない。いつだって老人医学のことしか頭にない純粋な方なのよ。もちろん、わたしが独断でやったことよ」

そういったときの澤田の表情は誇らしげにさえ見えた。誇らしげで、どこか女らしい羞恥《しゅうち》の色さえうかがえるようだ。

「そうよ。先生を守ってさしあげたくて、わたしが自分ひとりの考えで、やったことなんだわ」

——もしかして、澤田さんは川口先生のことを愛しているのかもしれない。

美穂はふとそんなことを思った。そして、なんだかそれが、ひどく痛ましいことであるように感じられた。もちろん、川口教授には家庭がある。

これ以上、澤田の心のなかを覗《のぞ》き込むのは苦痛だった。もう、こんな話は終わりにしたかった。

「澤田さん、教えていただけませんか。川口先生は吉永さんをどこに連れて行ったんですか。そのＮＧＦの実験はどこでやってるんですか」

美穂はそう尋ねた。

が、もちろん、澤田がそんな問いに答えるはずがなかった。澤田は川口教授のことを信頼しきっていて、なんとか、その研究をまっとうさせたいと願っている。どんなことがあっても、川口教授の研究のさまたげになるようなことはしない。

澤田はまた、あの能面のような無表情な顔に戻ると、

「悪いけど、ここを出て行ってくれないかしら？　こんなことあらためていうまでもないことだと思うけど、どんな事情があるにせよ、部外者のデイルームへの夜間の立ち入りは禁止されているのよ」

そう冷静な声でいった。

美穂の胸に、その部外者という言葉が冷たく突き刺さってきた。このとき何かが、それも自分にとってかけがえのない何かが終わったのを、はっきりと感じ取っていた。

## 2

病院から、池袋寄りに、車で三十分ほど行くと、東京に通じる幹線道路に出る。夜には、陸送のトラック便が頻繁に走り、そのあいだをバイクに乗った若者たちが走り抜けていく、そんな道路だ。

美穂は、今夜二度めのタクシーを使って、その幹線道路に向かった。

長谷川も同行している。ほんとうなら、患者である長谷川を、こんな時刻に外に連れだしたくはなかったが、どうしても一緒に行く、といってきかなかったのだ。

長谷川にしても、ここまできたら、ことの顚末《てんまつ》を、最後まで見とどけたいという気にもなるだろう。その気持ちが分かるだけに、強くは突っ張《ぱ》ねかねた。

さいわい、タクシーの運転手がその二十四時間営業のレストランを知っていた。深夜には暴走族の若者たちがたむろするレストランだという。

もう夜の十一時をまわっている。正直、こんな時刻には、あまり立ち寄りたくないレストランだが、この際、そんな不満はいっていられない。

もっとも、レストランにはほとんど客の姿がなかった。暴走族の若者たちが集まって来るのは、もうすこし遅い時間なのかもしれない。

まだ夕食が終わっていなかったが、食欲はなかった。ジュースを注文した。長谷川もやはり食欲がないらしく、コーヒーを頼んだだけだ。

窓ぎわの席にすわり、待った。そんなに長く、待つ必要はなかった。

ひとりの若者がレストランのなかに入って来た。黒のブルゾンに、ジーンズ、スニーカーを履いて、フルフェイスのヘルメットを小脇にかかえている。

美穂の姿を見ると、

「やあ」

と右手を上げ、はにかんだような笑いを見せた。

野村章夫だ。

美穂のまえにすわる。長谷川に、ちょっと不審げな目を向けると、こっくり、とうなずくような挨拶《あいさつ》をした。

「…………」

長谷川のほうは挨拶を返そうともしなかった。ただ黙りこくって、コーヒーをすすっているだけだ。

美穂もふたりを紹介しようとはしなかった。気がせくし、よしんば紹介したところで、このふたりが、たがいに気が合うとも思えなかった。

「ずいぶん早かったのね」

美穂は章夫にそういった。

「こんな時間だもん。道、すいてるしさ。ここ、池袋のちょっと先だろ。バイクを走らせれば、すぐに着いちゃうよ」

「へえ、スクーターって速いんだ」

「冗談じゃない。スクーターなんかに乗って来るわけないよ。二五〇ｃｃ。ちゃんとしたバイクに乗って来たんだ」

美穂にはスクーターとかバイクの知識はない。二五〇ｃｃといわれても、それがどれぐらいの大きさのバイクなのか、見当もつかなかった。

「ふうん、二台も持っているんだ。章夫くんってずいぶん物持ちなんだね」

「甘やかされて育っているだけだよ。自信のない親にかぎって、子供の欲しがるものは何でも買ってやるんだよな。そんなの、子供はすこしも嬉《うれ》しくないいんだけどね」

「なんだか勝手なこといってるような気がするんだけどな」

「ああ、勝手なこといってる。そんなのは分かってるよ。おれって、甘やかされて、スポイルされた子供だから」

冗談めかしていっているが、案外、本音なのかもしれない。もともと頭のいい少年なのだろう。その拗《す》ねたような表情の下に、チラリ、となにか真剣なものが動いた。

注文を取りに来たウエイトレスに、

「あ、すみません。ぼく、すぐ出ますから、何もいりません」

章夫はそう断わって、立ち上がると、行こうか、と美穂にいった。

「行こうかって、どこに？」

美穂は目をしばたたかせた。

「野村食品のラボがどこにあるか知りたいんだろう？　電話でそういったじゃないか」

「うん、そういったけど……」

美穂はつぶやき、気がついて、あわててつけ加えた。

「だけどね、章夫くんに道案内なんかお願いするつもりはないのよ。ただ場所さえ教えてくれればいいんだ」

「残念でした。それができないんだな」

「え？」

「野村食品のラボったって、会社案内のパンフレットなんかに載っている正式なやつじゃないんだろ？　野村食品だってさ、業界じゃ、けっこう大きな会社なんだぜ。子会社とかさ、筆頭株主になってる下請けの会社なんかを入れると、会社が幾つあるんだか、見当もつかないよ。それなのにさ、そんな秘密のラボとかがどこにあるんだか、そんなこと、おれなんかが知るはずないじゃん」

「だって、章夫くん、電話で知ってるってそういったじゃない？」

美穂は目のまえが暗くなるような思いにとらわれている。ただでさえ、吉永幸枝の行方を一刻も早く突きとめたいと、そう焦《あせ》っているのに、思いもかけず無駄な時間をとられてしまった。そんな後悔の念に胸がふさがれるような感覚を覚えていた。

「知ってるとはいわなかったよ。正確に思いだして欲しいな。ぼくは分かるかもしれないとそういったんだぜ」

「…………」

「調べることはできる。そう思うんだ。親父は自分の書斎にパーソナル・コンピュータを持ってるんだ。本社のホスト・コンピュータとオンライン・システムになってるやつなんだけどさ。もちろん、親父にはコンピュータの知識なんかろくにないから、みんな会社の人間にセッティングさせた。一種の見栄なんじゃないかな。祖父《じい》さんにさんざん頭おさえつけられてたろ。だから、祖父さんがあんなふうになって、自分が経営者になったとたん、新しい社長は近代的なセンスを持っているんだ、というところを見せたかったんだと思うよ。それで、あんなコンピュータを自分の書斎に持ち込んだんだ」

「ねえ、悪いんだけど、あまり時間がないのよ。お父さんのコンピュータの話は、また、今度、ゆっくりと聞かせて——」

美穂がそういいかけるのを、だからさ、と章夫は怒ったようにさえぎって、

「だから、おれ、親父が会社の機密データを書き込んでるファイルのあるとこ、知ってるんだよ。ファイルのなかを覗くのには、親父のコードネームを打ち込んでやらなければならないんだけど、そのコードネームが何だかも知ってる。ほんとうにそんな秘密のラボなんかがあるんだったら、そのファイルのなかを覗いたら、分かるんじゃないかとそう思うんだ」

「お父さんの機密データの入っているファイルを覗く?」

「うん」

「でも、そんなこと、章夫くんにしてもらったら悪いよ。そんなの、お父さんを裏切ることになるじゃないの」

「ほんとに悪いと思うんだったら、あんな電話なんかしてこなけりゃいいんだ。迷惑に思うんだったら、おれ、こんなところまでやって来ないよ」

章夫は怒ったようにそういった。また椅子にすわり込んだ。

「……………」

美穂は黙り込んだ。

考えてみれば、章夫が待ち合わせの場所を指定したときから、こうなる可能性を考えておくべきだったのだ。

美穂は章夫の父親である野村雄策の秘密をあばきたてようとしている。いくら思いあぐねたからといって、その秘密にかかわる場所を、章夫に尋ねるということ自体、思慮が浅かったといえるだろう。

正直、吉永幸枝の居所《いどころ》を突きとめたい一念で、そこまで考えがまわらなかった。

「わたし、そんなつもりじゃなかった。ほんとうに、そんなつもりはなかったの――」

美穂は唇を噛んだ。自分がひどく考えなしの、残酷なことをしてしまったような気がしている。

そんな美穂を見て、章夫はこまったように笑うと、

「何もそんなに深刻になることないよ。親父には前から、なんだか秘密めかしたところがあって、そのことが気になってたんだ。夜中に電話がかかってきて、いきなりどこかに呼びだされたりとかさ。朝になるまで帰って来ないんだぜ。帰って来れば帰って来たで、妙に不機嫌になってたり、反対に上機嫌になったりして、親父、ここんところおかしいんだよ」

野村雄策が頭ごなしに章夫のことを叱りつけるのを見たことがある。野村恭三の葬儀のあとのことだ。この頭のいい章夫が父親には一言も口応えしなかった。美穂はそのときのことを思いだした。

「お父さんのことを――」

自分でもそうとは意識せずに、美穂はそうつぶやいていた。

「心配しているのね」

章夫にはそれが聞こえなかったようだ。あるいは聞こえなかったふりをしただけなのかもしれない。

「父親はあれでもオーナー社長だからね。ある程度のカネは自分の裁量で動かすことができると思う。あくまでも、ある程度で、もちろん無制限に使えるってわけじゃないよ。親父だって、そんな公私混同するほどバカじゃない。そのラボとかにしてみてもさ。その程度の資金で運営している施設だろうから、そんな大がかりなものじゃないと思うんだ。会社の資料を調べてみても分からないと思うよ。親父の個人的なデータを調べてみたほうが話が早いと思う」

「そうね、きっとそうだわ」

やはり章夫は頭がいい。おそらく、章夫の想像しているとおりだろう。

会社のちゃんとした正規の研究所を使うはずがない。入院中の痴呆性老人を対象に、まだ役所から認可も得ていない新薬を投与する、いわば人体実験の場所なのだ。

そのことが、世間に知れれば、川口教授は医師としての、野村雄策は企業家としてのモラルを、それぞれ問われることになる。いや、場合によっては、刑事責任を問われることになるかもしれない。そんな危険を、できるだけ避けるためにも、実験には、人目につかない場所を選ぶのにちがいない。

「とにかく、おれはもう決めたんだからさ。美穂さんが何といおうと、親父のファイルを覗いてみる。美穂さんもほんとうに急いでいるんだったら、おれと一緒に田園調布まで行ったほうがいいんじゃないか」

章夫が断定するようにいった。

「分かったわ」

美穂はうなずいた。

「お願いします」

なんといっても吉永幸枝を連れ戻すことが先決なのだ。ここで、あれこれ迷って、時間を無駄にはしていられない。

「よし、決まった」

章夫は勢いよく立ち上がったが、そのときになってようやく、もうひとり人間がいることを思いだしたようだ。ちょっと困ったような顔になって、

「だれだか知らないけど、この人は連れて行けないよ。悪いんだけど、バイクだから、三人は無理なんだ。この人も一緒に行かなければいけないのかな」

美穂が返事をするより先に、

「わたしのことだったら、ご心配なく。この歳で、バイクなんかに乗ったら、腰を痛めてしまう」

長谷川が落ち着いた声でそういう。ポケットからマッチを取りだすと、それを美穂のほうに差し出した。このファミリー・レストランのマッチだった。

「わたしは夜更《よふ》かしですからね。ここでなんとか時間をつぶしていますよ。若い人を見ているだけで気がまぎれる。そのラボとかの場所が分かったら、レストランに電話してくれませんか」

「お爺さんもラボに行かなければならないんですか」

章夫が怪訝《けげん》そうな顔になった。それはそうだろう。もう夜の十二時近い。長谷川のよう

な老人が出歩く時刻ではない。

「心配ない。夜中に老人を病院から連れだすんだ。朝にはまた病室に戻さなければならない。わたしは断言するんだがね。そのラボというのは間違いなく、このK市にあるね。それもそんなに病院から遠い場所ではない」

「夜中に老人を連れだす?」

章夫には長谷川が何をいっているのか分からなかったらしい。眉《まゆ》をひそめると、

「なんだか知らないけど、お爺さん、ひとりで大丈夫かな。K市は田舎《いなか》だからなあ。ラボがあるにしても、そんなに行きやすいところじゃないかもしれない。それに、こんな時間だから、タクシーだってつかまりにくいだろうしさ」

「大丈夫、ちゃんと行くさ」

長谷川は自信ありげにうなずいた。

もともと刑事をしていたのだから、K市の地理には精通しているのだろう。美穂はそう考えて、そのとき、長谷川の自信を不審にも思わなかったのだが。

3

田園調布に入ると、章夫はバイクのエンジンを切った。バイクから降りると、それを押

して歩いた。深夜の住宅街にバイクのエンジン音を響かせるのを遠慮したのだろう。

そのあとをついて行きながら、美穂はそんな章夫に感心している。こんなところにも章夫の素直な性格がうかがえるようだ。

野村邸には裏口から入った。勝手口というのだろうか。ちょっとした裏庭があり、ポリバケツのゴミ箱があり、ビールの空《あ》きケースが積み上げられている。章夫はそこのブロック塀にバイクを立てかけると、勝手口のドアを開け、美穂を振り返った。

「どうぞ、入ってください」

美穂はこんな遅い時間に、他人の家を訪れたことはない。その家の人間である章夫と一緒なのだから、そんな気をつかう必要はないのだが、なんとはなしに気後《きおく》れするのを感じた。

もっとも気をつかっているのは章夫もおなじであるようだ。義母の妙子には反発している。父親の雄策との関係もぎくしゃくしている。唯一、気が合ったであろう祖父の野村恭三が入院してからは、おそらく章夫にとっても、この家は他人の家であるように感じられるのだろう。

「あの女は買い物に夢中だからね。いつも遅くまで帰って来ないんだ。親父は親父で仕事が忙しいといって夜の三時まえに帰って来たことはない。お手伝いさんは八時に帰るから、この時間は、家にはだれもいないはずなんだ」

章夫はそういったが、その声は低かった。まるで人の家に忍び込んだ無軌道なハイティーンの泥棒のように。

家のなかのほとんどの明かりはともっていた。人がおらず、家具が立派なだけに、なおさら、その明かりは、この家の空虚さを際立《きわだ》たせているように感じられる。

「親父の書斎は二階にある」

章夫は階段を上がって行った。美穂はそのあとにしたがう。

階段の踊り場だけでも美穂のアパートの台所ぐらいの広さはある。あらためて大きな家だと実感させられた。

雄策の書斎は廊下の突き当たりにある。書斎のドアには鍵《かぎ》がかかっている。こんなところにも、この家の家族関係の冷淡さがうかがえるようだ。

章夫はズボンのポケットから鍵を取り出すと、それを鍵穴に差し込んだ。鍵をひねると、ドアが開いた。

「合鍵を作っておいたんだよ。親父が書斎で何をやっているのか、いつもそのことに興味があったもんだから」

章夫は言い訳のようにそういった。

「……………」

美穂は実家の二ＤＫの団地を思いだしている。狭いスペースに家族が押し込められ、美穂が着替えをしているときに、父親が入って来るようなことがよくあった。年頃になってからは、それがいやで、よく父親に喰ってかかったものだが、いまから考えると、美穂は章夫なんかよりはずっと幸せだったのかもしれない。

立派な書斎だ。本棚にはぶ厚い書籍がズラリと並べられ、ファックスから、大型のコピー機、パーソナル・コンピュータまで、あらゆるOA機器がそろえられている。調度はすべてマホガニーで整えられ、いかにも重厚な感じの書斎だった。

が、この書斎にはなんとなく人間の匂いのようなものが感じられない。ただマニュアルどおりに調度をそろえた、というような印象で、個性が感じられないのだ。こんなところにも、ワンマン社長だった父親から会社の経営を受け継いで、懸命に背伸びしている雄策の姿がうかがえるようだった。

章夫は窓の厚地のカーテンを引いた。フロア・スタンドの明かりだけをともす。書斎の窓から明かりが洩《も》れるのを用心しているのだろう。

そして、パソコンのまえにすわると、電源のスイッチをいれた。

パソコンのスクリーンが明るくなる。

「さっきいった親父の秘密のファイルなんだけどさ。ハードディスクに入っているはずなんだ。いまそいつを立ちあげるからちょっと待ってて。こいつ、かなりカネのかかったコンピュータなんだけど、親父、ぜんぜん使いこなしてないんだよね」

「…………」

ハードディスクとかファイルとかいわれても、美穂にはコンピュータのことはまったく分からない。美穂がこれまで触れたことのあるコンピュータといえば、ファミリー・コンピュータだけで、それも弟に機械をセットしてもらって、ようやく使うことができたのだ。ここは章夫がパソコンを操作するのを、ただ黙って、見ているほかはない。

ちくしょう、と章夫がつぶやいた。

「親父、ファイル名を変えたらしい。ハードディスクの中身がぜんぜん変わってる。機密ファイルがどっかに行っちゃってるよ。呼びだせないや」

「うまくいかないの？」

「うん。どうも、ディスクのなかに入ってるのは通信ソフトみたいなんだよね。機密ファイルが見つからないんだよ。もっともモデム機能があるんだから、通信ソフトがハードディスクに入ってても、当然といえば当然なんだけどさ」

「通信ソフト？」

これもまた美穂には分からない。

「うん、ほかのコンピュータにアクセスできるソフトなんだ。親父、不精《ぶしょう》だから、自分のIDナンバーやパスワードなんかもみんな自動的にインプットされるようにしてある。ドアに鍵をかけてあるから、ほかの人間が親父のIDやパスワードを盗み見ることなんかないと考えてるんだろうけど、考えることが甘いんだよな」

章夫はそこで言葉を切って、おかしいな、こんなはずないんだけどな、とこれは自分につぶやくようにいった。

「どうかしたの？」

どうせ分からないとは思いながらも、美穂はそう尋ねずにはいられなかった。

「うん、なんだかアクセスしているのが本社のホスト・コンピュータじゃないみたいなんだ。どっか、べつのコンピュータにアクセスしてるみたいなんだよね。これ、何なんだろう？」

その言葉につられ、美穂が、章夫の肩越しにディスプレイ・スクリーンを覗き込もうとしたとき――

階下から物音が聞こえてきた。人の歩くような音だ。どうやら誰かが家に帰って来たらしい。

「章夫くん」

美穂の声がうわずった。

べつだん、他人の家に無断侵入したわけではない。章夫はれっきとしたこの家の家族なのだ。それを考えれば、べつだん怯《ひる》む必要はないようなものだが、やはり、鍵のかかった書斎に入り込んだという引け目はある。

章夫は、うん、とうなずいた。そして、しばらく階下の気配に耳をすましているようだったが、

「ここにいてくれよ。おれ、ちょっと様子を見てくる」

そう低い声でいって、美穂の返事を待たずに、ドアに向かった。

こんなところにひとり残されたのではかなわない。美穂はあわてて、章夫くん、と呼んだが、そのときにはもう章夫はドアを開けて出て行ってしまっていた。

「もう勝手なんだから」

美穂はとまどった。

吉永幸枝の行方を一刻もはやく突きとめなければならない。その気持ちははやるのだが、いまは、ここでこうして章夫が戻るのを待っているしかないようだ。

美穂はコンピュータのまえの椅子に腰を下ろした。そして、することがないまま、ディスプレイ・スクリーンに目をやった。

「………」

美穂は眉をひそめた。

ディスプレイ・スクリーンに、日本語の文章が何行も何行も連なって、それがかなりのスピードでスクロールしているのだ。ときどき文字が飛んだり、妙な記号に化けたりして、見づらいところもあるが、おおむね読むことができる。

いまのわたしは幸せだ。こんなに幸せでいいのだろうか？　フッとそのことが怖くなるぐらいに——幸せなのだ。

おそらく、今夜も、夫から電話がかかってくるだろう。こんなお婆さんが、そんなことをいえば、人から笑われるかもしれないが、夫と話をすることを考えると、胸がときめいてくるのを覚える。

ふたりの子供が独立し、家を出て行ったときには、わたしは、夜になるのが恐ろしかったものだ。昼間は大勢の生徒さんに取り囲まれているからそんなことはない。暗くなると、自分が独りぼっちになってしまったのが、つくづく身に染《し》みて、頭がおかしくなりそうなほど淋しかった。

いまはそんなことはない。夜になると、夫から電話がかかってくる。そのことを考えると、夜になるのが、待ちどおしい。

早く、夜になればいい。


「幸枝さん……」

美穂は呆然《ぼうぜん》とつぶやいた。

これが吉永幸枝の独白であることはすぐに分かった。彼女の名が記されているわけではないが、生徒さん、という言い方や、その独特の口調から、はっきりと吉永幸枝であることが分かった。

——吉永さんがコンピュータを操作している？

いや、そんなはずはない。吉永幸枝の痴呆症状は、ほかの入院患者に比べれば、軽いほうだとはいえるが、それにしてもコンピュータを操作するのは無理だろう。よしんば痴呆をわずらっていなくても、幸枝の年齢を考えれば、彼女がコンピュータの操作にたけているとはまず考えられない。

章夫はこのコンピュータはほかのコンピュータとアクセスしているといった。そのための通信ソフトとかがハードディスクに入っている。吉永幸枝はどこかほかのコンピュータのまえにすわっていて、誰かべつの人間がそのコンピュータを操作している。そのコンピュータとアクセスしているから、こちらのコンピュータの画面上で、その作業を覗くことができる。要するに、そういうことなのだろう。

——どこなの？　それはどこなの？

美穂は狂おしい思いでディスプレイ・スクリーンを見つめている。

が、どんなにスクリーンを凝視《ぎようし》しても、そのコンピュータがどこにあるのか、それを見つけることはできない。吉永幸枝の所在を突きとめることはできない。

＊　幸枝、待ったかい。ぼくだ。

画面にはそんな文章が浮かんだ。幸枝の死んだ夫があの世から話しかけてきている。それを見たとき、美穂はほとんど悲鳴をあげそうになった。拳《こぶし》を口のなかに押し込んで、かろうじて悲鳴を殺した。

＊　ううん。そんなに待たなかった。わたしのほうが遅れちゃったの。ごめんなさい。

幸枝が返事をする。幸枝はおそらく新婚時代の若い自分に戻っている。ディスプレイ・スクリーンのうえからも幸枝の甘ったれたような気持ちが読みとれた。

もう我慢ができなかった。美穂は立ち上がり、章夫を呼ぶために、ドアに向かった。

そのときドア越しに声が聞こえた。

「冗談じゃないわよ。コソコソ動いているのはあなたのほうじゃないの。自分がそうだからといって、人もそうだと決めつけないで欲しいわね。迷惑よ」

その声には聞き覚えがあった。野村妙子の声だった。

# 4

美穂はためらった。

が、妙子の声にはなにかしら緊迫した響きがあった。そのことが気になった。

思いきって書斎を出て、廊下から階段に向かった。背をかがめて、階段を下り、踊り場の胸壁に身を潜《ひそ》めて、そこからソッと下の様子をうかがった。

階段のすぐ横には大きな応接室がある。

そこに野村妙子がいる。妙子のまえに立ちはだかっているのは、野村雄策だ。

「そんなことをいってもいいのか。おれが知らないとでも思っているのか」

雄策は大声でわめきちらした。その年齢からは考えられないほどの、見苦しいまでの取りみだしようだ。

「あの澤田というオールドミスから、親父の隠し口座のことを聞きだそうとしていたのは、みんな知ってるんだぞ、バカが。恥知らずな真似《まね》をしやがって」

章夫を怒るのを見たときにも、美穂はそんなふうに感じたのだが、どうやら、この人物には逆上癖があるらしい。おそらく、甘やかされて育ったために、ちょっとでも意に染まないことがあると、たやすく激してしまうのだろう。

　が、妙子はそんなことで動じるような女ではなさそうだ。わめきちらす雄策の顔を、平然と見返して、

「恥知らずな真似というのはね。おカネが欲しくて、じつの父親を新薬の人体実験に使うようなことをいうのよ。おどろいちゃう。副作用があるのは分かっているのに、よくも平気であんな真似ができたものね」

「こ、この、いうにことかいて、人体実験とはなんてことをいうんだ。そういうのをゲスの勘繰《かんぐ》りというんだ。おれは何も、親父の隠し口座のことを突きとめたくて、川口にあの治療を頼んだわけじゃない。おまえなんかには分からないだろうがな、あの治療にはめざましい効果があるんだ。川口の合成した神経成長因子はな、血液や、脳関門を通過するんだ。損なわれたコリン系ニューロンを回復させることができるんだ。老年痴呆をなおすことができるんだぞ」

「あまり、いい慣れないことをいうと、舌を嚙むんじゃない？　よしなさいよ。サーカスの学者馬じゃあるまいし。わけも分からないのに、医学用語なんか使うと、かえってバカに見えるから。あなただって、黙っていれば、いっぱしの実業家に見えないこともないんだから」

　妙子は冷笑した。

「たしかに、川口の開発した薬は、効果があるかもしれない。でも、それは本来、経口薬

としては使い物にならないもんじゃなかったの？　それを薬として有効にするために、いったい、何種類の薬を併用するんだっけ。強心剤のジギタリス。それに脳代謝賦活《ふかつ》剤っていうんだっけ、なんとかいう薬。向精神薬の強力トランキライザー。冗談じゃないわよ。まるで薬づけじゃないの。副作用を起こして当然じゃない。現に、なんとかいうお婆さんは、スーパーマーケットで心筋梗塞《こうそく》を起こして死んじゃったじゃない」

階段の胸壁のかげに潜んで、それを聞きながら、

——なんてことを。

美穂は全身が冷たくなるような思いにかられている。

スーパーマーケットの駐車場に倒れていたとき、伊藤道子がおびただしい汗をかいていたのを思いだした。あの汗のかきかたは、いくらなんでも異常だった。いまから考えれば、あれは副作用だったのか。

強心剤は、たしかに血行を改善し、脳循環を改善するから、ボケやせん妄《もう》の治療に効果があるとはいえる。が、当然のことながら、強心剤には副作用があるから、それを患者に投与するには、細心の注意を要する。むやみに与えていいというものではない。

聖テレサ医大病院で使用している脳代謝賦活剤は、主に塩酸メクロフェノキセートと、塩酸ピリチオキシンだ。赤血球変形態を改善し、脳の血行を改善し、神経細胞の代謝促進をうながす。たしかに、ボケやせん妄に効果があるようだが、決定的といえるほどの効果

は報告されていない。これも漠然と痴呆性老人に使っていい薬ではない。

向精神薬にいたっては、わずかな量でも、眠気、ふらつき、筋肉弛緩《しかん》、脱力感などの副作用があり、ひどい場合には、立っていることさえ困難になってしまう。そればかりではなく、深い意識障害や、せん妄を起こすことも、まれではないといわれている。ある意味では、老人にとって、危険な薬なのだ。

本来、神経成長因子は脳関門や、血液を通過しない薬であるらしい。これらの薬を併用すると（もちろん、そればかりではなく、ほかにもさまざまな技術が使われるのだろうが）、神経成長因子がどうして脳関門や、血液を通過するようになるのか、専門的な知識のない美穂には、それはなんとも理解できないことだ。

ただ、そんな医学には素人《しろうと》の美穂でさえ、強心剤や、向精神薬を際限もなく老人に投与するのが、どんなに危険なことであるか、それぐらいのことは分かる。ほとんど殺人もおなじ行為だといえた。

「それもおまえの出来損ないの兄貴が調べたことなんだろう。あの伊藤道子という婆さんは、もともと心臓が弱かったんだ。老年痴呆で、体力もおとろえていた。なにも川口の治療のせいで死んだとはかぎらない」

雄策はそう抗弁したが、その声はやや弱々しかったようだ。が、すぐに気力を奮《ふる》い起こすようにし、

「川口は神経成長因子の合成に成功した。神経成長因子を大量に合成することができるようになれば、脳細胞のコリン系ニューロンを再生する治療が可能になる。だれが何といっても、こいつは画期的なことなんだ。それだけじゃない。川口が開発しようとしているのは、神経成長因子の投与をともなった、まったく新しい治療だ。これまでの老人医療を一変させる新技術なんだ。頭がいいように見えても、しょせん、おまえは女だよ。目先のことしか見えない」

「…………」

妙子は冷笑したようだ。美穂からは、妙子がどんな表情をしているのか見てとることはできないが、想像はつく。おそらく妙子はあの美しい顔に、人をさげすむような笑いを刻《きざ》んだのだろう。

「おれにとって、親父の隠し口座のことなんか二の次だったんだ。もちろん、どこの銀行の、どこの口座か、それが分かるにこしたことはないさ。あの親父のことだ。一億や二億のカネじゃないだろうからな。おれだって、多少は強引な手を使う。だけどな、川口のこの新技術が完成すれば、そんな金額はハシタ金になっちまう。野村食品が一気に世界に飛躍することができるんだ。そんなたかが知れた隠し口座なんか、どうでもいい。欲にかられたおまえなんかには分からんだろうが、これはみんな会社の発展のためにやってることなんだ」

「だから、あなたは二代目の甘ちゃんだというのよ。いつもお義父《とう》さんに頭を押さえつけられてきたもんだから、お義父さんがあんなことになったとたん、たががはずれてしまったのよ。自分の力も分からずに、突っ走ってしまったんだわ。あなたは二代目のお飾り社長でいればよかったのよ。それだけの頭と、力しか持ちあわせていないんだから」

痛烈な言葉だった。ほとんど顔をひっぱたかれるのに等しい。さすがに鼻じろんだらしく、雄策は何もいおうとしなかった。

ただ、美穂は、おそらく美穂だけは、その言葉の裏に、かすかに悲しみの響きがあるのを感じ取っていた。

「お義父さんは善人じゃなかった。悪党だったわ。でも、筋の通った悪党だった。だれにも頼らずに、自分の力だけを信じて、生きてきた。わたしだって、こんな女ですからね。善人なんかじゃない。善人なんかにはなりたくもない。だから、お義父さんの隠し口座を知ろうとしたのよ。分からないの、あれは悪党同士のゲームだったのよ。わたしたちは好敵手だった。お義父さんはあんなふうにボケてしまったけど、もし健在だったら、わたしのことを分かってくれたと思うわ。もちろん、わたしのことを憎んだでしょうよ。でも、分かってはくれたはずだわ。お義父さんも、わたしも、世間なんかどうでもいい。自分の力だけを信じて生きていく、筋の通った悪党同士なんだから」

「おまえは何を話しているんだ。頭がおかしくなったんじゃないのか。おれにはおまえが何を話しているんだか、さっぱり分からないよ」

「分からないでしょうね、あなたには。野村食品が一気に世界に飛躍するだの、会社の発展のためだの、そんなきれいごとをいってるあいだは、あなたにはお義父さんのことなんか分かりはしない。わたしのことも分かりっこない。あなたはしょせん甘やかされた二代目で、悪党にさえなれない人なのよ」

「おまえはおれの女房だぞ。な、生意気な口をきくな」

雄策は逆上したようだ。いきなり妙子の顔を殴りつけた。それも平手《ひらて》ではなく、拳で殴りつけたのだ。

妙子はガクンと首をのけぞらせ、ヨロヨロと後退した。が、悲鳴はあげなかった。妙子は男に殴りつけられて、悲鳴を上げるような女ではない。

むしろ、それを見ていた美穂のほうが悲鳴を上げそうになったほどだ。とっさに拳を口に当てて、その声を殺した。

そのとき応接室の入り口に章夫が現われるのが見えた。

美穂はこのときの章夫の表情を忘れられない。悲しみとも、怒りともつかず、それでいて、その底にしんと澄んだものをみなぎらせた、そんな表情だった。

高校生の少年の表情ではなかった。このとき、章夫はなにかをふっ切って、大人になったのだ。そのことが美穂にははっきりと分かった。

章夫は応接室に踏み込んできた。おそらく、これまでどこかに潜んで、ふたりの話を聞いていたのだろう。その顔には決然とした怒りの色があった。

突然、章夫が現われたことに、さすがに雄策も、妙子も呆然としたようだ。章夫がこんなところに出て来るはずがないのだ。とっさには、ふたりとも言葉もなかったらしい。

父さん、と章夫はいった。

「お義母《かあ》さんを殴るのはやめろよ。これ以上、お義母さんを殴ったら、ぼくが黙っちゃいないよ」

5

——お義母さん？

美穂は自分の耳を疑った。章夫はこれまで妙子のことをけっして母親とは認めようとはしなかった。いつも、あの女、とそう呼んでいた。

「な、何なんだ。おまえは。なんでおまえがこんなところにいるんだ。おまえはこんなところにいちゃいけないんだ」

雄策はそう叫んだが、その声はほとんど気がふれたかのようだった。

章夫が、こんな時刻、こんな場所に現われたのが信じられずに、精神のバランスを崩してしまったらしい。妙子のいったことは正しかった。雄策はしょせん甘やかされた二代目で、たやすく混乱し、正常な判断力をうしなってしまう。

「そんなことはどうでもいいだろ。ぼくは現にここにいるんだから。そんなことより、父さん、もうお義母さんを殴らないで欲しいな。そんなことをしちゃいけない」

「な、なんだ。それが父親に向かっていう言葉か。おまえはこんな女のことを母親と呼ぶのか。おまえも聞いたろう。こいつはお祖父さんのカネを狙っていたんだぞ。こんな女は離婚してやる。もうおまえの母親なんかじゃないんだ。こんな女を母親呼ばわりして、それで、死んだ母さんに申し訳がたつと思っているのか」

「死んだ母さんのことはいわないで。父さん、あんたに、死んだ母さんのことを口に出す資格なんかない」

章夫の声は低かった。ほとんど穏やかといってもいい声だった。

しかし、それでも野村雄策には何かが伝わったらしい。おそらく、それは肉親にだけ通じ合う何かだったのだろう。

雄策は、一瞬、怯《ひる》んだような表情になったが、

「父親に向かって、あんたとは何だ。そんな口のききかたをしてもいいのか。そんな口のききかたは許さん」

かろうじて、そういった。力のない声だった。怒るというより、弱々しく抗議している

といったほうがいいかもしれない。

が、もう章夫は父親には目もくれようともしなかった。妙子を振り返ると、行こう、お義母さん、とそういった。

「ええ、行きましょう」

妙子はうなずいた。めずらしく、とまどったような表情になっている。

気が強く、人を人とも思わないはずの妙子が、このとき、どうしてか章夫にだけはおとなしくしたがった。

章夫は父親から目をそむけたまま、

「父さん、ぼくは家を出ます。今夜のうちに荷物をまとめます」

そう宣言した。もう少年の声ではない。

「バカな。高校生がひとりでどうやって生きていくというんだ。そんなことができるもんか。二、三日のうちに、尻尾《しっぽ》をまいて、逃げ帰って来るに決まっている」

雄策は笑おうとしたらしいが、うまくいかなかった。その声が震えていた。

「章夫はあなたとは違う。いったん口にしたことはやり抜く子よ。それに、ひとりで生きていくのでもないわ。わたしも一緒に家を出る。はじめてお義母さんと呼んでくれたんだもん。お返しに、せめて部屋を見つけてやって、ひとりで生きていくお膳立てぐらいはしてあげなくちゃね。覚えてる？　わたしの出来損ないの兄は不動産屋なのよ」

妙子がそういい、章夫にうながされ、階段に向かって歩いて来た。

「章夫、おれはおまえに野村食品をもっと大きくして残してやりたかったんだ。親父の隠し口座のことなんか二の次だった。そのためにこんなことにも手を出した。みんな、おまえのためだったんだ」

雄策は大声を張り上げた。その声はほとんど悲鳴に似ていた。

「あなたは無理をしすぎたのよ。その無理がいろんな事件を引き起こした。ひとりのお婆さんが薬の副作用で死んでしまった。だれがやったのか知らないけど、お義父さんは明らかに殺されたのよ。こんなことがたてつづけに起きたんじゃ、新薬の開発どころじゃないでしょ。いずれ警察が乗りだしてくるわ。身内に無断で、年寄りを新薬の人体実験に使っていたなんてことが分かったら、世論だって、黙っちゃいない。野村食品を大きくするどころか、潰《つぶ》しかねない」

「…………」

「かわいそうな人ね。あなたが、ただの凡庸《ぼんよう》な二代目なんかじゃない、そうみんなを見返してやりたかった気持ちは分かる。いつになっても、先代のお義父さんと比較され、陰口をたたかれるんじゃ、たまったもんじゃないもんね。でも、あなたは無理をしすぎた。やりすぎてしまったのよ」

「…………」

雄策は立ちすくんでいる。その顔が急に老《ふ》けてしまったように感じられた。死んだ野村恭三の顔に似ていた。

そんな雄策を残し、章夫と、妙子は出口に向かった。

その途中で章夫がふと何かを思いだしたように立ち止まった。そして、階段のほうを仰《あお》ぐと、

「美穂さん、行こう」

そう声をかけてきた。どうやら章夫は美穂が階段の踊り場に潜んでいたのに気がついていたらしい。

——参ったな。

美穂としては姿を現わさざるをえない。おそるおそる階段を下りて行く。が、雄策はただぼんやりと鈍い目で、美穂を見ただけだった。美穂が誰であるかにもほとんど関心がないらしい。

そこにいるのは、家族をうしない、打ちひしがれた男だった。一流企業の経営者であり、おそらくは資産家でもあり、そして何より孤独な男だ。

妙子は美穂を見ても、わずかに眉を上げただけで、驚いた様子はなかった。この人はどんなことにも驚かないのだろう。

妙子は美穂にうなずいた。そして、章夫をうながし、玄関を出て行った。

「お邪魔しました――」

美穂は遠慮がちに挨拶をした。

が、雄策は返事をしない。無感動にうなずくと、そのまま、ソファに力なくすわり込んだ。両手に顔を埋めた。

章夫たちに遅れて、美穂は玄関を出た。

ドアを閉めるとき、背後に悲痛な泣き声が聞こえてきた。ほとんど悲鳴に似ていた。泣き声はすぐにやんだ。

妻と息子をうしなった男の声だった。


田園調布の町に風が吹いていた。かすかに芳《かぐわ》しい花の香りがする。

――何の花だろう?

ふと美穂はそんなことを思った。花が好きなのに、花の名を知らない。

あの紺色のＢＭＷが停まっている。そのドアに寄りかかるようにし、妙子がタバコを吸っている。その赤い火がホタルのようだ。

美穂が出て来るなり、

「章夫に聞いたんだけど、野村食品の研究ラボを探してるんだって? 雄策が個人的に関わっている研究所、わたし、どこにあるか知ってるよ」

妙子はそう声をかけてきた。

「ほんとうですか」

美穂は妙子の顔を見た。

「うん。なにしろ、なんとか野村からまとまったカネを引き出そうと、わたしも必死だったからね。野村はそれをラボ分室と呼んでいるんだけど、なんだか妙に隠したがるんで、気になってね。兄貴を使って、どこにあるんだか、調べさせたんだよ――病院の近くにあるんだ。急いでるんだって？　何があったんだか知らないけど、これから連れてってあげようか」

助かります、と美穂は反射的に弾《はず》んだ声をあげたが、

「でも、もう二時をまわっています。こんな時間にご迷惑じゃないですか。場所さえ教えていただければ、わたし、タクシーかなんかで行きます」

いまが深夜であることを思いだし、あわててそうつけ加えた。

「そんなこと気にしなくていいよ。最近はね、いい女はみんな夜中に車を乗りまわしてるんだよ。昼間は男をかき分けて運転しなけりゃならなくて面倒だからね」

妙子はタバコを投げ捨てた。その火をヒールで踏みにじって消した。男のような乱暴なしぐさだが、そんなしぐさが妙子にはよく似あっている。素敵だった。

いつか真似してやろう、と美穂はそう思った。そう、三十歳を過ぎて、それでもまだい

い女で、タバコを吸っていたら、そのときにはきっと真似してやるんだ。

義母さんと章夫がいった。もしかしたら、初めてそう呼ぶのかもしれない。なんだか、ぎこちない口調だった。

「ああ、あのう、ぼくも一緒に行こうか」

「悪いけど、そんな、義母さんなんて呼ばないでくれる？　わたし、そんな歳《とし》じゃないんだよね。それに、あんたのお父さんとも離婚するつもりだしさ」

妙子はピシャリと章夫を払いのけるような口調でそういい、

「来なくていいよ。あんたが来たって何の役にも立たない。そうだな。あんた、とりあえず蓼科《たてしな》の家にでも行っといで。バイクで走ればすぐでしょう」

「…………」

一瞬、章夫は気後《おく》れしたようだ。怯んだような顔になった。それを見て、妙子はフッと笑った。

「わたしもあとから行くよ。そこでこれからのこと相談しよう」

一転して、優しい声でそういった。母親の優しさではない。妙子に母性は似あわない。おそらく、それは、どんなときにも自分ひとりで人生を切りひらいてきた女だけが持つことのできる優しさだった。

これで何度めになるか、この人にはかなわない、と美穂はあらためてそう思った。

## 6

　一瞬、ＢＭＷのエグゾーストノートが噴き上がるように高まった。車はするどくコーナーを切って、ダートロードのなかに突っ込んでいくと、すばやくバランスをたてなおした。そして、停まる。

　妙子がエンジンを切ったあとも、まだ鼓膜がジンジンと鳴っていた。実のところ、美穂がスポーツ・タイプの車に乗るのは、これが生まれて初めてのことだった。

　妙子は優《すぐ》れたドライブ・テクニックを持っているが、それだけに、やや運転が乱暴なきらいがある。

「ここよ」

　妙子はそういったが、その声も、どこか遠くから聞こえてくるようだ。

「…………」

　美穂はウィンドウ・ガラスを下ろした。そして、窓から顔を出すと、あたりを見まわした。

　病院からどれぐらい離れているのだろう。あまりＫ市の地理をよく知らない美穂には、見当もつかないことだが、それほど病院から遠くはなさそうだ。

淋しい場所だ。ほとんど山のなかといっていい。幹線道路から、一キロほど入ったところなのだが、まったくといっていいぐらい、人家がない。ただ、雑草だけがぼうぼうと茂っている。

正面に造成地がある。ただし、造成の途中で、なんらかの事情で、工事が中断されたらしい。なだらかな崖《がけ》がヒナ段に切り崩され、いたるところに鉄骨だの、プレハブなどの工事材が、雨ざらしになって、積み上げられている。ほかには何もない。

街灯がポツンとひとつともされているのだが、その弱々しい明かりが、なおさら、この場所のわびしさをつのらせている。

その造成地からわずかに離れて、やや奥まったところに、マッチ箱を横にしたような、三階建てのビルが建っている。かなり老朽化したビルといえるだろう。

それだけを確かめると、美穂は妙子を振り返って、

「電話をお借りしてもよろしいですか」

そう尋ねた。

妙子はうなずいて、携帯電話を取ると、それを美穂に渡した。そして、自分はさっさと車から降りていった。

ファミリー・レストランのマッチで電話番号を確かめ、その番号を押した。

美穂はこれまで携帯電話というものを使ったことがない。すぐに相手が出て、ハイ、と

返事をしたが、それだけでなんだか嬉しくなってしまう。

「申し訳ありません。お客さまの長谷川也寸志さんという方をお願いしたいのですが」

すこし間があり、おなじウエイトレスが出て来て、

「お呼びしたのですが、長谷川さんという方はいらっしゃらないようです」

「…………」

美穂は唇を噛んだ。

あれだけレストランで連絡を待っている、と長谷川はそういったのだ。連絡を受けずに帰るはずがない。おそらく、トイレか何かで座を外しているのだろう。

「すみません。それでは伝言をお願いできないでしょうか」

あらためてそう頼んだ。

「わたし、平野という者なんですけど、いま、これからいう場所にいます。そのことを伝えてください」

研究所のくわしい住所は分からないが、幹線道路のどこを曲がったのか、それだけははっきりと覚えている。そこから一キロほど西に向かった。タクシーの運転手にそれを告げれば、長谷川がここにたどり着くのは、そんなに難しいことではないだろう。

電話を切って、車を出た。

「行きましょう」

妙子がそう美穂をうながした。どういうつもりなのか、脇に工具箱を持っている。そのまま研究所に向かった。

美穂もあわてて妙子にしたがった。

まわりに金網が張りめぐらされ、門扉《もんぴ》がついている。表示もなければ、門扉には明かりもついていない。大きな南京錠《なんきんじょう》がかかっている。

もちろんインターフォンなんかない。閉鎖的といっても、これほど閉鎖的な施設もめずらしいだろう。かたくなに人が近づくのを拒《こば》んでいる。

美穂は門扉のまえに立ち、

「どうやって入ればいいかしら?」

途方にくれて、妙子を振り返った。

妙子は返事をしなかった。フンと鼻で笑う顔つきになった。門扉から金網にそって、すこし歩いて行くと、そこに片膝をついた。そして、工具箱からペンチを取りだした。とてもよく切れそうなペンチだった。

「こうやって入ればいいのよ」

妙子は金網をペンチで切りはじめた。針金の切れる音が、パチッ、パチッ、と小気味よく響いた。

美穂は呆気にとられた。瞬《またた》くうちに、妙子は、金網に人間がひとり潜《もぐ》り込めるぐらいの穴を開けた。非常に手際《てぎわ》がいい。

「わたしがつきあえるのはここまで」

妙子は立ち上がると、そういった。いつもながら、さばさばとした口調だ。

「あとは自分でやりなさい。どういうことだか知らないけど、これはあなたの仕事なんだからね。六本木《ろっぽんぎ》でね、友達が朝までパーティをやってるんだ。野村とあんなことになったからね。これから、せいぜいパーティにでも行って、新しい男を見つけなきゃなんないのよ。章夫のアパートの心配もしなければならないし、車やマンションのローンだって残ってる。こんな汚いビルに潜り込んだんじゃ、セットが乱れちゃう。男が逃げちゃうよ」

妙子さんだったら、と美穂は熱のこもった声でいった。

「どんな男だってイチコロですよ。絶対にいい男が見つかります。だって、妙子さん、とってもいい人なんですもの。最高にいい女です――」

本心からそういった。妙子は美穂とはまったく違う生き方を選んだ女だ。しかし、好きにならずにいられない。

妙子はフッと笑って、

「ありがとう。あなたみたいな可愛い人からそういわれると、自信がついちゃうよ。だけどね、本気でわたしを最高にいい女だと思うんだったら、野村の爺さんの隠し口座ナンバー、あれを見つけてくれないかしらね。わたし、まだ、あきらめきれないんだ」

美穂は笑い声をあげた。

おそらく、妙子とはもうこれで二度と会うことはないだろう。妙子は最後の最後まで感傷的になるのを拒んだ。どうやら妙子はそんな女であるらしい。そして、美穂はそんな妙子のことが好きなのだ。

妙子は手を振ると、さっさとＢＭＷに戻っていった。振り返ろうともしない。車に乗り込むと、エンジンをかけ、発進させた。すばやくシフトアップし、スピードをあげて、夜の闇のなかに消えていった。

美穂はしばらく立ち尽くしていた。

ＢＭＷのエグゾーストノートが妙子の別れの挨拶だ。いかにも妙子に似つかわしい挨拶だった。

# 第七章　人格崩壊

## 1

なんとなく自分が泥棒にでもなったかのように感じる。他人の敷地に無断で侵入するのだから、つい怯《ひる》んでしまうのも、当然かもしれない。

もっとも、病院から連れだされた吉永幸枝のことを考えれば、そんな悠長なことはいっていられない。

——しっかりするのよ、美穂。

そう自分をはげましながら、敷地の闇のなかを進んで行く。

極端に、窓の少ないビルだ。といっても、最初から窓が少なかったわけではなく、最近になって、窓をふさいだらしい。ところどころ、新しいコンクリートの塗りあとがあるが、おそらく、もともとはそれが窓だったのだろう。

一階には窓がないが、二階、三階には窓がある。二、三階は、覗《のぞ》かれる心配がないからだろう。三階の窓からはぼんやりと明かりが洩《も》れている。その明かりがなければ、このビルは、無人の、廃屋《はいおく》のように見えるにちがいない。

できれば、入り口からちゃんと入りたかった。が、そうすることはできなかった。

美穂が入り口に近づいたとき、ふいにドアが開いて、人が出て来たのだ。

美穂は闇のなかにうずくまった。なんだか忍者ゴッコでもやってるようで、自分でも滑稽《こっけい》な感じがするのだが、この際、そんなことは気にしていられない。地面にへばりつくようにして、ジッと身を潜《ひそ》めている。

その人影は門扉《もんぴ》に向かった。

門扉の横に小さな鉄のくぐり扉がある。その扉のまえで腰をかがめた。ガチャガチャと鍵《かぎ》の音がした。

鍵が開いたらしい。腰を伸ばした。外の明かりのなかに、その顔が浮かんだ。

美穂は声をあげそうになった。声をあげなかったのが自分でも不思議だった。

それは新谷登だったのだ。

どうして、新谷がこんなところにいるのだろう？　こんなところにいるはずのない人だった。

新谷は扉をくぐって出て行った。いつも茫洋《ぼうよう》としている新谷が、妙に沈痛な表情になった。

ていた。まるで別人のようだ。

新谷は去って行った。

その姿が見えなくなってからも、美穂はしばらく動くことができなかった。美穂は新谷だけは信じていた。尊敬していた澤田婦長、川口教授のふたりは、もう尊敬することも信じることもできなくなっている。いまの美穂には新谷だけが唯一信じられる人だったはずなのだ。

——新谷さんも川口先生の実験を手伝っていたんだ。

考えてみれば、べつだん、不審とするようなことではない。新谷は優秀な研修医だ。川口教授が、新谷を自分の助手として選んだとしても、何の不思議もない。

何の不思議もないが——美穂はそのことが悲しかった。悲しくてならない。涙が滲《にじ》んでくるのを覚えた。いまになって分かるのだが、美穂は新谷のことを好きだった。あんなに好きだったのに……新谷は美穂のことを裏切っていたのだ。

しかし、いまはいつまでもそんなことを悲しんではいられない。泣くのはいつだってできるだろう。いまは吉永幸枝を一刻もはやく見つけなければならないのだ。

——あんな奴にリンゴあげて損しちゃったな。

美穂はそう胸のなかでつぶやいた。悲しみをなんとか冗談にまぎらわせ、また元気を取り戻そうとした。

——このことが終わったら、ワアワア泣いてやる。うん、そうしよう。

そう自分を力づけて、立ち上がった。

ビルの横手に、ただ板を打ちつけて、ふさいだだけの窓があった。

美穂は苦心惨憺《さんたん》して、その板を剝《は》がした。窓の桟《さん》はクギで打ちつけてあったが、ガラス越しに見ても、そのクギが甘くなっているのが分かった。窓枠をつかんで、それを何度か揺らしているうちに、クギが抜けた。慎重に窓を開けた。

窓からビルに忍び込んだ。

なかには必要最低限の明かりがともされている。なんとか転ばずに、歩ける程度の明るさだ。コンクリートが打ちっぱなしのまま、ろくに内装もなされていないが、思ったよりも、なかは清潔だった。

考えてみれば、それも当然かもしれない。外観がどうあれ、このビルは医学の研究施設であるのだから。

エレベーターはない。足音をしのばせながら、階段を上がって行った。

二階の通路にぼんやりと明かりがともっている。

もともとはオフィス用に建設されたビルであるらしく、通路の横手に、広い空間が広がっている。もっとも、鉄筋コンクリートの柱があるだけで、壁も完全には仕上がっていない。打ちっぱなしのコンクリートが衝立《ついたて》のように視界をさえぎっている。

反対側の壁にドアがある。磨《す》りガラスの窓が塡《は》まったドアだ。そのガラス窓に内側から明かりが射していた。

ためらった。しかし、吉永幸枝を見つけたいと思ったら、多少の危険は覚悟しなければならない。そのドアに近づいた。

腰をかがめ、ドアに耳を寄せて、なかの様子をうかがった。

エアコンディショナーのかすかな振動音が聞こえてくる。それ以外には、なにも聞こえない。人の気配は感じられない。

この古ぼけたビルに、エアコンはふさわしくない。

――この部屋は何だろう？

なにか戦慄《せんりつ》めいたものが体の底から噴き上げてくるのを感じた。掌《てのひら》にジットリと冷たい汗をかいていた。

ここだ！　ここだ！　誰かが頭のなかでそう叫んだように感じた。大声で、勢い込んで叫んでいる。しかし、なにがここなのか、美穂にはそれが分からない。

ためしにノブをひねってみた。ノブはたやすく回転する。鍵はかかっていない。

美穂は迷った。迷っていても仕方がない。そうも思った。こんなとき妙子さんならどうするだろう？　そう考えた。もちろん、あの妙子なら、ためらわずドアを開けるにちがいない。大きく深呼吸をした。そして、思いきって、ドアを開けた。

そんなに大きな部屋ではない。いや、かなり大きな部屋だ。おそらく一〇坪以上はあるだろう。それがそんなに大きく感じられないのは、あまりに、この部屋が雑然としすぎているからだろう。

床の、いたるところに、コードの束《たば》が走っている。

コンピュータがある。モニターがある。ディスク・ドライブがある。ありとあらゆる医療機器がある。

心電図解析装置、脳波のオシロスコープ、生化学自動分析装置――

それぐらいは病院で見ているから、なんとか分かるが、そのほかの機器となると、何に使うためのものか、美穂はかいもく見当もつかない。

大型のエアコンディショナーが作動していて、壁に塡めこまれたファンが、唸《うな》りをあげて回転している。

これだけの装置を作動させるとなると、その発熱量もたいへんなものだろう。窓がないだけに、なおさら室温が高くなる。エアコンディショナーが必要なわけだ。

人の姿はない。ただ、おびただしい電子機器だけがある。

――何なんだろう、ここは？

美穂は部屋のなかに踏み込んで行った。そして、思わず、声をあげた。

「吉永さん!」

大型のエアコンのかげに隠れていて、これまで、うかつにも気がつかなかった。

部屋のなかに、吉永幸枝がいた。

2

しかし、これがほんとうに吉永幸枝なのだろうか。なにか非現実的な悪夢でも見ているような印象がある。

幸枝は大きなコンピュータ(ワーク・ステーションというのだろうか)のまえにすわっていて、しきりにモニター・スクリーンに見入っているのだ。

このモニター・スクリーンが大きい。優に七〇インチの大型テレビ・ディスプレイの大きさがあるのだ。

幸枝と、コンピュータの取りあわせだけでも、充分に意外なのだが、彼女はただワーク・ステーションのまえにすわっているだけではない。

モニター・スクリーンのうえに、万年筆のような形をした、細長い装置がある。

その万年筆のいわばペン先に当たる部分から、糸のように細い赤外線のビームが放射されている。その赤外線は幸枝の目に当たっている。幸枝が顔を動かすにつれ、その万年筆のような装置も微妙に動く。どんなに幸枝が顔を動かしても、赤外線のビームはぴたりと幸枝の目に当たっている。

そればかりではない。幸枝は奇妙な手袋を塡めている。黒いプラスチックの光沢《こうたく》を持った手袋だ。その手袋からはコードの束が重く垂れ下がっていて、それがコンピュータに接続されているのだ。

幸枝は電話の受話器を握っている。しきりに何かボソボソと話している。どうやら、その電話は音声センサーのようになっているらしい。幸枝が話すことが、そのままコンピュータに入力される。

音声で入力できるコンピュータがあると聞いたことがある。どうも、そのコンピュータがそうであるらしい。

「わたしは悪い奥さんだった。いまになってつくづくそう思いますよ」

電話からそう幸枝の声が洩れた。

モニター・スクリーンに幸枝の言葉がそのまま表示される。暗い画面に青色の文字が走る。

〝わたしは悪い奥さんだった。いまになってつくづくそう思いますよ〟

一、二秒、間があき、すぐにまたスクリーンに文字が走る。

〝そんなことはないさ。そんなに自分を責めることはない。ぼくはきみのような人と結婚できて幸せだった。死んでいくときには、きみに心が残って、死にきれない思いがしたもんだ。きみはぼくには過ぎた女房だったよ。こうやってきみとまた話ができて、ぼくは幸せだ〟

美穂はヨロヨロと後ずさった。ゾッと髪の毛が逆立《さかだ》つのを覚えた。

――幸枝さんはコンピュータと話をしてるんだ。

野村雄策の書斎にあったコンピュータは、このワーク・ステーションとオンライン接続されていたらしい。美穂が雄策の書斎で覗き込んだスクリーンには、ここでの幸枝とコンピュータとの会話がオンライン表示されていたのだ。何のために、そんなことをする必要があったのかは、美穂にはわからない。スポンサーの野村に対する気づかいのようなものか。

コンピュータと話をしている。いや、もちろん、幸枝は自分では死んだ夫と話をしていると思い込んでいるのだろう。赤外線のビームが目に反射し、それがひどく不気味な印象をかもしだしているのだが、にもかかわらず、幸枝の表情は優しさに満ちていて、ほとんど美しいとさえいえた。

　これもまた川口教授の実験なのだろうか。これもまた老人たちの痴呆をなおすために開発された新しい装置なのか。

　たしかに、痴呆性老人はだれもが、それまでの人生のなかで根幹をなしている、いわば芯《しん》のような記憶を持っている。よほど痴呆が進行しなければ、その根幹をなしている記憶までもがうしなわれることはない。べつだん、そんな統計があるわけではないが、これは美穂のとぼしい経験からも、たしかにそういえるようだ。

　その痴呆性老人の根幹となっている記憶を掘り起こし、それを足がかりにして、記憶障害、知覚障害を回復していく治療の可能性も考えられないではない。精神医学でいう自由連想治療のようなものだろう。脳細胞のコリン系ニューロンを回復させるという神経成長因子の投与と並行して、これをつづければ、あるいは痴呆治療にある程度の効果を期待できるかもしれない。患者の記憶障害、知覚障害の回復を望めるかもしれない。

　テレフォン・クラブの女たちは誰もが死んだ人間と話をしていた。伊藤道子は自分が二十二歳と信じて、若いころの恋人と話をしていた。愛甲則子は死んだ父親と話をしていた。佐藤幸子は死んだ姑《しゆうとめ》と話をしていた。そして、いま、吉永幸枝は死んだ夫と話をしている……

　彼女たちにとっては、いずれもいま生きている誰よりも懐かしく、愛《いと》しいと感じている人たちなのだろう。老いて、痴呆症状にかかり、しかし、その衰えた意識のなかで、まだ鮮烈に生きている、大切な人たちなのにちがいない。

しかし……

それでも美穂はこの治療を全面的に支持する気にはなれない。人間にとって思い出ぐらい個人的なものはないのではないか。それはどんなに不幸でしいたげられた人たちをも慰めてくれる、唯一の、それだけに何よりも貴重な、他人がけっして侵してはならないものではないか。よしんば治療のためとはいえ、第三者が、それを人為的に引きずり出すようなことが許されていいはずがない。

幸枝はまた何かつぶやいた。

今度は、それに反応し、モニター・スクリーンに、なんだかわけの分からない図形のようなものが映った。幸枝のつぶやきにつれ、それがめまぐるしく色と形を変える。幸枝が手を動かすと、その画面も敏感に反応するようだ。

美穂はその手袋に似たものを、これも弟のファミコンのセットで見たことがある。付属の手袋を手に塡め、それを動かすと、画面のゲームがそれに反応するのだ。たしか弟はそれをデータグローブと呼んでいた。幸枝の塡めているのも（もちろん、ファミコンの付属品よりもはるかに精緻《せいち》なものではあろうが）、それと似たような手袋であるにちがいない。

おそらく、第三者の目には、たんなる図形の動きとしか見えない画面が、それを見ている幸枝には、過去の人生の生々《なまなま》しい再現に見えるのだろう。

自分が何か、ひどくまがまがしく、グロテスクなものに接している、という印象があった。嫌悪感が強い。嫌悪感？　いや、それはほとんど恐怖感といってもいいものだったかもしれない。

そんな幸枝の姿を見ているのが、もうこれ以上、我慢ができなかった。

「吉永さん、何をなさっているんですか。吉永さん――」

美穂はそう声をかけた。

が、幸枝は顔を向けようともしない。おそらく、そこに美穂がいることにも気がついていない。ただ一心にモニター・スクリーンに見入っている。ひたすら口のなかでつぶやきつづけている。

「吉永さん、吉永さん」

美穂は幸枝の肩を揺さぶった。

そのときのことだ。背後に人の気配を覚えた。悲鳴をあげた。いや、あげたと思ったが、実際には、それは声にはならなかったようだ。ただ息が洩れただけだった。

そこに川口教授が立っていた。大柄な川口教授が、いまは力なくうなだれ、ひどく小さな人に見えた。その顔が疲れきっていた。

こんなに惨《みじ》めに憔悴《しょうすい》しきった川口教授の姿はこれまで見たことがない。川口教授の姿を見て、悲鳴をあげることがあるなどとは、これまで想像したこともない。

3

「先生……」

美穂の声はかすれ、震えていた。

うん、と川口教授はうなずき、背広のポケットに手を入れた。右から、左のポケットにと、手を移し、最後に胸のポケットにも触れた。

そして、美穂の顔を見ると、

「きみ、タバコを持ってないか。なんでもいいんだけど、あいにく忘れてきてしまったみたいなんだよ」

そう尋ねてきた。

「タバコですか」

美穂は呆気《あっけ》にとられた。何かがおかしい、そう思った。正気を失っているのは川口教授かもしれないし、自分かもしれない。

「うん」

「申し訳ありません。わたし、タバコは吸わないんです」

「そうか。いや、きみだったらそうだろうな。もちろん、タバコなんか吸わないにこしたことはないんだ。むろん、そのほうがいい」

川口教授は何度もうなずいた。異常というほどではないが、なんとはなしに、たがの外れたような印象を受ける。

川口教授はそれでも未練げに、あちこちポケットをまさぐりながら、

「澤田婦長から連絡があってね。きみがラボにやって来るかもしれないという。考えてみれば、吉永さんは、わたしの患者であると同時に、きみの患者でもあるわけだからね。きみに事前に断わらずに、吉永さんを病院から連れだしたのは、わたしがうかつだったかもしれない。きみが不快に感じるのも当然かもしれない」

「そんなことはいいんです。そんなことはいいんですけど、先生——」

美穂は勇気を奮《ふる》い起こしていった。

「こうやって、病院の外に連れだしたのは、吉永さんだけじゃないんですね。伊藤道子さんも、野村恭三さんも、それから愛甲則子さんも、みんな、このラボに連れてきたんですね」

「うん。いや、きみに断わればよかったんだろうが、なにぶんにも、まだデータが充分じゃなかったもんだからね。もう少し、サンプル例を増やさないと、外部に発表できる段階じゃない。べつだん、きみを疑ったわけじゃないんだが、どんなことから、この研究が外

部に洩れないともかぎらない、そう考えたもんだからね。大事をとって、だれにも話さなかったんだよ」

「研究というのは、神経成長因子の合成のことなんですか」

「うん、それもある。それもたしかに研究のうちではあるんだが――」

川口はうなずきながら、スチールのデスクに近づくと、その引き出しを開けた。フッと、ため息をついた。そして、おかしいな、とつぶやいた。

「たしか、買いおきのタバコがあったはずなんだがな」

「先生」

「うん？」

「わたし、最後まで、お話をうかがいたいんですけど」

「話？　なんの話？」

一瞬、川口はキョトンとした表情になり、すぐに納得したようにうなずいた。

「ああ、神経成長因子の合成のことか。そのことで、わたしがやったことといえば、たんに基礎的なアイディアを出しただけのことでね。なにしろ、遺伝子工学となると、わたしの専門外もいいところだから。基礎的なアイディアといっても、素人《しろうと》の発想の域を出ていなかったと思うよ。それをまがりなりにも実現までこぎつけたのは、野村食品の遺伝子工学の専門家たちの功績だよ。わたしのやったことなど微々たるもんだ」

「…………」

「それにあの神経成長因子を実用化にこぎつけるのには、まだまだ問題が多すぎる。もともと脳関門を通過しないものを、経口薬として、使用しようというのだからね。強心剤だの、脳代謝賦活《ふかつ》剤だの、いろんな薬を併用しなければならない。神経成長因子の合成は、コリン系ニューロンを回復させるのがわたしの研究に必要だから、手をつけただけにすぎないんだよ。むしろ枝葉末節《しようまつせつ》といってもいいことだ。野村氏なんか、その枝葉のほうに夢中になってしまった。やはり、企業家の発想には限界がある、ということかもしれないな。よしんば、コリン系ニューロンを回復させたところで、それで知能が回復するなんてことはありえない、というのが、わたしの持論なんだけどね——」

川口教授はフッと笑った。力の感じられない、どこかネジがゆるんでしまったような笑いだった。

「いま、吉永さんのかかっているこの装置ね。これはわたしがほんとうに開発しようとしている治療機器なんだよ。神経成長因子はあくまでもこの治療を補助するためのものなんだ。きみも気がついてるだろうが、これは痴呆性老人たちに残っている記憶をもとに、それを糸をたぐるようにたぐって、本来の記憶を取り戻させようというものなんだ。老人たちの自力作用で、痴呆を回復させる。これこそ本来の医療だとぼくはそう信じている」

「…………」

「ところで、きみは自分の患者さんたちのグループを、テレフォン・クラブと呼んでいるんだってね」

「はい」

美穂はいきなり話題が変わったことに面食らった。

「じつは、ぼくもそうなんだ。ぼくもこの患者さんたちをテレフォン・クラブと呼んでいるんだよ。もっとも、実際には、患者さんたちが話しているのは、コンピュータのメモリなんだけどね」

「コンピュータのメモリ、ですか?」

うん、と川口教授はうなずいて、

「最初は、被験者の視線をとらえるために、アイ・トラッカーという機械をつけて、それを検出することを考えたんだが、なにしろ相手はお年寄りだからね。そんな重たい機械を頭につけるのは考えものだ。それで、目に近赤外線を当てて、目の角膜や網膜から反射してくる光をテレビ・カメラでとらえることにしたんだ。この画像を処理すれば、空間の位置も検出できるし、視線の方向だって計算することができるからね。近い将来には、手や腕の動きもテレビ・カメラでモニターして、その三次元モデルの輪郭を検出できるようにするつもりなんだが、まあ、いまのところは、こんなデータグローブを塡めてもらうしかない。お年寄りにはこれだってわずらわしいものなんだけどね——」

川口教授は装置を振り返って、

「最初に、お年寄りがもっとも大切にしている、いわば人生のよりどころにしている思い出を話してもらう。伊藤道子さんは恋人のことを話したし、愛甲則子さんは落語家だったお父さんのことを話した。平野くん、きみはよっぽどお年寄りたちに信頼されているんだね。お年寄りたちの話にきみの名が入ってくるんだ。伊藤道子さんの場合は、親友の名になっていたし、愛甲則子さんの場合は、きみは頼りになるバーのホステスになっていた。思い出といっても、なにしろ痴呆をわずらったお年寄りのことだからね。現在と過去とがゴッチャになるきらいがあるのはやむを得ない。また、そうでなくては、こちらも治療の手がかりをつかむことができない。たんに、思い出話をさせるだけではなくて、それにこちらから現在のことを入力させて、コンピュータとのあいだに思い出のキャッチボールをさせるんだ。そうやって、しだいに、現在の状況を認識させていくわけなんだからね」

「先生……」

美穂は言葉が出なかった。

川口教授は痴呆性老人たちのよりどころにしている大切な思い出を冒瀆《ぼうとく》している。それをむりやり引きだして、恣《し》意《い》的に修正を加え、ときには破壊してしまうこともあるのではないか。

たしかに、痴呆の治療のうえでは効果的なことかもしれない。が、老いた人間には、おとろえた意識のなか、自分のかけがえのない思い出にひたって、そのなかで安らかに人生を終える、それもまた意味のあることではないのか。いくら治療のためとはいえ、それさえ奪い取ってしまう権利は、だれにもないのではないか。

いまの川口教授にはそんなことをいっても通じないだろう。これほど優《すぐ》れた人格が、ある偏執的な思いにとらわれて、それを損ねていくのを見るのは、美穂にはひどく悲しいことであった。

「これも将来の話なんだけどね。いずれ、お年寄りの話をデータ化して、それを個人専用のコンピュータ・グラフィックにできないかとも考えているんだ。死んだ人たちの写真なんかだったら、いますぐにでもメモリに呼び込めるんだが、お年寄りが話すにつれ、それが動くようにしたい。そんなプログラムを開発するのには、ずいぶん、おカネがかかるんだろうけどね。技術的には何の問題もないらしい。そうすれば、お年寄りたちはよりビビッドに、懐かしい死んだ人たちと話ができるようになるわけだ。その思い出をたどって、痴呆症状も回復する。もちろん、神経成長因子を併用させての話だけどね」

「…………」

「いまのところ、そんなプログラムはないから、ごらんのようにお年寄りの話につれて、画面のうえで色彩パターンが動くようになっている。お年寄りはそれを自分の思い出の再現だと考えてくれる。お年寄り自身のイマジネーションに頼っているわけだ。もちろん事前に鎮静剤なんかを投与して、ある程度、自意識を低めておく必要はあるがね——」

川口教授はうなずいた。美穂の返事を期待したわけではなく、自分自身にうなずいたようだった。そして、ふいに目を輝かせると、おもしろいよ、とそう子供のような弾んだ声でいった。

——先生。

どうやら、この知的な人は理性のたがが外れてしまっているらしい。おそらくたび重なる失敗のために、精神のバランスを崩してしまったのだろう。そのことが痛ましくて、美穂は川口教授の顔を正視することができなかった。

「あらかじめ被験者の話に応じて、コンピュータのメモリに、そのお年寄りの大切な人のデータをインプットしておくわけなんだ。お年寄りの音声入力に反応して、コンピュータはデータのパターンにのっとって、スクリーンに返事を表示する。もちろん、不完全なものなんだけどね。痴呆をわずらったお年寄りにはそれで充分なんだよ。おもしろいよ。ある程度は、被験者の意識をあやつることもできる。伊藤道子さんには、自分ではまだ若いつもりなのに、まわりの人間が自分のことを老人だと誹謗《ひぼう》する、そんなふうに信じ込ませたんだ。それで恋人がまわりの人間を殺そうとしている、そんなふうに信じ込ませることができたんだ。伊藤道子さんは自分でも恋人を助けるつもりでいた。愛甲さんにはね、またお風呂にひとりで入るように固定観念を植えつけることができた。もともと、ひとりで入るという固定観念を持ってた人だからね。これは簡単だった。聞いてみたら、死んだ父親への贖罪《しょくざい》意識があって、それが妙に屈折したかたちで、そんな行動で表われたらしいんだけどね。吉永さんには――」

やめてください、ついに耐えきれなくなって、そう美穂は川口の言葉をさえぎった。叫ばずにはいられなかった。

「先生、こんなことを申しあげて失礼かもしれませんけど、あなたはどうかしています。お願いです。先生、もとの優しい先生に戻ってください！」

そのときのことだ。ふいに背後から抱きすくめられるのを感じた。とっさに逃れようとしたが、そのときにはガーゼが鼻と口に押しつけられた。ツンと麻酔薬の臭いがした。懸命にもがいたが、意識が薄れていくにつれ、そのもがく力がしだいに弱まっていくのが、自分でも分かった。

美穂はなんとか相手の顔を確かめようとした。しかし、背後から抱きしめている力は強く、相手の顔を見ることはできなかった。

――あなたなの？　新谷さん、これはあなたがやってることなの？　あなたが戻って来たの？

プツンと意識がとぎれた。

# 4

わたしは引っ込み思案《じあん》で、内気なくせに、小さいときから、外で遊びまわるのが好きだった。どんなに冷たい風が吹いても、雪が降っても、学校から帰ると、ランドセルを放りだして、外に飛びだして行った。そして、暗くなるまで、家に戻らなかった。

外で遊びまわるのが好き？　いや、そうとばかりはいえない。外で遊ぶのもけっして嫌いではなかったが、家で、本を読むのも好きだったし、ひとりで塗り絵なんかをしているのも好きだった。

第一、外に遊びに行ったところで、クラスの子たちは、みんな塾だの、家庭教師だので、忙しくて、わたしにはろくに遊び相手もいなかった。

それでも、わたしがいつも外に飛びだして行ったのは、お祖母《ばあ》さんが、それを喜んでくれたからではなかったか。いまになって、わたしは、そのことがよく分かる。

お祖母さんは、いまの子供は、勉強、勉強でかわいそうだ、といつもいっていた。子供のうちは暗くなるまで外で遊んでいるものだ、いつもそういっていた。

お母さんは、そんなお祖母さんのことを、子供を甘やかす、といって、いい顔をしなかったが、わたしは、そんなお祖母さんのことを本当に好きだった。

寒いとき、外から帰って来ると、わたしの手は氷のように冷たくなっている。それをいつも自分の手でくるんで温めてくれたのはお祖母さんだった。あの手の温《ぬく》もりはいまだに忘れられない。

わたしはお祖母さん子だった。いつもお祖母さんと一緒にいた。それなのに、わたしはなんて恩知らずな子だったんだろう。

中学二年になり、受験の準備で忙しくなると、ろくにお祖母さんと話もしないようになってしまった。

お祖母さんは淋しかったのだと思う。お祖母さんにとって、孫のわたしは、唯一の生きがいでもあったはずなのだ。お母さんと、お祖母さんのあいだはうまくいっていなかったし、お父さんが家に帰るのは遅い。お祖母さんは家のなかで話し相手がいなくなってしまった。

みんなはそんなことはない、それはわたしの考えすぎだ、とそういってくれるけど、お祖母さんが痴呆になってしまったのは、わたしのせいなのだ。

最初に、お父さんの顔を忘れ、次にはお母さんの顔を忘れ、最後には、わたしの顔も忘れてしまった。わたしが高校に入り、ようやく時間ができたときには、お祖母さんは死んでしまった。

わたしが痴呆性老人のために、自分の人生をささげようと決心したのは、そのことがあったからだ。

だけど、どんなに痴呆のお年寄りの世話をしたところで、わたしのお祖母さんが生き返ってくれるわけではない。

吉永さんは、それがほんとうに好きな人なら、死んだ人とも電話で話ができる、といっていた。

わたしはいまでもお祖母さんのことをほんとうに好きだ。もしかしたら、わたしも死んだお祖母さんと話ができるかもしれない。

いま、聞こえているのは、あれは電話のベルの音ではないだろうか。お祖母さんから電話がかかってきたのではないか。

わたしは受話器に手を伸ばし……

そして、ふいにその受話器を乱暴にもぎ取られるのを覚えたのだ。

いきなり、〝現実〟が荒々しく押し寄せてくるのを感じた。それはほとんど暴力的ともいえるほどの過酷さだった。

——もうわたしは死んだお祖母さんとは話ができない。

美穂はその悲しみにすすり泣いた。喪失感、それも針のようにするどい喪失感だけが残された。

近赤外線のビームを感じた。それが目に痛い。顔を動かすと、あの万年筆のような装置も動いた。コンピュータのわきにあるテレビ・カメラがリモート・コントロールで首を振る。反射的に右手を上げ、顔を隠そうとして、その手にデータグローブを塡められているのに気がついた。いつのまにこんなものを塡められたのだろう？

もちろん、あれはコンピュータが見せた幻覚にすぎない。幻覚？　いや、あんな生々しい幻覚があるものではない。もう少し、もうあと、ほんの少しで、美穂は確実に死んだ祖母と話ができたはずなのだ。

――お祖母さん。

美穂は頭のなかでそう呼びかけた。どこかはるか遠いところから、死んだ祖母が返事をしてくれたように感じた。

コンピュータの横に川口教授が立ち尽くしている。川口教授は疲れているようだ。その顔に憔悴《しようすい》の色が濃かった。

「それも外したほうがいい。若いあんたにはこんなものは必要ない」

そう頭のうえから声が聞こえてきた。わきから手が差しのべられ、データグローブのラッチを外した。

美穂は顔を仰向《あおむ》かせた。期待していたのは、そこに新谷がいることだ。が、そこにいるのは新谷ではない。

「長谷川さん――」

　美穂はつぶやいた。

「来てくれたんですね」

　ああ、と長谷川はうなずいた。美穂の手からデータグローブを外すと、あらためて川口教授のほうに向きなおった。

「なんといいましたかね、先生。この装置のことを?」

　長谷川がそう川口教授に尋ねるのを、美穂はぼんやりと聞いていた。頭のなかにあるのは、まだ、死んだ祖母のことだけだった。

「このごろじゃヴァーチュアル・リアリティとも呼ばれているようだね。疑似《ぎじ》的な現実、とでも訳せばいいのかな。わたしは聞いたことがないが、なんでも、なんとかいう有名な歌手が出したCDのテーマにもなっているそうだよ。いまの流行《はや》りなんだろうね」

　川口教授は椅子にすわっている。うなだれながら、低い声で、ボソボソと話した。

「わたしがこの装置の開発に取りかかったときには、まだ、そんな言葉はなかった。もっとも、初めのうちは、この装置もそんな名前で呼べるような大したものじゃなかった」

「だから、あんな事件を引き起こしてしまった――そういうことですか」

　長谷川の口調は冷淡だった。ほとんど冷酷といってもよかった。

「あのお婆さん、なんていいましたっけね。そうそう、井上だ。井上雅子。先生のこのおもちゃにかけられたばっかりに、息子夫婦を農薬で殺してしまった」

　おもちゃか、と川口は自嘲《じちょう》するようにつぶやき、

「この理論自体はわたしのオリジナルでもなんでもない。痴呆性老人が、なにもかも忘れてしまっても、子供のころの、あるいは若いころの記憶だけは最後まで残っている。そのことに注目した精神科医は少なくない。コンピュータにたとえるなら、いわばメモリは残っている。それを出力させるシステムだけが壊れてしまっている――わたしが、井上さんにおもちゃの電話を渡した。プラスチック製の、おもちゃにしても安っぽい電話だったが」

「…………」

　美穂はボソボソと話しつづける川口教授の顔を見つめている。

　しだいに自分が何をされたのか、それが分かってきた。頭に鈍痛があり、かすかに吐き気を覚えた。どうやら向精神薬かなにかを飲まされているらしい。また、そうでもなければ、いくら、この装置にかけられても、あんな幻覚に導かれることはなかったろう。

「痴呆症老人の記憶に、最後まで残った、核ともいうべき部分を刺激してやる。そして、それを活発にさせることで、うしなわれた全体の記憶を復活させる。少なからぬ精神科医がこころみていることだよ」

　川口は力なく笑って、

「これにコンピュータを使うのも、わたしのオリジナルじゃない。もちろん、当時は、そんなヴァーチュアル・リアリティなんて言葉はなかったがね。一九八三年には、すでにコンピュータを使って、それを行なった臨床例が発表されている。どういうものか、こういうことを考えつくのは、いつもアメリカ人だ。ボストンの州立病院で行なわれた実験だ。必ずしも成功した実験ではなかったらしいが」

「先生の最初の実験も失敗だった。人が死んでしまったんでは、失敗もいいところだ」

長谷川の口調は相変わらず冷淡だ。真綿《まわた》で首を絞めるように、川口教授を追いつめていく。

「コンピュータを使った、といっても、内容は、たんなる連想テストだったからね。あのころ、すでに薬を使ったが、それも試行錯誤の連続でね。井上雅子の場合、もっとも記憶に残っている人間、というんで、死んだ亭主から記憶をたぐり始めたんだが、まさかそれが、親不孝な息子夫婦を殺せ、という偏執的な妄想になるとは思わなかった。あんなことになったんで、いったん実験を中止したんだが、二年まえ、野村雄策と知り合ったことから、また、それを再開することになった」

川口教授はゆっくりと首をめぐらせた。どうやら、何かを見ているらしい。

「…………」

美穂もそちらに視線をやり、息をのんだ。閉じられたドアの下の隙間《すきま》から煙が流れ込んでくるのだ。煙はゆっくりと床を這《は》っている。

そのときになってようやく美穂は、いがらっぽい煙の臭いに気がついた。火事？　立ち上がろうとしたが、ろくに体に力が入らなかった。よろめいて、また椅子のなかにすわり込んでしまった。


ソファに吉永幸枝が腰を下ろしている。幸枝も煙には気がついていないようだ。いや、おそらく自分がどこで何をしているのか、そのことをほとんど意識していない。ぼんやりと虚脱した表情になっていた。

ほんとうに火事だとしたら、幸枝を連れて逃げなければならない。美穂がこんな体調では、思うように体を動かすことはできないだろう。

美穂は椅子のなかで懸命にもがいた。もがいたが、やはり脱力感が強く、立ち上がろうとする足に力が入らなかった。

「長谷川さん——」

そう呼んだ。

長谷川はこの煙に気がついていないのだろうか？　美穂のほうには見向きもせず、川口教授の話を聞いている。

そうとも、と川口は自分自身に確認するように、つぶやいた。放心した、いかにも力のない表情だった。

「そうとも、野村に会わなければこんなことにはならなかった。わたしはそのころ、この実験に、神経成長因子を投与するのを同時進行させたらどうか、と考えていた。今度こそ成功するのではないか。神経成長因子を合成するための、ちょっとした思いつきもあったしね。ろくに遺伝子工学の知識なんかなかったが、これはものになりそうだという気がしていたんだ。そんなとき、たまたま野村の父親が入院してきて、野村はわたしに面会を申し込んだ。なんとか野村の父親の隠し口座のことを聞きだせる方法はないか、とそういうんだ、わたしはつい自分のアイディアのことを話してしまった。失敗だった。失敗だったが――」

川口は掌で顔を撫《な》で下ろした。そして、その手をぼんやりと見つめた。顔に汗が滲んでいたのが意外だったらしい。

「野村が、まがりなりにも企業家だということもあって、わたしとしては、なんとか資金の援助をあおぎたかった。実験を再開するためには、この装置に、音声入力コンピュータを加える必要があったんだ。患者が自分で話をして、その情報をコンピュータに入力し、またそれを患者にフィードバックさせる。双方向性システムを採用したかったんだよ。井上雅子さんがあんな妄想に取り憑《つ》かれたのも、ただコンピュータから提供される情報を一方的に受けていたからだ。わたしはそう考えた。患者にコンピュータと会話をさせなければならない。もちろん、どんなに重症の痴呆性老人でも、相手とじかに会って、話をしている、という幻想を抱かせることはできない。それは無理というもんだ。だが、電話なら、なんとかなる。電話をかけていると信じ込ませて、コンピュータに音声入力させればいい。ただ、どうにか実用に堪える音声入力コンピュータとなると、途方もない値段になってしまう。やむを得なかったんだ――」

川口はホッとため息をついた、掌の汗をしきりにズボンにこすりつけているのが、ひどく偏執的なしぐさに感じられた。

「わたしは、この実験を使って、野村の父親の隠し口座のことを突きとめる。実験が成功したあかつきには、そのシステムのパテント販売、神経成長因子の商品化をすべてゆだねる……そのふたつのことを条件に、全面的に、野村からの資金援助をあおぐことにしたんだ。が、野村は企業家、というより商売人で、投資した資金の回収を急いでいた。いきおい、わたしも薬を多用せざるをえず、その結果、テレフォン・クラブのお年寄りたちに副作用が出てきてしまった」

テレフォン・クラブのお年寄りたちに副作用が出てきてしまった……川口のその声が美穂の頭のなかに響いて、わぁんわぁんとこだました。頭が割れるように痛い。美穂は頭をかかえた。ズルズルと体が椅子から滑り落ちるのを感じた。

おそらく鎮静剤のためだろう。それともヴァーチュアル・リアリティの被験者にされた後遺症か。ふたりの話している声だけが異様に高く頭のなかに鳴り響く。そのくせ、ふたりが何を話しているのか、その内容をろくに理解することができない。声の響きだけが頭のなかを上《うわ》っ調子に流れていく感じだ。

――うるさい、男のくせに。すこし黙っててよ。

美穂は床のうえを這った。ソファでぐったりとうなだれている幸枝のもとに懸命に近づいていく。幸枝を助けなければならない。そのために、美穂はこのラボ分室までやって来たのだ。

――がんばれ、がんばれ。

ともすれば、くずおれそうになる自分に懸命に声援を送る。高校のとき陸上クラブでマラソンをしていた。県大会に出た。最後の一周を走るとき、足がつった。それでも懸命に走った。がんばれ、がんばれ。みんなが声援を送ってくれた。その声が聞こえてくる。

ようやく、幸枝のもとにたどり着いた。ソファに手をかけると、かろうじて上半身を起こし、もう一方の手を幸枝の肩にかける。名を呼んで、幸枝の体を揺する。が、幸枝はもうろうとしたまま、目を覚まそうとしない。

美穂は男たちを振り返った。助けを求めようとしたのだ。

が、男たちは相変わらず、ふたりで何かを話している。何を話しているのか、もうその声は聞きとれない。ふたりの後ろには煙がもうもうとたちこめている。ドアの隙間を赤いものがチロチロと這っている。そうやって見ているうちにも、しだいに火の勢いが強くなっていくのが分かる。

夢のようだ。炎が燃えあがるなか、ふたりの男は黒ずんだシルエットになり、その影がジッと動かない。ただ気だけがあせり、体はすこしも動かない。ずっと以前にこんな夢をみたような気がする。

「川口先生、長谷川さん――」

美穂は声をふりしぼって叫んだ。叫んで、自分で声が出たのに驚いた。

「火事です。早く、早く逃げないと、幸枝さんを連れだすのを助けてください」

その声に夢がとぎれた。鎮静剤、あるいはヴァーチュアル・リアリティの後遺症に、糸が伸びきったように弛緩《しかん》していた〝現実〟が、にわかに活性化した。

おそらく、炎が燃えあがるなか、ふたりの男が泰然《たいぜん》としているように見えたのは、美穂の錯覚で、現実にはわずか数秒間のことだったのだろう。

長谷川が弾《はじ》かれたように立ち上がった。愕然とした顔つきになっている。幸枝のもとに駆け寄ってきた。幸枝の体に手をまわし、ソファから立ち上がらせる。幸枝の足がふらついていた。

「早く、幸枝さんを連れだして」

美穂は叫んだ。

「しかし、平野さん、きみは——」

幸枝を抱いたまま、途方にくれたような顔になる長谷川に、

「わたしだったら大丈夫。自分で逃げだせます。それより、早く、早く、幸枝さんを」

美穂はそう声をたたきつける。

「わかった」

長谷川の決断は早かった。うなずくと、幸枝を引きずるようにし、ドアに向かった。ドアを開けたとたん、グワッ、と音を立て、炎が侵入して来た。めらめらと燃えあがる炎が赤い大きな舌のようだ。

「平野さん、きみも早く」

長谷川はそう叫んで、その炎のなかに飛び込んでいった。

ドアを開けてからの炎の回りは早かった。炎は天井を舐《な》め、床を這った。その炎のなか、ヴァーチュアル・リアリティの電子機器がパチパチと火花を発していた。壁のフックにかかっていたコードの束が大きな音を立てて床に落ちた。

美穂はなんとか立ち上がっている。ふらつく足を踏みしめるようにし、ヨロヨロとドアに向かった。一歩一歩が鉛《なまり》のように重い。腿《もも》の筋肉がつって、それでも歯を喰いしばりながら、最後の一周を走り抜いたあのときと同じだ。がんばれ、がんばれ。クラブの仲間たちが、同級生たちが、大声で声援を送っている。がんばれ、がんばれ、がんばれ。

一度、転んだ。しかし、すぐに立ち上がり、またドアに向かった。ドアの向こうは火の海だ。そのなかに踏み込んでいくのには勇気が要《い》る。

美穂は川口教授を振り返った。

川口教授は椅子のなかでうなだれている。その椅子の脚を炎が舐めているのに、そのことにも気がついている様子がない。彫像のようにジッとうなだれたままだ。

「川口先生！」

最後にもう一度だけ名を呼んだ。

川口は顔をあげた。ぼんやりとした表情で美穂のことを見る。その目にはどんな感情の起伏もうかがえない。

「あいにくタバコを切らしてしまったんだけどね――」

と、川口がいった。

「平野くん、きみ、持ってないか」

川口のことはもうあきらめるしかない。いまの美穂には川口を力ずくで火のなかから連れだすだけの体力は残っていない。美穂はそのまま火のなかに飛び込んでいった。

そこかしこで燃えあがる火を避け、舞い散る火の粉を払いながら、美穂はヨロヨロと歩いて行く。自分では気がついていなかったが、そのとき、美穂は子供のように泣きじゃくっていた。

・5

炎の赤い色が舞っている。けっして消えることのない火だ。その火は、野村食品のラボ分室を焼き、川口教授を焼き、美穂までも焼きつくそうとする。どんなに逃げても、その火から逃げきることはできない。

あとで聞いた話では、美穂は何度も悲鳴をあげて、ベッドから跳《は》ね起きたそうだ。一度などは、点滴のチューブを引きはがしてしまったというのだから、よほど強い力で跳ね起きたのだろう。

足に火傷《やけど》を負ったが、火傷そのものは大したことがない。むしろ精神的なショックのほうが大きかったようだ。

病院側ではそのことを考慮して、個室を用意してくれた。

美穂は聖テレサ医大病院に収容された。つい昨日まで、老人を看護していた美穂が、今度は一転して、看護される側にまわってしまったわけだ。火傷のために少なくとも一週間は歩けない、というのだから、それもやむを得ない。

吉永幸枝は無事だった。長谷川も、肩に軽い火傷を負っただけで、心配するほどのことはないらしい。

あの悪夢のような体験をへたあと、美穂にはそれが唯一の心の救いだった。

一度だけ、警察の尋問を受けた。ベッドで寝たままの尋問だ。美穂にあれこれ質問したのは、あの堀尾刑事ではなく、知らない刑事だった。

刑事からはありのままを話すように乞《こ》われたが、あのヴァーチュアル・リアリティの装置のこと、痴呆性老人たちが死んだ知人と電話で話をしていたことなど、ありのままを話したら、美穂の正気が疑われるだろう。

美穂は知っていることの半分も話すことができなかった。焼け死んだ川口教授の名誉を守りたいという気持ちもあった。

「すると、こういうことですかな。川口先生はあの研究所で個人的に痴呆性老人の治療をしていた。あなたはそのことを知って、それをやめさせるために、研究所に向かった。研究所の場所は野村氏の細君から聞いた。あなたは自分ひとりでは心細いので、ファミリー・レストランで待機していた長谷川さんを呼びだした。研究所で、川口先生と話をしているうちに、出火した。あなた方はなんとか逃げだしたが、川口先生は逃げ遅れて、焼け死んでしまった……」

事実の表面だけを拾えば、そういうことになる。が、もちろん、事実は違う。その事実を説明しようとすれば、刑事を混乱させるだけだろう。

ええ、間違いありません、と美穂はうなずくしかなかった。

刑事はなんとなく釈然としない顔つきをしながら帰って行った。美穂はあらためて尋問されるのを覚悟していたが、刑事はもう二度と現われようとはしなかった。

川口教授が個人的にまだ認可されていない治療をほどこしていたというのは、なんといってもスキャンダルだ。医師としてのモラルを問われてもやむを得ない行為だろう。が、川口の生前の業績を考慮して、警察ではことさらそのことを追及しないことにしたようだ。なんといっても、川口本人が死んでしまっていることであり、病院の名誉も考えて、あまり事件を表沙汰《ざた》にしたくなかったのかもしれない。

川口は研究所で痴呆の治療をしているうちに、火災にみまわれ、逃げ遅れて、死んだ。出火の原因は調査中……どうやら、そういうことに落ち着いたらしい。警察では、川口本人が火を放ったと考えているらしいが、これも病院側の奔走《ほんそう》で、マスコミには伏せられることになったようだ。

野村雄策は会社の資金を重役会にもかけずに流用した、ということで、背任横領の容疑をかけられているらしい。告訴されることになるかどうかは、まだ不明だが、いずれにせよ、雄策が野村食品に残ることは難しいということだ。

その話を聞いたとき、美穂は妙子と章夫のふたりのことを考えずにはいられなかった。もしかしたら、父親が会社を追われることは、章夫にとって幸せかもしれない。あんな父親だが、章夫は雄策のことを愛していた。雄策が経営者ではなく、ひとりの私人に戻れば、また新たな父子の絆《きずな》が生まれるかもしれない。そうであって欲しい、と願わずにはいられない。

妙子？　あの人のことは心配いらない。どんなことがあっても、妙子はひとりで生き抜いていくだけの力を持っている。美穂のような小娘が、妙子のことを心配するのは、それこそ身の程《ほど》知らずというものだろう。

婦長の澤田は退職した。あれほど親しかった美穂が入院したというのに、一度も病室に顔を見せようとはしなかった。美穂にはそんな澤田の気持ちが痛いほど分かる。おそらく澤田婦長はひとりの女として川口教授のことを愛していた。不毛な愛だったが、不毛だから、それが不純な愛だったということにはならない。若い美穂にもそれぐらいのことは分かる。

長谷川は、一度だけ見舞いに現われたが、あとは顔を見せようとはしなかった。もしかしたら、今度のことで懲《こ》りてしまったのかもしれない。おそらく、美穂を避けようとしているのだろう。

長谷川のことは気にならなかった。気になるのは新谷のことだ。研究所から出て行ったときの新谷の顔が忘れられない。なにか思いつめたような暗い表情だった。おそらく、新谷は川口教授の手伝いをさせられ、痴呆性老人たちを不法に治療していることに、良心の呵責《かしやく》を感じていたのにちがいない。良心の呵責を感じながら、しかし、美穂に麻酔をかがせ、失神させた……

考えてみれば、いきなり姿を消してしまったのは、いかにも不自然だった。あのとき美穂は新谷のことを疑うべきだったのだ。

新谷のことを考えると、涙が滲んだ。許す気にはなれない。しかし、会いたかった。

母が一日に一度は病室に来てくれる。久しぶりに、美穂は母親に甘えた。甘えることで、新谷のことを忘れようとした。

毎日が何事もなく過ぎていく。単調な日々だった。

病室のベッドに横たわりながら、美穂はあれこれと、とりとめのない思いにふけることが多かった。

——結局、何が分かったんだろう？

そう自問する。そして、何も分からなかったのだ、と答えざるをえない。

死んだ伊藤道子の足袋のことはどう考えればいいのか？　どうして伊藤道子は水道管の洗浄液などを買ったんだろう。野村恭三はだれに殺されたのか。どうして、そのだれかは、わざわざ愛甲則子をだましてまで、野村恭三の死体をデイルームに運び入れるような面倒なことをしなければならなかったのか。愛甲則子のひとりでバスに入る癖が復活したのは、ヴァーチュアル・リアリティ装置のせいだとしても、その浴槽の手すりにセッケンを塗るような真似をしたのは誰なのか？

——何も分からない。

美穂はそんな絶望感にかられる。

分からないことばかりだ。何も分からないまま、川口教授が死んで、一連の事件に幕が引かれようとしている。

入院してから一週間ばかりが過ぎた。足の火傷もかなり回復して、包帯を替えるのが、そんなに苦痛ではなくなっていた。来週には退院してもいい、とそういわれていた。

その日の夕方——

美穂はベッドを抜けて、窓ぎわにすわり、編み物をしていた。縞《しま》模様のマフラーを編んでいる。

できあがったら、自分で使うつもりだ。そのくせ、そのマフラーをしている新谷の姿をつい想像してしまうのが、われながら忌《い》ま忌ましい。

——あんなやつ、マフラーなんかやることはないんだわ。

新谷はついに一度も見舞いに来なかった。見舞いになんか来れるはずはないのだが、また美穂のほうでも顔も見たくない、と思いつめているのだが、そのくせ見舞いに来てくれないのが淋しく感じられてならない。

——リンゴの恩を忘れたか。

プンプンと怒りながら、マフラーを編みつづけ、さすがにそんな自分がおかしくて、ひとりで笑いだす。どうも、美穂はいつまでたっても新谷のことを考えると、平静ではいられないようだ。

すこし編み物に疲れた。美穂は編み物の手を休め、なにげなく窓の外に目をやった。その手から編み棒が落ちた。

「…………」

病院の中庭に新谷がいるのを見たのだ。思わず声をあげそうになる。もちろん声をあげたところで、新谷に聞こえるはずはない。

新谷は誰かと立ち話をしている。

——誰だろう?

美穂は視線を凝《こ》らした。

意外なことに、相手は老人病棟の斉藤紀夫だった。斉藤は、重度の痴呆症をわずらっていて、記憶障害、知覚障害がはなはだしく、ほとんど他人と意思を通わせることができない。できないはずなのに、新谷は何かしきりに話し込んでいるようなのだ。

美穂は新谷と川口教授との関係は誰にも話していない。新谷は相変わらず研修医として、老人病棟に通っているはずで、そのことを考えれば、べつだん、患者の斉藤と話をしているのには何の不思議もない。

が——

美穂には妙にそのことが気にかかった。

新谷に対する疑惑と、懐かしさ、その矛盾した思いに、美穂は胸が息苦しくなるのを覚えていた。

その息苦しさにせっつかれるように、途中まで編んだマフラーを、ほどき始めた。自分でも自分が何をしているのかよく理解できない。ただ、そんなことでもしなければ、胸が苦しくて、叫びだしそうだった。

美穂は目を覚ました。しばらくは自分がどこにいるのか分からなかった。ぼんやりと天井を見つめた。いつから病室の天井はこんなに小さくなったのだろう？　いつから病室は動くようになったのだろう。

——何いってんのよ。こんな病室があるわけないじゃない。これはエレベーターよ。

そう自分にいい聞かせる。

意識がもうろうとしている。夜、寝るときには、鎮痛剤を飲まされる。もちろん、鎮痛剤には睡眠作用がある。そのために、いつも朝まで、ほとんど痛みを気にすることなく、熟睡することができる。その鎮痛剤がまだきいているらしい。

——ということは、いまは夜中なんだわ。

夜中にどうしてエレベーターなんかに乗っているのだろう？　美穂はかすんだ目を懸命に凝らした。

エレベーターには斉藤が同乗していた。斉藤は鈍い、表情のない顔をしている。おそらく、いまの美穂も似たような表情になっているのにちがいない。

美穂は車椅子に乗せられているのだ。そして、斉藤がそれを運んでいる。

ようやく、それだけを理解できた。が、どうにか状況をつかむことができても、それがどういうことであるのか、その意味が理解できない。なんとか考えようとするのだが、頭のなかにカスミがかかったようで、ろくに考えをまとめることができない。

——どうでもいいじゃない。

ともすれば、そんな投げやりな気持ちにかられる。アクビが洩れる。意識はもうろうとし、それがプツンプツンと途切れる。眠いのだ。眠くてならない。

次に気がついたときには、広大な星空の下にいた。下界《げかい》に街の灯がちらついていて、なんだか遠い、はるかな気持ちにさせられる。

風が吹いている。

車椅子の車輪のカラカラと回転する音が響いていた。

——屋上だ。わたしは病院の屋上に運ばれたんだ。

美穂はなかば夢心地になりながら、ぼんやりとそんなことを考えている。そして、車椅子の振動に身をゆだねている。

カタン、と音がして、車椅子が揺れた。屋上の手すりの敷石に、車椅子の車輪が当たったのだ。

いま、美穂のまえには、何もない暗い空間が広がっている。病院は八階建てだ。その屋上からのぞむ空間は、途方もない深淵《しんえん》をのみ込んで、ただ暗い。体に当たる風が強く感じられるようになった。

——かんさつもありませんしね。

いつか、どこかで聞いた新谷の言葉が頭のなかによみがえった。かんさつ、あんさつ、暗殺！　もうろうとした意識のなかを、ふいにするどい痛みが突き刺さってきた。

美穂はこのときになって、ようやく自分が屋上から突き落とされようとしているのだということに気がついた。

悲鳴をあげた。いや、鎮痛剤の麻酔作用でもうろうとしている体では、悲鳴をあげることさえできなかった。ただ弱々しい声であえいだだけだった。それが精一杯だった。

車椅子がしだいしだいに前に傾けられていく。それにつれて、美穂の上半身も手すりに押しつけられて、徐々に、その頭が闇のなかに下がっていく。

斉藤が美穂の体を手すりから放りだそうとしているのだ。背後に聞こえる斉藤の息づかいが荒い。ときおり、車輪が敷石に当たって、ガタン、ガタンと大きな音を立てた。

どこか闇のなかから、

「早くしろ。突き落とすんだ」

そう声が聞こえてきた。

押し殺した声で、それが誰の声だかさだかには聞きとれなかった。が、美穂はそれを新谷の声だと思った。新谷が斉藤と話し込んでいた情景が頭のなかによみがえってくる。あのとき、きっと新谷はこのことを斉藤に依頼していたのだ。斉藤は重度の痴呆症患者で、ことの理非をよく理解することができない。持ちかけようによっては、どんなことでもさせられるだろう。

——新谷さん、やめて。どうして、わたしを殺すの？

新谷さん、と美穂は叫んだ。いや、叫んだつもりだったが、これもやはり、かすれた囁《ささや》き声にしかならなかったようだ。

美穂の上半身はなかば手すりから乗りだしてしまっている。垂れ下がった髪の毛が、風に乱れて、サラサラと鳴っていた。

そのときのことだ。闇のなかからするどい声が聞こえてきた。

「おい、何をしてるんだ。やめないか」

その声が聞こえたとたん、ガタンと跳ね返るように、車椅子がもとに戻った。美穂の体も車椅子のなかに落ち込んでいる。

声がつづいて聞こえてきた。

「長谷川さん、そいつが犯人だ。そいつを捕まえろ」

闇のなかに荒い息づかいの声がする。格闘でもしているらしく、ふたりの人間の揉《も》みあうような音が聞こえてきた。ひとりがもうひとりをねじ伏せようとしているらしい。

――長谷川さん？　長谷川さんが助けに来てくれたんだ。

美穂がそう思ったとき、ドスンと人間の体の落ちる音が聞こえてきた。

懐中電灯の明かりが闇を薙《な》いだ。

その明かりのなかに、ぼんやりとたたずんでいる斉藤の姿が浮かんだ。おそらく一本背負いか何かで投げつけられたのだろう、その足元に、長谷川が長々と伸びていた。

――長谷川さんがやられた。

美穂は息をのんだ。

懐中電灯の明かりが揺れた。懐中電灯を持っているのは堀尾刑事だった。その背後には新谷が立っている。新谷は堀尾の体を押しのけるようにし、まえに出て来ると、

「よかった、無事だったんだね」

そう叫んだ。

「…………」

美穂には何がなんだか分からない。ただ呆然としているだけだ。

堀尾が懐中電灯の明かりを斉藤のほうに向けた。

「見事に一本背負いが決まったじゃないですか。さすがに昔とった杵柄《きねづか》ですね、長谷川さん――」

相変わらず、ぼんやりとした顔で、それでもいくらか嬉《うれ》しげな表情を見せて、斉藤がうなずいた。

「うん」

6

おだやかな日差しが射している。

風に揺れる木々のみどりが目に染《し》みるようにあざやかだ。どこからか女たちの弾んだ声が聞こえてくる。いきいきと若々しい声だった。

美穂は車椅子に乗り、それを新谷に押されて、中庭まで出ている。ほんとうは、もう車椅子の必要などなかったのだが、新谷に甘えたかったのだ。

「斉藤さんがもともとの名前、長谷川は養子に行ったさきの名前なんだよ。離婚して、もとの斉藤の名に戻ったわけさ」

新谷が笑い声を上げた。

「もちろん、あの長谷川は本名だよ。テレフォン・クラブには、長谷川がふたりいたことになるが、刑事のほうの長谷川さんは、旧姓の斉藤さんに戻っていたからね。まさか、きみがもうひとりの長谷川を刑事だったと勘違いしてるなんて、誰も思わない。もっとも、堀尾さんたちも、つい昔の癖で、斉藤さんのことを長谷川さんと呼んでいたんだから、あながち、きみがオッチョコチョイだったということにはならないがね。堀尾さん、そのことでは恐縮していたよ」

「………」

美穂は言葉もない。

考えてみれば、堀尾と、長谷川元刑事の話をしたときには、いつも微妙に話がかけちがっていたようだ。美穂のほうでは、仮性ウツ症の長谷川の話をし、堀尾のほうでは重度の痴呆症患者である斉藤の話をしていたのだから、話がくいちがうのも当然だ。

長谷川に、堀尾刑事に連絡して欲しい、と頼んだとき、長谷川は斉藤と何か話をしていた。あれも、長谷川が斉藤に自分の代わりに電話をしてくれるように頼んでいたのにちがいない。

離婚をし、旧姓の斉藤に戻ったとしても、かつての警察の同僚が、呼びなれた長谷川の名で呼ぶのは当然のことだ。そのことで堀尾刑事たちを責めるわけにはいかない。

堀尾刑事は、長谷川元刑事が離婚をしている、と美穂にいっている。おそらく痴呆症状が出たあとで、離婚話が持ち上がって、長谷川元刑事は旧姓の斉藤に戻ったのだろう。五十代で痴呆が始まって、しかも子供もいないということになれば、離婚話が持ち上がっても不思議はない。

「長谷川――これは犯人のほうの長谷川也寸志だけど、大森《おおもり》で金融ブローカーをしていた男で、前科もある。仮性ウツ症で、入院して、斉藤さんと親しくなった。斉藤さんが、元は自分とおなじ名の長谷川で、しかも刑事をしていた、というんで、興味を持って、いろいろ話を聞いた。きみが元刑事の斉藤さんと自分とを混同している、ということに気がついたとき、元刑事になりすましたのは、そんな下地があったからだろう」

そうか、そうなんだ、と美穂はうなずいた。長谷川のことを何度もテレビ・ドラマの刑事みたいだと思ったことがある。あの印象は必ずしも誤りではなかった。長谷川は元刑事を演じていたのだ。

でも、と美穂は尋ねた。

「長谷川は、どうして、元K署の刑事のふりなんかしたのかしら？　わたしひとりにだけ、そんなふうに思わせたところで、べつだん、意味はないと思うんだけど」

「ひとつには、きみがいろんなことを知っていそうなんで、あれこれ情報を聞き出すのに便利だと考えたんじゃないかな。もうひとつには、長谷川にはそんなことをして喜ぶ独特の性格があるのかもしれない。そんな性格だから、あんなふうにネチネチと川口先生をいたぶったんじゃないかな」

新谷は暗い表情になった。この若者がこんな表情をすると、腹痛を起こしたテディ・ベアのような印象がある。

「断わっておくけど、これは推理なんかじゃないよ。みんな、ぼくが直接、川口先生から聞いたことなんだ。川口先生は、痴呆を回復させるための、ヴァーチュアル・リアリティ機器の開発に心血をそそいでいた。だけど、三年まえに、その後遺症というか、機械の暴走というか、そんなことで、井上雅子というお婆さんが家族を農薬で殺す事件が起きた。斉藤さんは偶然、その事件の第一発見者になっているんだけどね。もちろん、そのときにはまだ長谷川さんという名で、現職の刑事だったんだけど。大変な事件だよ。そんなことから、川口先生は、いったんは新治療の開発を断念なさったんだ――」

新谷はため息をついた。新谷は、いや、老人病棟に勤務する誰もが川口教授のことを尊敬していた。そんな川口教授の暗部を話すのは、新谷にとっても、心苦しいことであるにちがいない。美穂はそんな新谷を力づけるように、ソッとその手を握った。

「だけど、二年まえに入院してきた長谷川を見て、先生は、もう一度、実験を再開するつもりになった。長谷川には、なにか先生に希望をいだかせるようなところがあったんだろうね。この患者なら治せる、先生はそう思ったらしい。現に、長谷川は九割がたウツ症が回復したんだから、先生の直感も誤ってはいなかったわけだ。不幸な偶然が幾つか重なったこともある。神経成長因子の新しい合成方法を思いついたのもそのころだし、たまたま野村恭三氏が入院してきて、野村雄策氏が、父親の隠し口座を突きとめるために、なんとかその痴呆を治して欲しい、と頼んできたこともそうだった。神経成長因子の併用は、ヴァーチュアル・リアリティ機器の効果を倍増するかもしれない。野村食品の援助を得られれば、資金の面でも心配がなくなる。そんなことから、先生はまた実験を再開し、そして長谷川のウツ症を回復させるのに成功した」

「それなのに、長谷川は、先生のことを恨《うら》んだのね。どうしてかしら？」

「さっきもいったように長谷川には異常なところがある。治療を受け、現にその治療が自分には効果があったのに、それがまだ正式に認可されていない治療だと知って、人体実験されたかのように感じたのかもしれない。いや、事実、痴呆症状の治療にヴァーチュアル・リアリティの概念をとりいれるなんて、人体実験だと責められてもやむを得ない部分はあるんだけどね。そのことで長谷川は陰に陽に川口先生を脅迫し、苦しめてきた。先生は何度も長谷川を退院させようとしたが、長谷川はそれを聞き入れようとはしなかった。いつまでも病院に居残って、先生を苦しめたかったんだ。もちろん、カネが欲しかったこともあるだろうけど、それよりも人格者で、第一線の医師でもある先生を苦しめるのがおもしろかったんだと思う」

「…………」

そういえば、長谷川が川口教授のまえで、死んだ伊藤道子が汗をかいていなかったかどうか、それを美穂に尋ねたことがある。あれも、伊藤道子が治療の後遺症で死んだことを承知のうえで、わざわざ、それを川口教授のまえで念を押した、長谷川独特の嫌がらせだったのだろう。

「たしかに、あのヴァーチュアル・リアリティ機器と、神経成長因子とを併用させて治療するのは、痴呆の回復に効果があるらしい。だけど、あの治療では、あまりに患者を薬づけにしなければならないし、ヴァーチュアル・リアリティの幻想は、ただでさえ現実との接点をうしないがちな痴呆性老人たちをいたずらに混乱させることになった。愛甲則子さん、吉永幸枝さん、佐藤幸子さん……みんな、あの機械を介して、死んだ人たちと話をすることで、すこしずつ現実からずれていった。痴呆を回復させるどころか、痴呆が進行してしまうこともあった。そして、その痴呆の進行が、他人の目にも明らかになることを、先生は恐れたんだ。だって、それが自分の治療のせいだということが分かれば、それこそ刑事責任を問われかねないことだからね」

新谷はぼんやりと視線を遠くに這わせた。さわやかな風が中庭を吹きすぎていき、木々をそよがせる。こんな素晴らしい日に話すには、これはふさわしくない話題だ。

それで？　と美穂は新谷をうながした。たしかに日はおだやかで、風はさわやかだ。しかし、美穂はなんとしても事件の真相を知りたかった。

「それで、先生は、伊藤道子さんの幻想に、恋人にそそのかされ、まわりの人間を殺す、などというとんでもないファクターを投入したんだ。もちろん、伊藤道子さんに、実際に、まわりの人間を殺させようとしたんじゃない。伊藤道子さんに毒薬だと信じさせて、あの洗剤で、テレフォン・クラブのお年寄りたちを中毒にさせようとしたんだ。テレフォン・クラブのお年寄りたちを実験に使ったのは、電話を使うという共通点があったから、あの実験に便利だったからなんだけどね。まえにもいったけど、あの洗剤のトリクレン中毒は、倦怠《けんたい》感や、記憶障害、睡眠障害など、痴呆によく似た症状を引き起こす。つまり、トリクレン中毒を人為的に起こすことで、痴呆の症状が進行しているのをごまかそうとしたんだ。もしかしたら、あのころから、もう先生は正常な精神状態ではなかったのかもしれない。あの日、先生は伊藤道子さんに命じて、あの洗剤を買いに行かせた。だけど、やっぱり心配だったんだろうね。あんな短い距離だけど、つい伊藤道子さんを自分の車に乗せて、スーパーマーケットまで送ってしまった。伊藤道子さんが駐車場で死んでいたのは、先生の車に乗って、帰るつもりだったからなのさ。ところが伊藤道子さんは心臓の発作を起こしてしまった。倒れてしまったんだ。ただでさえ心臓が弱いところにもってきて、あんな薬づけになっていたんだ。それも当然のことかもしれない。先生は逃げた。逃げるまえに、伊藤道子さんの足袋を脱がせた――」

「どうして？」

美穂は呆気にとられた。

「どうして、伊藤道子さんの足袋を脱がせる必要なんかあったの?」

「あの日は雨が降っていた。そうだろう?　もし伊藤道子さんが歩いてスーパーまで行ったんなら、当然、履いていた足袋は汚れていなければならない。ところが、先生が車で送ったのだから、足袋は汚れていない。そんなこと、誰も気にするはずはないんだけど、先生には負い目があった。妙にそのことが気になって、足袋をそのままにはしておけなかったというんだ。もっとも、あとから、そんなことは気にする必要がないと思い直して、そのままにしておけばいいものを、また足袋を履かせたそうなんだけどね」

「…………」

美穂は一瞬、目をつぶった。

伊藤道子はどんなときにもみだしなみのいいお婆さんで、外出するときには、きちんと正装するのを忘れなかった。これは川口教授には酷な言い方かもしれないが、あんな心臓の弱い老婆を薬づけにしたのだから、ある意味では、伊藤道子は川口教授に殺されたといえないこともない。伊藤道子は履いていた足袋で、その犯罪を告発した。

「長谷川は漠然と伊藤道子の死に不審を覚えた。何かことがあったら、そのことで先生を脅迫しようと考えている男だ。長谷川は斉藤さんと仲がよかった。しかも、斉藤さんは痴呆が進んで、ほとんど長谷川のいいなりになる。長谷川は斉藤さんにいいつけて、伊藤道子さんの買い物袋から洗剤を盗んだり、それをまた霊安室に戻したりさせた。長谷川もさすがに洗剤がどんな意味を持つのか、それは見当がつかなかったようだけどね。斉藤さんは長谷川を自分の保護者のように思っていたらしい。父親とか兄貴とか、痴呆性老人が自分に親しくしてくれる人を、保護者と信じ込んでしまうことはよくある。いいなりになってしまったんだ。最後の土壇場《どたんば》になって、堀尾刑事から声をかけられて、自分が刑事だったときのことを思いだしたようだけど——ああ、そうだ。これはぼくの想像なんだけど、開いていたはずの伊藤道子さんの柩の蓋が閉まっていた、ときみはそういったね。それも洗剤を運んだりしているうちに、なんとはなしに斉藤さんがやったことなんじゃないかな」

「…………」

美穂はうなずいた。古間が柩を覗きこんでいたとき、その洗剤が霊安室にあったかどうかが、あの状況ではそんなものに気づくはずがない。その後で、美穂は斉藤が霊安室に洗剤の容器を返したのを目撃しているのだ。

「野村恭三さんのことだけど、これからの警察の調べを待たなければならないが、野村さんを殺したのは長谷川だと思う。なんとかいう新宿の不動産屋が、隠し口座のことを知りたさに、野村さんを車のトランクに押し込めた。おそらく長谷川はそれをどこかから見ていたのだと思う。まえにも話したけど、あの日は、病院のエアコンが故障していて、伊藤道子さんの柩にはドライアイスがつめられていた。そのドライアイスを運んで、野村さんが押し込められているトランクのなかに入れた。野村さんはあんなお年寄りだ。トランクに押し込められ、衰弱しきっていた。長谷川がトランクにドライアイスを入れるのを見ても、何をしているのか理解できなかったろうし、むろん抵抗することもできなかった。野村さんは窒息死した――」

「分からないわ。どうして、長谷川に、野村さんを殺す必要なんかあったのかしら」

必要なんかないさ、と新谷は吐き捨てるようにいった。

「信じられるかい？　これも長谷川の川口先生に対する嫌がらせだったんだ。長谷川は川口先生が野村雄策の援助を受けて、あの実験をつづけていたのを知っていた。野村さんの隠し口座を聞き出すということから、もともとの援助が始まったことも知っていた。長谷川は利口な男だよ。利口で、しかも、世間に対して、倒錯した、ねじくれた憎しみを持っている男だ。おそらく自分が治療を受けているうちに、いろんなことを探りだしたんだろう。長谷川は、野村さんを殺して、その死体を病院に運び込むことで、川口先生にこれがおまえの治療の結果なんだ、ということを告げたかったんだ。川口先生は、当然、長谷川が野村さんを殺したのだということに気がついたろうが、それを世間に明らかにはできない。そんなことをすれば自分の違法な治療のことも明るみに出てしまうからね」

「信じられない。そんなことで、そんな嫌がらせなんかのために、人間をひとり殺すなんて、とても信じられないわ」

「ぼくにも信じられないよ。異常としかいいようがない。ことは精神に関することだから、軽率には断言できないが、長谷川にはそんなところがあったのかもしれない。ここまで来ると、悪意のための悪意、嫌がらせのための嫌がらせとしかいいようがない。人体実験に使われたと思い、川口先生を恨んでいたかもしれないが、その恨みだけでは説明できないことだよ」

新谷はホッとため息をついて、

「野村さんは外で死んだ。正常な感覚の持ち主なら、なにも、その死体をあんな苦労をして、病院のなかに運び込む必要はないんだ。トランクのなかにそのままにしておけば、その不動産屋が、なんとか死体を始末したに決まっているんだ。異常だよ。つまみを運ぶためといいくるめて、愛甲則子さんに、死体を運ばせるなんて、どう考えても、正常な人間のやることじゃない。おそらく長谷川はバーテンに頼まれたとかなんとか、うまく愛甲さんをだましたんだろうけどね。愛甲さんは自分のことを現役のママだと思っているから、だますのはかんたんだったろう」

「………」

「だけど、異常といえば、このころの先生も正常な神経ではなくなっていた。おそらく、長谷川が得意満面で教えたんだろうけど、先生は、愛甲則子さんがカートに積んで、死体を病院に運び入れたのを知った。そのことを愛甲さんが誰かに告げたら、自分の身の破滅だと思った。そこで、愛甲さんが以前、バスにひとりで入りたがって、さんざん、みんなを手こずらせたのを思い出して、その癖をもう一度、復活させようと考えた。ヴァーチュアル・リアリティの幻想を使えば、そんな固定観念を復活させることぐらい、たやすいことだからね。おそらく先生は、あらかじめ配水管の栓を開いておいて、愛甲さんにお風呂に入ることを勧めた。愛甲さんはもともとひとりでお風呂に入るのが好きな人だから、喜んで、その勧めに従った。浴槽で溺れる偶然に頼って、愛甲さんを殺そうとするのだから、これも正常な神経じゃないよ」

新谷は暗い目になっていた。おそらく無意識のしぐさなのだろう。掌をしきりにズボンにこすりつけている。なにか汚いものでも拭《ぬぐ》おうとするかのように。

「分かったわ。浴槽の手すりについていたセッケン、あれは長谷川がやったことなのね。長谷川は愛甲さんがどうして溺れかかったのか、その真相に気がついた。川口先生を苦しめるのを生きがいにしているような人だもの。舌なめずりせんばかりだった。それで、浴室を調べているところに、わたしが入って行った。とっさに、手すりにセッケンを塗ったのは、あれを殺人未遂だとみんなに印象づけたかったからなんだわ」

美穂はうなずいた。もちろん長谷川が浴室にいたことも、それを新谷に隠していた理由も、すべて話してある。

「おそらく、きみの口から、そのことがみんなに広まるのを期待したんだろう。凄《すさ》まじい嫌がらせだよ。川口先生が追いつめられ、おかしくなったのも無理はない」

新谷は沈痛な表情で首を振った。

「きみから話を聞いたとき、ぼくはこのことに川口先生が関係しているのは間違いない、とそう思った。伊藤道子さんの死がなんらかの不審死だったとしても、川口先生が主治医で、死亡診断書を発行するのだから、そのことはどうにでもごまかせるからね。これが東京か横浜《よこはま》なんかの大都会だったら、不審死は必ず警察に届けられ、警察官立会いで、医師の検死が行なわれる。だけど、K市にはそんな監察医制度がないからね。伊藤道子さんは治療の後遺症で死んだんだが、たんなる心筋梗塞として、それを処理することができたんだよ――」

「…………」

美穂は新谷がかんさつもないことだしとつぶやいたのを思い出している。美穂はそれをイヌの鑑札のことだと思った。顔が赤らむのを覚えた。とんでもない誤解だ。

「だから、ぼくは川口先生にそのことを確かめに行ったんだ。なんといっても先生はぼくの尊敬する恩師だからね。めったなことはしたくなかった。先生からあのヴァーチュアル・リアリティの装置を見せられたときには、心底、どうしていいか分からなくなってしまった。先生が正常でなくなっているのに気がついたしね。先生から、長谷川の話を聞かされても、すぐには警察に行く決心がつかなかったんだ。先生自身も犯罪者にしてしまうことだからね。あのラボに吉永さんが連れ込まれていたことも知らなかったし、火事で、先生が焼け死んだのを知って、ぼくは後悔したよ。長谷川が放火したにちがいない、そう思ったんだが、なにぶんにも証拠がない。それであれこれ人に聞いてまわったんだ。そんなことで、きみへのお見舞いも遅くなってしまった。お見舞いに行ったら、きみにすべてを打ち明けなければならない。そのことが恐ろしかった」

「………」

美穂は黙っている。

もちろん、あの研究所で、美穂に麻酔をかがせたのは、長谷川のやったことなのだろう。火が燃えあがりつつあるとき、わざとらしく、川口教授に実験のことを告白させたのも、すべては川口の犯行だと美穂に印象づけるためだったにちがいない。

「そうやって、あれこれ聞いてまわっているうちに、きみが長谷川を待たせて、章夫くんと出て行ったファミリー・レストランで、決定的な証言を得たんだ。きみは電話でウエイトレスに伝言を頼んだつもりだろうが、そのときにはもう長谷川はレストランにはいなかった。ウエイトレスは長谷川に伝言していないんだよ。それなのに長谷川はあの研究所を突きとめている。これは長谷川があらかじめ研究所の場所を知っていた、なによりの証拠じゃないか。ぼくはそれを知って、すぐその足で、K署に行ったんだよ。ただ何も証拠がないんで、堀尾さんとふたり、長谷川が動きだすのを待っていた。そしたら、案の定、長谷川が動いた。おそらく長谷川もあとになって、自分のこの失敗に気がついたんだと思う。それできみを殺そうとした。きみさえこの世にいなければ、そのことはどうにでもいつくろえる、とそう思ったんじゃないかな」

新谷は口をつぐんだ。長い話がようやく終わったらしい。新谷は疲れきった表情になっていた。

もう昼休みは終わっている。遠くに、電車の走る音が聞こえていた。

——どうして川口先生は、わたしをあのヴァーチュアル・リアリティの装置にかけたんだろう？

美穂はふとそのことを疑問に感じた。

長谷川にヴァーチュアル・リアリティ装置の知識があったとは思えない。美穂は、自分をヴァーチュアル・リアリティ装置にかけたのは川口教授だったと信じ込んでいる。

おそらく、あのとき川口教授がどんな思いだったか、それだけは永遠に解き明かせない謎だろう、とそう思った。

美穂は新谷の腕にソッと自分の腕をからませた。

「ねえ、わたし、あの装置にかけられて、とんでもない幻想を植えつけられたんだ。その幻想から逃れられそうにない。どうしたらいいと思う？」

え？　と新谷は美穂の顔を見た。ギクリとした表情になっている。

「わたしが新谷さんを好きだという幻想なんだけど、わたし、弱っちゃった」

美穂は優しい声でそういった。

# エピローグ

美穂がふたたび、老人病棟で働くようになったその当日、佐藤幸子が元気に病院に戻って来た。

おそらく家庭では、佐藤幸子の痴呆症状をあつかいかねたのだろう。再入院ということになったらしい。愛甲則子も個室から戻って来たし、吉永幸枝もいる。そこに佐藤幸子が戻って来て、またテレフォン・クラブが再開されることになった。

佐藤幸子は家庭ではほとんど泣き暮らしていたという。それが懐かしいテレフォン・クラブの友人たちに会って、明るさを取り戻したようだ。ニコニコと幸せそうだった。

——よかった。ほんとうによかった。

美穂もまた、それを見て、幸せな思いに包まれていた。

以前にも増して、新谷からの連絡ノートを見るのが楽しみになっている。

この日も、いつもながらにユーモラスな新谷からの申し送り事項を読んで、ニコニコしながら、連絡ノートを閉じようとした。

連絡ノートに封筒が入っていた。それがパサリと床に落ちた。

美穂はその封筒を拾い上げた。

そういえば、先日のデートのとき、新谷がこの封筒のことをいっていた。野村恭三が生前、美穂に渡して欲しい、と新谷にことづけた恋文だ。一連の事件にとりまぎれて、新谷もすっかりそれを忘れていたらしいが、思い出して、連絡ノートに挟んでおいたのにちがいない。

美穂は野村恭三のことを思い出した。かたくなな老人だったが、死んでしまったいまとなっては、ただ懐かしい思い出だけが残されている。

封筒を開けた。

なかには一枚の紙切れが入っていた。その紙にはO銀行の支店名と、口座ナンバー、そしてこれはおそらく架空の名義人の名が記されていた。

美穂はしばらく、呆気《あっけ》にとられて、その紙を見つめていたが、やがて、クスクスと笑い始めた。

いつまでも、いつまでも笑っていた。

# 解説――世界が思ったほど堅牢なものでないことをこの小説は示す

書評家　杉江松恋《すぎえまつこい》

なにかがおかしい。なにかがねじ曲がっている。

一見まともだが、実は少しずつ歪《ゆが》んで作られた屋敷の中に閉じ込められたような感覚。

山田正紀《やまだまさき》『恍惚《こうこつ》病棟』で読者が味わうのはそれである。歪んでいるのは自分のいる場所自体だから、世界の外に一歩踏み出さなければ正しい視野を得ることもできない。

現実とは何かという問いこそが、この謎を解くためには必要なのだ。

本作の主人公は、聖テレサ医大病院の老人病棟でアルバイトとして働く平野《ひらの》美穂《みほ》である。彼女はS大三年生だが、病院の老人病棟で心理士のアシスタントをしている。彼女がいるのは精神神経科の老人病棟だ。認知症が進んだ入院患者のために、美穂は一つの遊びを思いついた。おもちゃの電話で架空の相手と喋《しゃべ》らせるだけだが、その通称テレフォン・クラブによって老人たちの表情が活《い》き活《い》きとしてきたと評判なのである。だが、痛ましい事故が起きてしまう。テレフォン・クラブ仲間だった伊藤道子《いとうみちこ》が買い物で病院の外に出て死亡したのだ。死因は心筋梗塞《こうそく》と診断されたが、美穂は奇妙なことに気づいた。発見時の道子は素足だったはずなのに、誰かの手で足袋《たび》を履かされていたのである。

その後もクラブの老人たちを巡って偶然の一致とは思えない出来事が続いていく。明らかに何かが起きているのだが、茫洋《ぼうよう》とし過ぎていて、どこに疑いを向ければいいのかもわからないという状態が続いていく。ミステリーの謎は「誰が（who）」「どうやって（how）」「なんのために（why）」の順で発展してきた歴史があるが、その進化形として「何が（what）」という不明形を生み出した。つまり状況設定そのものが謎となる物語だ。居住する館《やかた》が主人公を脅《おびや》かす恐怖の根源となるゴシック・ホラーにも似て、こうした物語は読者の心中に大いなる不安の感情を呼び起こすだろう。

美穂を視点人物とする叙述が始まる前に置かれたプロローグが不穏な空気の醸成に一役買っている。とある警察署を、認知症と思われる老人が訪ねてくるという挿話である。それに続いて、戦争を経験した世代と思われる女性の一人語りが挿入される。「わたしのほんとうの歳《とし》は、二十二歳ではなく、六十五歳だなどとそんな馬鹿ばかしい噂《うわさ》を立てる人もいる」と憤《いきどお》るくだりで背筋がぞくっとさせられるのだ。認知がおかしいのは明らかに語り手のほうだと思われるからである。この奇妙なモノローグは以降もたびたび繰り返され、美穂が立っている場所が異常なものであることを読者に再認識させる。何かがおかしいのだ。

『恍惚病棟』は一九九二年七月にノン・ノベル四六版として祥伝社から刊行された作品で、一九九六年に同社ノン・ポシェット入り、さらに一九九九年にはハルキ文庫にも収められている。今回が三度目の文庫化である。主人公を不安のただなかに投げ入れる状況設定の物語は、過去にも多数書かれてきた。たとえば、赤川次郎《あかがわじろう》の長篇デビュー作『死者の学園祭』（一九七七年。現・角川文庫）などを代表例として挙げることができる。そうした先行作との違いが、おそらく一九九二年の発表当時は見えにくかったものと推察される。「何が」という謎がミステリーの新たな鉱脈であると認識されるようになったのは、ごく最近だからである。綾辻行人《あやつじゆきと》『Another』（現・角川文庫）が刊行された二〇〇九年以降か。

先行作と一線を画す狙《ねら》いが山田にあったということは、本書を最後まで読めばわかる。『恍惚病棟』は、まだ携帯電話が一般に普及していなかった時代の小説で、作中にも店に伝言を頼むという今ではあまりしなくなった行為が描かれている。それ以外にもいくつか時代を感じさせる箇所はある。だが逆に、一九九二年にこんなことを考えていたのか、と感嘆させられる要素もあるのである。小説に描かれた時事風俗というのはどうしても古びてしまうものだが、この独創的な着想ゆえに本書は風化を免《まぬか》れている。

現在の問題意識を先取りした部分として、認知症に取り組んだ点も挙げておくべきだろう。社会全体の超高齢化が問題となっている現在、認知症は誰もが直面する可能性があり、克服が難しいという意味では癌《がん》以上に恐ろしい病気として知られるようになっている。二〇二〇年だけでも楡周平《にれしゅうへい》『終《つい》の盟約』（集英社）、真山仁《まやまじん》『神域』（毎日新聞出版）、久坂部羊《くさかべよう》『生かさず、殺さず』（朝日新聞出版）など複数の認知症を扱った医療小説が刊行されているが、それだけ関心が高いことの証左である。山田はこの事態を早くから見通していた。

一九九二年は山田が、時代設定を一九三〇年代のナチス台頭期に合わせた冒険ＳＦ〈機神兵団〉（一九九〇〜一九九四年。現・ハルキ文庫）や戦国伝奇〈仮面戦記〉（一九九一〜一九九二年。トクマ・ノベルス）など複数のシリーズを手掛けていた時期にあたる。それらと並行して『恍惚病棟』は執筆されたのである。『神狩り』（一九七五年。現・ハヤカワ文庫ＪＡ）での鮮烈なデビュー以来ＳＦ作家としての印象が強かった山田がミステリーに本格参入を果たしたのが、一九八八年の『人喰《く》いの時代』（現・ハルキ文庫）と翌年の『ブラックスワン』（現・ハルキ文庫他）の二作であった。

一九八〇年代末というのは、古典的な謎解き小説が軽視されていたそれまでの風潮に不満を持った作家たちによって〈新本格〉と名付けられる作品群が世に送り出されていた時期である。当時の山田は、古典的な探偵小説と現代ミステリーを分けて考えており、『人喰いの時代』は前者、『ブラックスワン』は後者の実作例として発表されたものだった。『恍惚病棟』ハルキ文庫版の「あとがき」には、山田が「ミステリーのアクチュアリテイ」、すなわち現代社会に存在する諸問題に謎解きの小説がどう切り結んでいくかを重視していたことが明かされている。『恍惚病棟』において病と老いを先鋭的に取り上げたのはその一環であっただろう。一九九〇年代を通じて山田の挑戦は続き、一九九六年から発表された〈女囮《おとり》捜査官〉五部作（〈おとり捜査官〉と改題の上、現・朝日文庫）に結実する。このシリーズは現在も続く警察小説ブームの先駆けとも言える作品だ。

一九九七年から一九九八年にかけては『妖鳥《ハルピュイア》』『螺旋《スパイラル》』『仮面《ペルソナ》』（いずれも現・幻冬舎文庫）と謎解き小説の大作が相次ぎ、『神曲法廷』（一九九八年。現・講談社文庫）ではついに形而上《けいじじょう》学の領域にまで踏み込んでいく。先の「あとがき」では「現実がそのまま幻想に転化し、幻想が現実を強固に裏打ちする」「そのために魅力的な謎が提示され論理的な解決が用意される」「ミステリーの諸コードはすべてそのことに対して奉仕される」という実作プランが語られており、二〇〇一年の『ミステリ・オペラ　宿命城殺人事件』（現・ハヤカワ文庫JA）に始まる〈オペラ〉三部作によってこうした構想は完成する。初期の山田が抱えていた探偵小説と現代ミステリーという対立の問題も、同作によって克服されたのである。

『恍惚病棟』が書かれたのは過渡期であり、俯瞰《ふかん》して見れば技巧的にもまだ粗が目立つ。たとえば作中の出来事のいくつかは過剰なピースと見るべきだろう。しかし美穂の視点で描かれた事柄が手がかりとなるという謎解きのための手続きは徹底しており、真相が解明された段階で大きな驚きを生み出すある錯誤についても、読み返せば十分に情報は提供されている。フェアプレイが成り立った作品なのだ。

そして何よりも印象的なのは、物語中盤を越えても一向にしぼむことがなく、膨らむ一方の不安の空気だ。真相を知ったときに誰もが感じるのは人間がいかに愚かかということだろう。作品全体を通じて山田が描いているのは狂った構図なのである。狂った構図、歪んだ設計図によって築かれた建物は、決して正しい形で完成することがない。そのことを表現した小説ということもできる。靄《もや》の中に浮かび上がる、狂気の楼閣《ろうかく》よ。

（この作品『恍惚病棟』は、平成四年七月、弊社より四六判で刊行され、平成八年十二月、弊社より文庫版で刊行され、平成十一年四月、角川春樹事務所より文庫版で刊行されたものの新装版です）

一〇〇字書評

切・り・取・り・線

**購買動機**（新聞、雑誌名を記入するか、あるいは○をつけてください）

- □（　　　　　　　　　　　　）の広告を見て
- □（　　　　　　　　　　　　）の書評を見て
- □ 知人のすすめで
- □ タイトルに惹かれて
- □ カバーが良かったから
- □ 内容が面白そうだから
- □ 好きな作家だから
- □ 好きな分野の本だから

・最近、最も感銘を受けた作品名をお書き下さい

・あなたのお好きな作家名をお書き下さい

・その他、ご要望がありましたらお書き下さい

| | | | | | |
|---|---|---|---|---|---|
| 住所 | 〒 | | | | |
| 氏名 | | 職業 | | 年齢 | |
| Eメール | ※携帯には配信できません | | 新刊情報等のメール配信を 希望する・しない | | |

この本の感想を、編集部までお寄せいただけたらありがたく存じます。今後の企画の参考にさせていただきます。Eメールでも結構です。

いただいた「一〇〇字書評」は、新聞・雑誌等に紹介させていただくことがあります。その場合はお礼として特製図書カードを差し上げます。

前ページの原稿用紙に書評をお書きの上、切り取り、左記までお送り下さい。宛先の住所は不要です。

なお、ご記入いただいたお名前、ご住所等は、書評紹介の事前了解、謝礼のお届けのためだけに利用し、そのほかの目的のために利用することはありません。

〒一〇一－八七〇一
祥伝社文庫編集長　坂口芳和
電話　〇三（三二六五）二〇八〇

祥伝社ホームページの「ブックレビュー」からも、書き込めます。

www.shodensha.co.jp/bookreview

祥伝社文庫


恍惚病棟《こうこつびようとう》〈新装版《しんそうばん》〉

令和 2 年 7 月 20 日　初版第 1 刷発行

著　者　山田正紀《やまだまさき》

発行者　辻　浩明

発行所　祥伝社《しようでんしや》

東京都千代田区神田神保町 3-3
〒 101-8701
電話　03（3265）2081（販売部）
電話　03（3265）2080（編集部）
電話　03（3265）3622（業務部）
www.shodensha.co.jp

印刷所　萩原印刷

製本所　ナショナル製本

カバーフォーマットデザイン　芥 陽子





Printed in Japan ©2020, Masaki Yamada ISBN978-4-396-34650-8 C0193

# 〈祥伝社文庫　今月の新刊〉

矢月秀作
**壊人《かいじん》** Ｄ１警視庁暗殺部
著名な教育評論家の死の背後に、謎の組織が……。全員抹殺せよ！　暗殺部に特命が下る。

江上　剛
庶務行員 **多加賀主水《たかがもんど》の憤怒《ふんぬ》の鉄拳**
不正な保険契約、ヘイトデモ、中年ひきこもり……最強の雑用係は屈しない！

大倉崇裕
**秋霧《しゅうむ》**
殺し屋VS.元特殊部隊VS.権力者の私兵。紅く燃える八ヶ岳連峰三つ巴の死闘！

盛田隆二
**焼け跡のハイヒール**
戦争に翻弄されつつも、鮮やかに輝く青春があった。看護の道を志した少女の恋と一生。

小路幸也
**春は始まりのうた** マイ・ディア・ポリスマン
犯罪者が〝判る〟お巡りさん×スゴ技をもつ美少女マンガ家が活躍の交番ミステリー第２弾！

南　英男
**悪謀** 強請屋《ゆすりや》稼業
殺人凶器は手斧、容疑者は悪徳刑事。一匹狼探偵の相棒が断崖絶壁に追い詰められた！

山田正紀
**恍惚《こうこつ》病棟** 新装版
死者から電話が!?　トリックを「知ってから」さらに深みを増す、驚愕の医療ミステリー。

沢里裕二
**悪女刑事《デカ》　東京崩壊**
新型コロナで静まり返った首都で不穏な事件が続出。スーパー女刑事が日本の危機を救う。

小杉健治
**悲恋歌《ひれんか》** 風烈廻り与力・青柳剣一郎
心の中にこそ、鬼は巣食う。剣一郎が、花嫁が消えた密室の謎に挑む！　愛され続け、50巻。